台北上河圖

下冊

目　錄

台　北
上河圖

緣起

姚任祥

　　在《台北上河圖》上冊緣起中，我提到製作上冊近半時，一連串的問號不斷的在我腦袋浮現：以前的台北是什麼樣子？更早的台北又是什麼樣子？這些問題讓我產生極大的好奇心，於是又開始到處尋找答案。雖然從圖書館借回來的書中，有很多珍貴的相片，可惜年代久遠，印刷模糊。而且，這些照片散置各書，無法產生連貫的線性效果，於是我有了重繪老照片的構想，我這一發不可收拾的衝動，又害苦了葉子。然而他以過人的天分與耐心，讓這些老照片以不同的意象逐一重現，此外還有些甚至是根據拼湊的老照片，所繪製出來的想像圖稿，非常精采。我想就以這些重繪的老照片，自己陳述過往的故事吧，這就是《台北上河圖》下冊的緣起。

　　我不是史學專家，沒有追根究柢的考據癖，只是懷舊參考既有的資料請葉子重新繪製，圖繪的排列順序則盡量比照文檔的記載。這些圖文檔，有些來自出版品，有些來自網站上所謂的「巷內高手」（以旁史說故事）的敘述，或許難免會有謬誤，謹在此以誠摯之心，期望前輩、專家們惠予指正。

　　至於老照片的篩選，我盡量蒐羅大台北地區不同時期的人事物，也以不重複為原則。另有些可貴的文字記載，雖沒有照片資料，但葉子發揮他的想像力，繪製了很多「想像圖」。——因為畢竟這不是一本史學專書，我還是希望適時的穿插一些讓眼睛休息的另類圖像。本書參考繪製的原照與來源說明，都注釋於圖繪下方或是本冊最後的「參考書目」單元。

　　我感覺台北好像沒有城市現代的鳥瞰圖，於是又跟葉子磨蹭出一張台北鳥瞰圖。我很喜歡看城市鳥瞰圖，以前出國旅行時，每到一個陌生城市，總先藉著城市鳥瞰圖快速的了解那個城市的景點和特殊方位。這次為了選取台北哪一個角度繪製鳥瞰圖，曾經大費周章的到處勘查，最後比照了日本時代吉田初三郎於昭和10年（西元1935年）所畫的鳥瞰圖，以他的角度重繪西元2018年的台北新貌。——同時，根據吉田初三郎的原作，葉子也重新再畫一次，排在「日本時代」區。

　　細看吉田初三郎的鳥瞰原圖，我深深感受他對於當時台北地形的熟稔度。他的鳥瞰角度，沿著台北機場的航道，從三重至台北民族西路，沿這一直線從淡水河上空望向台北市全區。也唯有那個角度與高度，才能看到當時的台北市區全景：包括左邊的關渡，右邊的景美、木柵方向，以及正面遠處的內湖與南港。

　　——關於鳥瞰圖的繪製，一般人通常僅以某區塊為疆界，但吉田初三郎繪製台北鳥瞰圖的1935年，當時的總督府正熱烈慶祝「始政四十周年」，在台灣各地舉行台灣博覽會；他的鳥瞰原圖還標示了上海、杭州、大連、福州的城市位置，這也顯露當時的日本對於領域的強大宣示。

　　本冊最前面那張圖繪，是找到史料中比較早的一張圖繪，呈現「大航海時代」西班牙人來台探勘硫磺礦的情景。接著摘錄的文獻資料，簡單的介紹西班牙人、荷蘭人在台灣的足跡，英國攝影師John Thomson於西元1871年到台灣拍攝的平埔族原住民的照片，以及郁永河《裨海紀遊》與北投採硫的紀錄。再接著參考徐逸鴻老師所著的《圖說清代台北城》中的圖繪重繪，與大量收集資訊，繪製了清朝時期、再一路經過日本時代、光復之後；從質樸的年代，經濟起飛的時代，一直畫到我自己參與過的民歌年代等等。

　　有關台北城的粗淺介紹的資料，是取自網路上對台北有獨到研究的兩位學者：黃清琪老師〈臺北在哪裡？——天龍國的身世，超完整解說〉（https://reurl.cc/OOyov，青刊社地圖工作室）；黃育志老師的〈北門滄桑，兩劉恩怨〉（http://www.tonyhuang39.com/tony0162.html）。感謝兩位老師的授權，我們摘錄其文案的內容。

　　下冊的圖文排序，沒有特定的章法，只是就地取材加以繪製與編排，書中頁首的阿拉伯數字編排，純粹是因為版面要有活潑的視覺設計，而以誇張的加大尺寸，啟開某一個片段，數字本身其實並沒有什麼年代的貫穿性。所有的舊資料中，我還是對人最有

興趣，正好也找到一些不同時期的家族照片，穿插編排於相關年代。延續上冊的資料整合，我們也將1900年代的主要建設與活動，參考《臺灣全記錄》列表出來。「台北人」單元，則整理了美術界的大師、藝文界各種比賽的得獎名單，他們都是在各行各業對我們深具影響的菁英，如有疏漏之處，也期望讀者給予指點。

我要感謝好朋友們為本冊撰寫各自的台北印象，他們都是在娛樂、文學、美學、商業、傳記、運動、影藝、趨勢等領域的菁英大家，藉由精確的文字留住這城市的往時今事，讓這冊書增加了更值得回憶的廣度與溫度。

這一整套書，是以真實檔案為背景的圖繪工程，葉子與我的個人語彙不多。但在下冊最後一張圖繪，對於這個時代無所不在的惡質媒體對我們下一代的影響，我囉嗦的述說了我的憂慮。這畫作好像與本書主題沒有關聯，但我一本初心，忠於所思，把耿耿於懷的心聲陳述出來。

從這套書的圖繪與文字，明顯的看出台北是一個不斷在文化上融合的城市，而且改變的速度非常驚人。漫漫來時路，每一步足跡都讓我們緬懷過去，了解先人的篳路藍縷，才有現代台北這片好山好水的美麗家園。

書的最後，我們隆重的編排了六頁大跨頁的現代台北夜景。這幅畫的取景角度比照網站上看到的一張照片，是從內湖碧山巖的位置看台北盆地：它的正前方，是台北燈火最燦爛亮麗的東區；延續至遠方盡頭則是淡水河與萬華區；左邊圖上是古亭、景美方向，圖下是東湖、南港方向；右邊是大直、圓山、士林方向，迤邐而去直至一片暗黑的關渡平原。這幅夜景如夢似幻，有的燈火華麗而輝煌，有的燈火微弱而溫暖，我們就以它作為《台北上河圖》對台北人的祝福：祝福辛勞了一天的你們有個好夢。

親愛的朋友們，七年來，2500多個日子，我們費心費力，如今終於告一段落了，也到了該休息的時刻，我們由衷地期待著後來者，更有創意的，接續陳述這個城市美麗傳奇的故事。

爸爸的台北

王偉忠

台北，是個很微妙的地方。

我是嘉義小孩，第一次去台北，是10歲那年。

爸爸是空軍眷村裡的村長，任何疑難雜症他都有辦法解決。10歲這年，他想盡辦法拜託基地的朋友讓我們當「黃魚」，可以搭空的運輸機去台北玩，我們都樂瘋了！我纏著媽要她買頂草帽，因為去台北就一定要戴草帽！媽媽原本抵死不從，後來還是受不了我的纏功投降了。

去台北這天，我洋洋得意戴著草帽、揹著水壺，裡面裝滿我媽特製的酸梅湯，早早就在機場等著搭機；等了半天，卻接到通知說嘉義天候不好，不能起飛，當場放聲大哭！我姐我哥到了不能隨意大哭的年齡，只能低著頭，悶悶不樂。「有辦法爸爸」當然不能讓孩子失望，他摸了摸口袋裡的鈔票，決定搭火車去台北！

在這天之前，我搭火車最遠只去過台南，從嘉義過去十幾站，已經覺得遠在天邊；這趟從嘉義到台北，共花了十多個小時，真沒想到世界上竟然還有這麼遙遠的地方。

當火車空隆空隆穿過中華商場旁的鐵軌進入西門町，台北就在我眼前閃閃發光，大大的霓虹燈招牌閃亮耀眼，平交道旁還出現四個大字：「點心世界」，太不可思議了，居然有個「世界」，裡面全是點心！當場許願，未來一定要去嚐一嚐。

多年後參加大專新聞營隊認識同屆的劉和卿，才知這家店竟是她家開的，原來她就是點心世界裡的小公主！

火車到站，心頭砰砰跳，跟著爸爸兄姐走出台北火車站，立刻發現有個人在看我，那是掛在屋頂的綠油精女孩，眼中還射出綠光！炫得我心頭一驚！台北果然是個了不起的地方！

這趟五天四夜之旅，我們住在西門町，去了圓山兒童樂園、中山北路、陽明山，當我看到中山北路筆直寬闊的馬路以及路上的車子，小小心靈只有一個感想，「原來台北

就是外國！」

第二次去台北，是考上嘉義中學的獎勵之旅，那次我跟鄰居楊文傑一同北上，當晚就住在他姊姊楊文華家。

楊文華是我們村的傳奇人物，她考進中視、當上主播，每次從台北回嘉義，家門外擠滿人等著看她，對我來說，這就是光宗耀祖！也埋下我想進電視圈、當主播的夢想。

那天晚上，楊姊姊還進房間來幫她弟還有我蓋被子！我興奮得整晚不能睡，覺得人生好到不能再好了！

這趟旅程的另一個高點，是果莊帶著我去國賓戲院看《賓漢》。果莊是我家隔壁的老鄰居，先搬去台北，他不是親戚，卻猶如親戚般親近。

走進國賓戲院，老天！世界上居然有這麼大的電影院！感覺就像在現在的小巨蛋裡看電影。那天果莊特別拎著他的大手提錄音機Sony CF550進戲院，這是最紅的機型，他在戲院裡錄下《賓漢》的主題曲，我們回到他家，反覆聽這首歌，心裡覺得真了不起！所有不可能的事情，都在台北發生了。

第三次去台北，是高二升高三的暑假，我頂替旁人的名額參加救國團的太平山健行，回程下山在台北待一晚，再回嘉義。那時姊姊已經嫁到台北，我住在她永和的家裡，晚上果莊帶我參加生平第一場家庭舞會，也是我生平第一次摸到了女孩子的……背，嚇出一身汗。

再去台北，就是考上文化，離家讀大學。

離開嘉義那天，揹著哥哥的黃埔大背包，先塞個臉盆打底，再塞進一條捲好的棉被，再放衣物，媽媽給我一條金項鍊跟兩萬塊現金，要我用這筆錢完成四年學業。出門時，媽媽正在炒菜，我說：「媽我去讀書了！」她沒回頭，就說：「好好好！」

這一天，現實，來得比夢想快。剛下火車，完全搞不清東南西北，連該上哪搭車都不知道，我急得全身冒汗，立刻體會到生活在台北的困難。後來總算找到忠孝東路、中山北路交叉口的站牌，搭上最後一班上陽明山的公車。

這個搭車的地方，就是現在的東森大樓門口，日後我在這裡開了無數次會議。

上車後，又花一個多小時才晃到文化大學，真不敢相信學校竟如此偏僻！下車已是半夜，宿舍全關，我跟朋友就在校園裡躺了一晚，從大仁館遠眺市區萬家燈火、燦爛輝煌，許下心願：「一定要讓這萬家燈火，統統認識我！」

大一剛開學，在宿舍見到的第一個人就是劉克襄。那時我還想像著班上應該都是大美女，但進入教室放眼一看……，但我年紀最小，女同學們對我特別照顧，大夥下山去

重慶南路吃牛肉麵時,她們會請我喝500cc的果汁,然後到西門町看電影。

多年之後,發現自己生活在台北這麼久,還是有種「南部小孩」心情,很怕出糗,所以無論跟誰約,盡量都走同樣的行程、做同樣的事。

我的固定行程是搭公車下山,在館前路下車、吃碗重慶南路的清真牛肉湯麵、喝果汁,然後走去西門町電影街的樂聲戲院前台階上等人看電影。跟朋友約如此,跟女朋友約,也是如此。唯一差別是朋友會準時出現;女友則一定遲到40分鐘到一個小時。

後來我開始有了「台北男孩樣」,知道要去青蘋果咖啡聽震耳欲聾的西洋音樂、知道要聽Elton John,知道要吃金園排骨,而且還知道大家口袋裡都沒錢,一片排骨,得三個人分著吃。

這段時間,我那「有辦法爸爸」偶而會獨自從嘉義來台北看我。第一次來,是爸爸想為我的前途「活動活動」,說空軍的陳燊齡總司令過去是他的大隊長,跟他很熟,絕對可以幫我在軍方色彩的華視安插個位置。他來台北等了一個星期,連總司令的臉都沒見到,離開前還是不改自信的拍拍我的肩膀說:「放心!我有辦法!你就等通知吧!」看著老爸消失在南下月台,我心中的OS是:「爸!少來這套!」

幾十年後,陳燊齡早從參謀總長退休,他家也住過嘉義眷村,有天陳總司令的女兒聽說我為村子拍了個紀錄片,說他爸爸想看,我立刻寄了一份給陳司令參考,他則回寄一封厚厚的信,裡面是他的回憶錄。看著信封上寫著「陳燊齡」三個字,我從心裡告訴已經在天上的老爸:「老爸!您真有辦法,陳總司令的『通知』,真的來了!」

爸爸第二次上台北是為了我的畢業典禮,他知道此行會與我女友的父母親見面,還特別穿西裝打領帶,硬裝出想像中的「派頭」,好讓女友的爸媽留下好印象。

他第三次來,則因為我遭遇了女友兵變。

爸爸一直很喜歡我的女朋友,兵變後,他非常擔心,立刻趕到景美的營區見我,還說他是順路過來看看!最後他忍不住騙我說:「沒關係啦!我從來就不喜歡這個女孩!」唉!再有辦法的爸爸,面對兒子的心碎,也無計可施。

退伍之後,我在電視圈從如履薄冰,到如魚得水,連續好幾年,忙到整年只有過年得空回嘉義休息幾天。其他時間,爸爸整天忙村裡的事,也沒什麼機會來台北看我。

有一年,爸爸有事來台北,我專程帶他進攝影棚看我錄製《週末派》,他喜孜孜的跟主持人小燕姐拍了張合照,擺在家裡,沒事就秀給他的那些老朋友看。他們這種老式男人不習慣告訴朋友自己兒子事業做得不錯,怕老友心頭不爽快,但絕對可以拿自己跟大明星的合照吹牛。

1992年過年時,我特別買了支帝舵表送給老爸,那時家人覺得我忙著工作,怕我分

心，沒人敢告訴我，爸爸其實已經生重病了。

後來爸爸拿著表問我：「這表怎麼越走越慢？」

我幫他送去檢查維修，表修好了，卻完全沒察覺他的人生也變慢了。隔年，他就走了。

一年後，我下定決心要組個快樂家庭，在圓山大飯店辦婚禮、開百桌。那天看著滿場賓客，忍不住想到我的「有辦法爸爸」，他一輩子當村長，主持別人的婚喪喜慶，卻沒機會看到我當主角，如果他來當主婚人，一定會說：「我主持了一輩子婚禮，真沒見過這麼大的場面！」

20多年後我才知道，爸爸的台北，其實不止這幾次。

最近，受邀去空軍司令部演講，講完收到一份禮物，是一幀裝裱起來的《青年日報》報紙，上面有張照片，是爸爸挺個大肚腩，接受好人好事表揚，旁邊還有當天的報導！眼眶瞬間紅了。

記得那天我還小，爸爸告訴我們，他要去台北接受好人好事的表揚，聽了半信半疑，因為爸爸平時就愛騙我們為樂。這天，拿在手上的剪報證明爸爸說的、都是真的，他真的是好人好事代表，而且大肚腩跟我記憶中一樣大，笑容跟我記憶中一樣溫暖。這是爸爸在、但我還不在的台北。

記得做節目時聽羅大佑戴著墨鏡現場唱著：「台北不是我的家，我的家鄉沒有霓虹燈」，當時深有同感；可是在這裡結婚、生子、生活了42年，連媽媽都從嘉義搬來台北，台北早已變成我的家，心情上，也從「去台北」，變為「回台北」。

不過我內在還是個南部小孩，怕丟臉，所以習慣走認識的路，吃常去的餐廳，台北還是西門町樓頂上那個眼睛射出綠光的綠油精女孩，看起來眼熟，但很多地方還是陌生。

像我曾在陽明山上住了四年，直到最近開始爬山，真正的走進山裡，才知道，啊，原來台北有這樣的地方！

台北就是個舊中有新、新中有舊的地方，好比我家住在南區，附近很多日式住宅老屋，跟嘉義老家破眷村對面的飛官眷舍一樣！有一樣的大芒果樹、一樣的大院子，彷彿轉個彎，就能回到嘉義。

在台北認識的新朋友，也是新中有舊。老友阿三打小玩在一起的哥們，後來變成女兒同學的老爸；預官朋友的老婆，變成合作對象的姻親。台北就是這樣，轉來轉去，大家都有些牽連、都有些關係，不管是人事時地物，都能牽來牽去，牽出個早就寫好的故事來。

台北在我心目中，就是有錢親戚住的地方，是當年鄰居姊姊、也是我心目中女神楊文華的家，是有很多美女的地方，也是虛榮心作祟的地方。台北對我來說，比紐約重要、比洛杉磯重要、比倫敦重要、比東京重要，但未來是不是還如此，就不得而知了。

大航海時代

最早來到台灣的西方人，在 16 世紀的葡萄牙航海家口中為「福爾摩沙（Formosa）」，
到了西班牙的航海家口中，則發音為「艾爾摩莎（Hermosa）」。

葡萄牙人口中的福爾摩沙（Formosa）島，後來成為西方人對台灣島的通稱，但已據有澳門的葡萄牙人，似乎對台灣並沒有太大的興趣，因此只是在航行中途經台灣西部海岸，直到 1582 年一艘搭載西班牙及葡萄牙神父等 300 名乘客的船隻在台灣北部海岸某處觸礁後，船上人員被迫滯留在台灣島上而與當地原住民有過短暫的接觸，這些人後來自行造船平安返回澳門，而這些倖存的西班牙與葡萄牙人，便成為台灣歷史上最早來到台灣的西方人。

西班牙與荷蘭在台灣的殖民，兩者之間的差別在於：荷蘭東印度公司在印尼巴達維亞城（Batavia）的總督支持荷蘭人在台灣的殖民，而西班牙政府在馬尼拉的菲律賓總督，則因為與道明會教會的政治鬥爭而千方百計想將台灣的西班牙駐軍撤走。因此，荷蘭人在台灣的力量越來越強大，而西班牙人在台灣的力量卻日漸衰弱。

台灣西班牙統治時期為 1626 至 1642 年間，西班牙帝國於北台灣歷時 16 年的殖民統治。
台灣荷蘭統治時期為 1624 至 1662 年間，於南台灣歷時 38 年的殖民統治。
北：西班牙滬尾基隆長官轄區 1626 — 1642 年
中：大肚王國 ？ — 1732 年（原住民部落聯盟）
南：荷蘭台灣長官行政轄區，熱蘭遮城 1624 — 1662 年，
　　赤崁樓 1653 年建。

17 世紀荷蘭東印度公司總督──顧恩

顧恩（Jan Pietersz Coen，1587 — 1629 年）在其荷蘭東印度公司總督任內建設印尼巴達維亞城（Batavia）為東方總部（1619 年），他採用武力、高壓、獨占政策以推展荷蘭的東方勢力，對葡國澳門、西班牙船隻展開攻擊行動，並於 1622 年派兵占領澎湖，以達與明帝國直接通商之目的。

顧恩（Jan Pietersz Coen）

文字來源：《艾爾摩莎：大航海時代的臺灣與西班牙》、《維基百科》

西班牙人探勘硫磺

擴 展

東印度公司貿易
鹿皮

1633-60 *台灣平均每年出口 71915 張鹿皮至日本……*

　　1634 年荷蘭人輸日鹿皮有 11 萬 2000 張，1638 年有 15 萬 1000 張，1655 年（明永曆 9 年）有 10 萬 4000 張，由此可知鹿皮貿易擴展之迅速與數量之龐大。

　　1645 年（明弘光元年）後則規定每隔兩年必須停獵一年；至 1652 年（明永曆 6 年）禁獵有了成效，鹿群數量才告恢復。

　　荷蘭人准許漢人恢復罠的使用，而弶仍在禁用之列，在東印度公司台灣商館財政上，均占有重要的地位。

1652-1660

在日本戰國時代，鹿皮是很重要的軍需品，故在荷蘭人占據台灣之前，已有閩南漢人進入原住民部落蒐購鹿皮輸往日本，肉則做成鹿脯輸入大陸，況且此時台灣已是中日走私貿易的會合點，日本商人也前來台灣購買鹿皮及中國貨物，每年鹿皮交易數目約有 1 萬 8000 張。

中央研究院台灣史研究所以《近世臺灣鹿皮貿易考：青年曹永和的學術啟航》之名出版，曹永和認為：荷蘭治台前後，每年大約出口 20 萬張鹿皮（尤以輸日本為大宗，初期 20 萬張，荷末 3 萬張，清治期間年 9000 張，直至雍正時因量不足而消失貿易商品）。

文字來源：吳聰敏，2003 年，〈台灣經濟發展史〉，台大經濟系；《臺灣全記錄》

　　凱達格蘭族（Ketagalan）為台灣平埔族原住民的一支，分布於淡水、台北、基隆一帶，以台北盆地為主體。與蘭陽平原上的噶瑪蘭族曾有著密切的關係，現因漢化而難以辨別。

　　在三百多年前，台北盆地是「凱達格蘭族」人的領域，大約有 30 多社（平埔族的聚落稱為「社」），原本散居在各地以漁獵和簡易農耕為生，後經荷蘭人、西班牙人、漢人、日本人入侵、開墾，生活和族群發生重大變化。這些重大的改變，逐漸讓凱達格蘭族人，甚至全台灣平埔族走向消失的命運。

　　相傳凱達格蘭族的祖先是從台灣本島最東境的岬角——三貂角登陸，17 世紀康熙年間大地震前，文獻指出仍為台北一帶最主要住民結構。傳統的平埔族社會，對於信仰，其實大多還停留在祖靈崇祀以及圖騰膜拜的階段，各族的祭典不盡相同，其中北部的凱達格蘭族的祭典有農曆 6 月 18 日和農曆 8 月 16 日。六月的祭典是在祈求魚獲豐收，八月的則是感謝祖靈庇佑農作收成，他們會以其神聖的植物山橄欖當作祭品。

　　從婚姻與財產制度中可顯而易見為一母性社會：男性必須入贅，家產也由女性繼承，這與漢人文化有極大的差異。17 世紀至 18 世紀，中國福建泉漳一帶的閩南人移民大量進入台灣，平埔各族因處平地，與漢人的接觸機會較多，漢化較早。

　　在《番社采風圖》中載：番社周圍以木或竹做成欄柵，圍出界線，防禦功能相當明顯。入口處則立起大木柱，並在村落外圍設置瞭望樓。瞭望樓多以竹子為結構，上覆茅草屋頂。平埔族的住屋以柱子架高的干欄式建築為主，底部通風，具有良好的防潮功能。

　　據考證，現今台北許多地名為凱達格蘭語音譯而成，例如：大龍峒、北投、唭哩岸、八里、秀朗、艋舺等。

文字來源：《臺番圖説（番社采風圖）》、《維基百科》

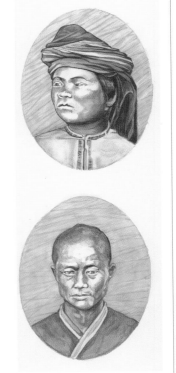

照片來源：約翰·湯姆遜 (John Thomson)，1871 年攝影

《法國珍藏早期臺灣影像：攝影與歷史的對話》

照片來源：Berthaud，1874-82 年攝影

《法國珍藏早期臺灣影像：攝影與歷史的對話》

照片來源：約翰·湯姆遜 (John Thomson)，1871 年攝影

《法國珍藏早期臺灣影像：攝影與歷史的對話》

1695-1698

康熙 36 年（1697 年）

　　郁永河，字滄浪，浙江杭州仁和人，生性好遠遊，足跡遍歷八閩地區。今年以探硫磺來台，自郡治（台南）所在，經半線（今彰化）、竹塹（今新竹），而至北投煮磺，沿途遍訪土著社，探險內山，並採輯台中逸事，作成《裨海紀遊》、《番境補遺》等書，備述台灣山川形勢、物產風土及土民情狀皆生動清晰。《海上紀要》並論台灣時政。

　　郁永河著作，多半可採，尤其有關台灣平埔族的記錄。清代所遺留文獻中，以《裨海紀遊》一書為最早且最可靠，因而成為後人研究土著社所必須引用的重要史料之一。

文字來源：《臺灣全記錄》

下鄉巡視的清代官員

　　滿人定鼎中原後仍然強調騎馬射箭，這是「祖宗」根本，文官大多坐轎，武官則騎馬。

文字來源：《壹玖壹壹：從鴉片戰爭到軍閥混戰的百年影像史》

葉子想像圖：郁永河台灣行

郁永河一行人搭乘黃牛車，走陸路北上。

文字來源：《打拼：台灣人民的歷史》

清代台北城
比照《圖説清代台北城》
第 46 頁圖繪製

1894-1906

古老城鎮，漢中

　　中國典型的傳統城鎮都會在城中設置鼓樓或鐘樓，再由縱橫的街道將城鎮劃分成幾個部分。照片中的漢中舊街，用石板和鵝卵石精心鋪設路面，兩旁的房屋緊密相連。

文字來源：《壹玖壹壹：從鴉片戰爭到軍閥混戰的百年影像史》

堆砌的一磚一板

明末清初來台的祖輩

1868-1875

同治 11 年（1872 年）2 月 1 日

加拿大籍的長老教會馬偕牧師（Rev. George Leslie Mackay）今天偕同伴李庥牧師（Rev. Hugh Ritchie）自打狗搭船北上，由淡水上岸。這一天也就成為長老教會北部設教紀念日。道光 24 年（1844 年），馬偕生於加拿大安大略（On-tario）省牛津（Oxford）縣若拉（Zorra）村。畢業於美國普林斯頓大學神學院，馬偕於去年獲加拿大長老教會總會通過，成為加拿大長老教會第一位海外傳教師，遠赴台灣北部傳播教義。

台灣地處亞熱帶，氣候悶熱潮濕，人民久為各種傳染病所苦惱，死亡率很高。馬偕雖然不是醫師，但很快就注意到醫療方面的重要，因此，乃藉醫療工作來推展教務。

馬偕在台灣

1882-1884

光緒 8 年（1882 年）7 月 26 日

淡水理學堂大書院（Oxford College）今日舉行落成典禮。

去年 10 月馬偕牧師自加拿大故鄉募得建設神學院的基金美金 6215 元，返回淡水。不久，即在淡水砲台埔購得土地，開工建築校舍。校舍東西長 76 呎，南北長 116 呎。約經半年，全部工程完成，於本日舉行落成奉獻暨開校典禮。該學堂所教，除了神學和聖經外，凡西文、西語及地理、地質、算學等西學無不畢具，與林樂知在上海開設之大學堂相似。

1901

6.2 傳教士馬偕在淡水去世

加拿大長老會傳教士馬偕博士，今日因喉癌病逝，安葬於淡水，享年 58 歲。

馬偕是加拿大長老教會教士，1872 年 3 月 9 日搭船抵達淡水，利用淡水作為傳教根據地，以大甲溪以北作為北部教會教區。他到淡水之後努力學習台語，並藉為人治病傳播教義，1875 年與五股坑人張聰明結婚，至 1880 年止在北部地區設立 21 個教會，分布在淡水、八里坌（八里）、台北、基隆、桃園等地。1880 年之後往宜蘭地區噶瑪蘭平埔族部落傳教，至 1894 年共設立 24 座教堂。

馬偕曾學習基本的醫療技術，因此，利用診病施藥以傳播教義，他常巡迴各地為人拔除病牙，據統計，1873 年至 1893 年間共拔牙 2 萬 1000 顆以上。他原先在淡水的住所為人診療，但因求診者眾，不敷需求，1879 年獲得一加拿大船長捐獻 3000 圓作為籌建醫院經費，9 月間馬偕醫館落成，成為北台灣最早設立的西式醫院。

　　馬偕將醫療與傳教相結合，對北台灣新式醫學的發展頗有倡導之功。

　　馬偕傳教極注重本地布道人才的訓練，1880 年他返回加拿大，提議在淡水設立學校，得到牛津郡居民的支持，募款後回到淡水，在砲台埔建造理學堂大書院，1882 年 9 月 14 日舉行開學式。另外馬偕目睹台灣婦女地位低落，知識閉塞，認為有設立女學校以培養本地女傳教師的需要。1881 年得到加拿大本會提供經費作為建設女學校之用，1884 年 3 月 3 日在理學堂大書院旁設立淡水女學堂。理學堂大書院後來遷至台北，更名為台灣神學校（即今之台灣神學院）。馬偕在台灣 29 年的傳教生涯，除了傳播宗教外，對新文化的傳播與改善民俗、啟迪民智上均有貢獻。

文字來源：《臺灣全記錄》

西方的初接觸

清末時期賣小吃的路邊攤，這種傳統美食應有盡有，老人小孩都喜歡。

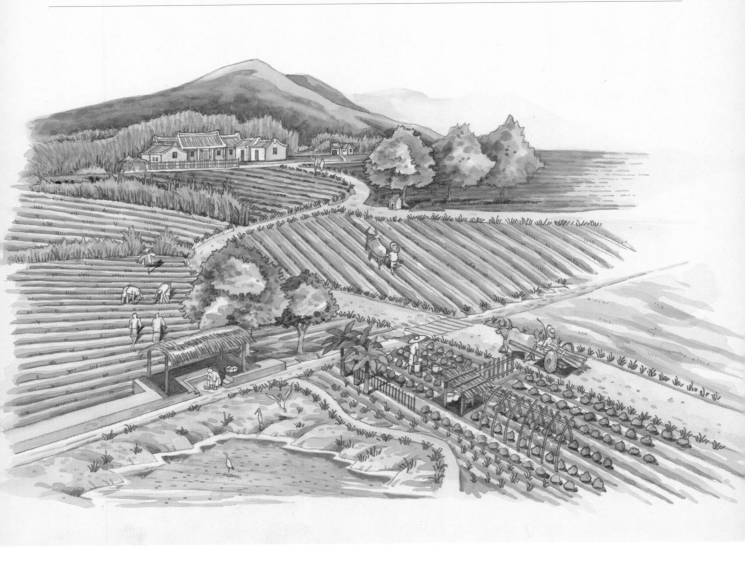

比照《圖說清代台北城》第 22 頁圖繪製

台北三市街

1920年以前，不存在台北市或統一管理「大佳臘堡」（台灣北部自清治時期至日治初期的一個行政區劃，其幅員遼闊，包括今台北市市區大部分地區：萬華區北半部、大同區、士林區西南端一小塊地區、中山區中南部、中正區、大安區、松山區、信義區及南港區——引用自《維基百科》）幾個成片聚落的市政機構，對於這個大聚落（或者用日本人的術語叫「市街地」），大家只有通稱「台北三市街」，也就是艋舺、大稻埕、城內。

艋舺就是台北市最早的起源（但不是台北盆地最早的大聚落，至少新莊的發展就比艋舺早）。當艋舺成為台北盆地最繁榮的街仔後，來自不同祖籍的艋舺人間打了一場很轟動的群架，也就是「頂下郊拚」，使得有一群人逃難越到艋舺沼澤以北，形成了大稻埕。

或許是風水輪流轉，1860 年開港後，洋商乘輪船溯淡水河來採買茶葉，大稻埕與艋舺的興盛就翻轉了。洋人的輪船，當然比台灣本土的帆船吃水重多了，艋舺那一帶水淺，容不了大船。從清末到日本時代，艋舺在經濟、文化上，都無法與大稻埕相比。

那城內又是怎麼來的？遠因來自清末台灣北部因茶葉、樟腦產業而興盛，需要一個政治中心，近因居然是台灣尾恆春半島高士佛社生番，砍了幾個琉球人，造成牡丹社事件和台灣南北分治，北部另設一個「臺北府」。

那麼這第一個叫做「台北」地名的空間，範圍從大甲溪以北到台灣頭，還包含宜蘭在內，但在當時那片可幾乎全是鄉下地方，只有艋舺和大稻埕兩個比較大的市街，這個府城該放在哪呢？大稻埕跟艋舺之間當時是一大片沼澤哪，圍哪個起來，似乎都有段會不好施工；兩個一起圍把沼澤包進去，好像又太浪費。怎麼辦？ 1884 年時台灣兵備道道台劉璈，精通風水勘輿，掐指一算就做了裁決。大稻埕或艋舺兩個市街都不要圍，再往東在一片稻田裡萬丈城牆平地起，蓋這個新城西北通大稻埕，西南接艋舺，然後三市街包住艋舺沼澤。

劉璈蓋的這個台北城不大，基本上是一個長方形（今日忠孝西路、中山南路、中華路、愛國西路包圍的範圍），長方形的中軸線對準草山的最高峰——七星山，大概偏轉了一二十度，也是極有心思的。可惜之後的劉銘傳就是不愛「前朝」遺物，硬把城內道路蓋成正南北向。實際上一直到換日本人統治，城內的人口始終不多，還有大片草地，大稻埕或艋舺各兩萬多，城內才兩千多。

1920 年台北成立州轄市

1920 年，台灣行政區劃大調整與地名改變，徹底改變了台灣自明清以來的基層行政劃分，影響所及直到現在。台灣今日鄉鎮、縣市的格局根源於此，台北市也是此時成立的（行政層級為州轄市，與郡同級），當時台灣只設台北、台中、台南三市而已。1920 年的台北市，相當於今日萬華、大同、中山、中正、大安等五區。

1920 年的台北市，已經比三市街擴張十幾倍。我們有時會聽長輩講古，以前士林人進市區會說「去台北」。其實，更早以前住在今天信義計畫區的人進市區，也要說「去台北」。因為今天的松山區和信義區（即 1920 年的松山庄），是晚至 1938 年才併入台北市的。自 1938 年至 1968 年間，台北市的範圍因併入松山庄，比 1920 年代擴張近半。這階段的台北市，相當於今日萬華、大同、中山、中正、大安、松山、信義等七區。在日本時代，州轄台北市下分 64 町與 19 大字（含原松山庄九大字，又 1935 年以後州轄台

北市曾分區，數目最多達 90 區，僅作輔助性質）。國府接收後，提升為省轄台北市（與台北縣同級），原町與大字重組為 10 區，即雙園、龍山（以上及城中區西門町組成今萬華區）、建成、延平、大同（以上三區為今大同區）、中山（今中山區）、城中、古亭（城中區扣除西門町與古亭區之半，組成中正區）、大安（加上古亭區之半，組成今大安區）、松山區（分為今松山、信義）等 10 區。

1967 年，省轄台北市又提升為院轄台北市，即直轄市，與台灣省同級。由於戰後人口激增至百萬，超過原先都市計畫收納人口，升格時就打算擴大台北市的行政區域，只是方案一時難決。幾經與台北縣的折衝，升格次年，行政院明令將原本分屬台北縣的景美鎮、木柵鄉、南港鎮、內湖鄉，與陽明山管理局管轄的士林鎮、北投鎮劃歸台北市管轄。然而這幾個鄉鎮的併入台北市也非一路順利，麻煩就卡在陽明山管理局，一直拖到 1974 年才解決。

說到這個「陽明山管理局」，是為了山下士林官邸、山上草山行館、中興賓館的安全所設立，局長由將官派任。老一輩的身分證如果有 Y 字開頭，就是陽明山管理局核發，比如我們偉大領袖先總統 蔣公，他的身分證字號「Y10000001」，就是天字第一號的意思。

此後台北市面積就不再擴大，維持 272 平方公里的土地，只是在 1990 年把 16 區調整為現行的 12 區，讓每個區的面積、人口較為平均（重劃前松山區還包含現在的信義區，人口多達 50 幾萬人，而建成、延平區面積、人口均小）。

台北市都市計畫大跨越

台北市都市計畫的第一次大跨越，是 1905 年市街改正（台北廳第 199 號告示），將都市計畫範圍擴大到整個台北三市街（與周圍都市外溢區），尤其重要的是規劃填平「艋舺沼澤」，除把一片低利用區改造為寸土寸金的「西門町」（這是概稱，1922 年正式作為行政單位的西門町，比現在概念的「西門町」區域要小得多），更藉這一片新開發區，把城內、艋舺、大稻埕緊密結合在一起。都市計畫後新興的西門町、東門外、南門外、大稻埕以東的三板橋等地，日本人的比例就特別高。

台北市都市計畫的第二次大跨越，是在 1932 年，這次從三市街的概念，拓展到當時州轄台北市全境外加松山庄在內，完整的台北盆地最大一片平原統一規劃。這次都市計畫以當時眼光來看，已經是「大都會區」格局的宏大計畫，預定收納人口 60 萬人（1930 年台北市人口才 24 萬），設計了松江路與新生南路以西的各主要幹線（敦化南北路除外，這是國府增添的）和公園預定地（公五今台北小巨蛋，公六國父紀念館、公七大安森林公園），戰後基本沿用，直接影響至少及於 1990 年代的台北城市發展，影響力之大可以想見。

馬路名稱

　　走在台北街頭，路名即有中國的地圖投射，基於戰後國府要消除日本文化，發揚中華文化有關，台北於 1968 年升格直轄市前的全境，也就是相當於今日萬華、大同、中山、中正、大安、松山、信義等舊七區的範圍，達成了「台北路名」與「中國地名」的完美對應投射！比如說，撫遠是中國東北端縣治，撫遠街就必定在台北舊市區東北角，東北九省的城市名就集中在中山區和松山區。至於西北的路名如庫倫街、哈密街、蘭州街，就發配到大同區。西南的路名如內江街、昆明路、成都路、康定路，就是萬華區專有，而東南的路名如福州路、杭州南北路、永康街，就是中正區東部（舊古亭區）和大安區、信義區專屬了。這就是 Mini China 在台北的印象。

　　另外，中山南北路、中正路與忠孝、仁愛、信義、和平、四維、八德路等名稱，都有其典故來源的。

文案摘錄自：黃清琪老師〈臺北在哪裡？——天龍國的身世，超完整解說〉

清朝時期一家人

巖疆鎖鑰

　　台北築城之議，可追溯至沈葆楨光緒元年（1875年）上書的〈台北擬建一府三縣摺〉，但未獲清廷重視。沈葆楨故向朝廷再建議設置「臺北府」，使北部與南部（臺灣府）取得行政同等地位。這項建議獲得清廷允許，並准建臺北府城。其後，沈葆楨保薦林達泉出任臺北府第一任知府。林達泉奉旨試署台北知府，於光緒4年（1878年）到任，他選定艋舺與大稻埕之間的荒僻平野，作為未來台北城的城址。林達泉到任僅七個月，因積勞卒於官署。時間雖短暫，卻是台北城的奠基者。

　　光緒5年（1879年），陳星聚於台北正式開府，開始擬定建城計畫，但苦於經費不足，又受限於城址水田土質鬆軟，於是先植竹培土，期三、四年後，使基地紮實，然後再正式建城。（註：後來，陳星聚直接參與興築台北城，光緒11年，卒於台北知府任期內。）光緒7年（1881年）貴州巡撫岑毓英調任福建巡撫，任務為「渡台籌邊」，於是對臺北府建城之事轉趨積極，岑毓英「親臨履勘，劃定基址」。光緒8年（1882年）1月24日，台北城正式興工。同年五月，岑毓英奉調署理雲貴總督，台灣事務遂交由台灣道劉璈負責。

　　劉璈，湖南人，為湘軍將領左宗棠門下，同治13年（1874年）來台處理牡丹社善後事宜，專辦建築恆春城工務。光緒7年（1881年）又來台，擔任台灣兵備道。任職台灣道期間，《臺灣通史》作者連橫形容他「勇於任事，不避艱鉅，整飭吏治，振作文風」。台灣尚未建省之前，行政區屬於「福建省台灣道」。福建巡撫春夏駐台，秋冬駐閩，兩地輪流駐紮辦公。台灣道劉璈則為福建巡撫之下，台灣地區最高行政長官。

　　劉璈巡視台北城基後，推翻前人的規劃。劉璈專精堪輿風水之學，又有修築恆春城的實務經驗。他認為岑毓英城基規劃不妥，將使台北城「後無祖山可憑，一路空虛，相書屬五兇。」於是劉璈乃更改城基方向，將整座城廓向東旋轉13度，使北城牆後方有七

星山可作為倚靠，台北城的城座方向變為向東北、西南傾斜。

光緒 10 年（1884 年）11 月，台北城完工。城牆周徑 1506 丈，壁高丈五，雉堞高三尺，城牆上路寬丈二，可容兩馬並彎而行。開五城門，分別為東門（景福）、西門（寶成）、南門（麗正）、北門（承恩）、小南門（重熙），建城石材則取自大直北勢湖。這座城，經歷沈葆楨、林達泉、陳星聚、岑毓英等的倡議及規劃，最後完成於劉璈之手。據德人辛慈研究，台北城是中國最後一座依風水建造的城市。

劉璈是劉銘傳的政治宿敵，兩劉恩怨，最後以悲劇收場。劉璈為台北城的實際創建者，劉銘傳為台灣現代化之父，兩人治台都有功績，均為不可多得之人才。然而兩虎不相容，致使兩人先後被迫離台，一流死於邊疆，一黯然歸故里。對此，連橫深表惋惜，他感慨評論此事：「法人之役，劉銘傳治軍臺北，而劉璈駐南，皆有經國之才。使璈不以罪去，輔佐巡撫，以經理臺疆，南北俱舉，必有可觀。而銘傳竟不能容之。非才之難，而所以用之者實難，有以哉！」

明治 33 年（1900 年），台灣總督府以交通建設為由，開始拆毀台北城的城牆及西門。其餘各城門一度打算全數拆毀，當時台灣總督府圖書館館長山中樵等學者堅決反對，才得以保留下來。這剩餘的四座城門，成為台北城唯一的遺址。

民國 54 年（1965 年），這四座城門又遭浩劫。台北市政府以「美化市容」為名，將這幾座已有 81 年歷史的舊城樓全拆毀，改建成「北方宮殿式」的新城門，當時僅有北門倖免於難。這是因為都市計畫即將在北門附近興建高架道路，北門遲早要被夷平，所以沒有拆除改建之必要。

後來學者極力爭取，經過激烈爭辯，政府同意修改道路計畫，將高架道路稍為偏斜，於是北門得以保留下來，但從此侷促於高架道路的包夾之中。北門終能保有歷史原貌至今，只是歷史的偶然與運氣而已。

20 餘年後，逃過一劫的北門終於被列為國家第一級古蹟。今天，想要欣賞 120 年前的台北城原貌，要看到「巖疆鎖鑰」這塊飽經風霜的碑石，惟有北門而已。

文案摘錄自：黃育志老師〈北門滄桑，兩劉恩怨〉

1879-1884

光緒 5 年（1879 年），陳星聚於台北正式開府，開始擬定建城計畫，
光緒 10 年（1884 年）11 月，台北城完工。

光緒 10 年（1884 年）11 月，台北城完工，城牆周徑 1506 丈，壁高丈五，雉垛高三尺，城牆上路寬丈二，可容兩馬並轡而行，開五城門，分別為東門（景福），西門（寶成），南門（麗正），北門（承恩），小南門（重熙），建城石材取自大直北勢湖，這座城，經歷沈葆楨、林達泉、陳星聚、岑毓英的倡議及規劃，最後完成於劉璈之手。

明治 33 年（1900 年），台灣總督府以建設為由，開始拆毀台北城的城牆及西門，其原本一度計畫全數拆毀，時台灣總督府圖書館館長山中樵等學者堅決反對，才得以保留現餘的四座城門。

民國 54 年（1965 年）這四座城門又遭浩劫，台北市政府以「美化市容」為名，將這幾座已有 81 年歷史的舊城樓拆毀，改建成「北方宮殿式」的新城門，當時僅有北門倖免於難，是因都市計畫即將在北門附近興建高架道路，認為北門終要被夷平，所以沒有拆除改建之必要因而逃過一劫；而後學者極力爭取下，20 餘年後，逃過拆除命運的北門終於被列為國家第一級古蹟，得以保存下來，今能欣賞 120 餘年前的台北城原貌，只有剩北門了。

台北城的東門，又稱景福門。
台北城的南門，又稱麗正門。
台北城的西門，又稱寶成門。
台北城的北門，又稱承恩門。
台北城的小南門，又稱重熙門。

文字來源：黃育志〈北門滄桑，兩劉恩怨〉；《臺灣全記錄》

城　　門

清朝時期的台北西門

葉子想像圖：清末時期的洋商行

石坊街（今衡陽路）是台北市第一條大馬路，路中央的「急公好義坊」建於 1888 年，遠處為西門城樓。

文字來源：《臺灣全記錄》

清末劉銘傳所建的大稻埕火車站

文字來源：《臺灣全記錄》

大稻埕碼頭，其後為觀音山。

葉子想像圖：清末渡台示意圖
船隻考據清朝的船圖，人物為參考法國人攝影清朝的船上人家。

日本時期大稻埕河畔

台北舊城壁

　　臺北府城城郭周圍共長 1506 丈，城牆高一丈五尺，雉堞三尺，計高一丈八尺，厚一丈二尺，牆頂闢建為步道，東畔相當於今中山南路，西畔相當於中華路，南畔於今愛國西路，北畔約今忠孝西路，城外環以護城壕塹，壁體之石塊相當整齊，為台灣最考究的石造城池。並闢有五座門樓，其中東門為「景福」，日本人進駐台灣後便開始拆毀城郭。

文字來源：《法國珍藏早期臺灣影像：攝影與歷史的對話》

1895 年北門外一景

　　台北城「承恩門」俗稱北門，是連接城內政治中心——巡撫衙門、布政使司衙門與城外洋行密集的商業精華區——大稻埕之間的重要通道，且基隆通往台北的鐵路，其車站也設在附近，日軍既循鐵路線前來，北門乃成為首當其衝的目標。圖中保護北門的外廓（甕城）仍然完好無缺，牌樓則是前往軍裝機器局（即今台鐵舊舍現址）的通道。

　　從這張圖片可以清楚看到承恩門外面還有一座甕城，而甕城北方則是迎接清廷官員的接官亭。

文字來源：《攻台圖錄：台灣史上最大一場戰爭》、
宋彥陞〈被視為台北城門戶的承恩門，為什麼會兩度險遭政府拆毀？〉

戎克船

即使到了日本時代，戎克船仍是海上貨運的重要交通工具。

洋人的輪船當然比台灣本土帆船 (junk，有人翻譯戎克船，而英文字就是來自閩南語的「船」) 吃水重多了，艋舺 (此名來自南島語「獨木舟」，與現今印尼語發音一樣) 一帶水淺容不了大船，清末始至日本時代，艋舺在經濟與文化上都無法與大稻埕相比。

文字來源：黃清琪〈臺北在哪裡？——天龍國的身世，超完整解説〉

清前期的淡水河畔

戎克船小檔案

英文名：junk（中國式帆船），由馬來語的「dgong」「jong」所演變，
　　　　另一種說法是由台語發音的「船」轉音而來。

別名：福州船

誕生：傳說在西元前 200 年的漢朝就已出現，在 15 至 17 世紀中，廣泛
　　　出現於中國近海，一直到 1920 年代仍可見蹤跡。

船型：長約 33 公尺，寬約 6.6 公尺。

特色：中國獨創的帆船類型，並在船首左右雕有一雙凸出的魚眼。

功能：載運貿易商品之用，據說明朝特使鄭和船隊曾改良這類船型航遍
　　　東南亞，甚至還遠達非洲呢！

　文字來源：《穿越時空看臺北：臺北建城120 週年：古地圖 舊影像 文獻 文物展》

葉子想像圖：清末的大稻埕

1920年以前，不存在台北市或統一管理「大佳臘堡」幾個成片聚落的市政機構，對於這個大聚落（或者用日本人的術語叫「市街地」），大家只有通稱「台北三市街」，也就是艋舺、大稻埕、城內。

文字來源：黃清琪〈臺北在哪裡？——天龍國的身世，超完整解說〉

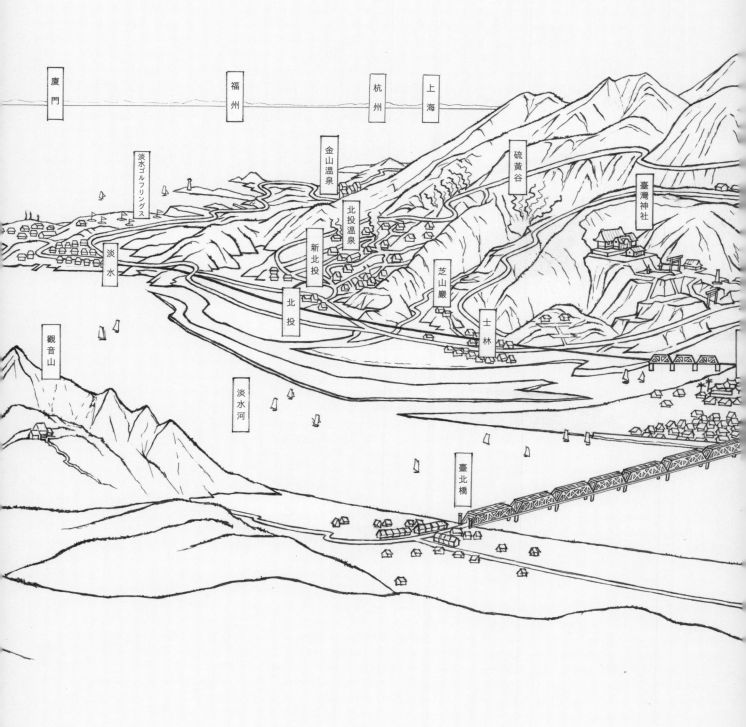

廈門

福州

杭州

上海

淡水ゴルフリングス

金山温泉

硫黄谷

臺灣神社

淡水

北投温泉

新北投

芝山巖

觀音山

北投

士林

淡水河

臺北橋

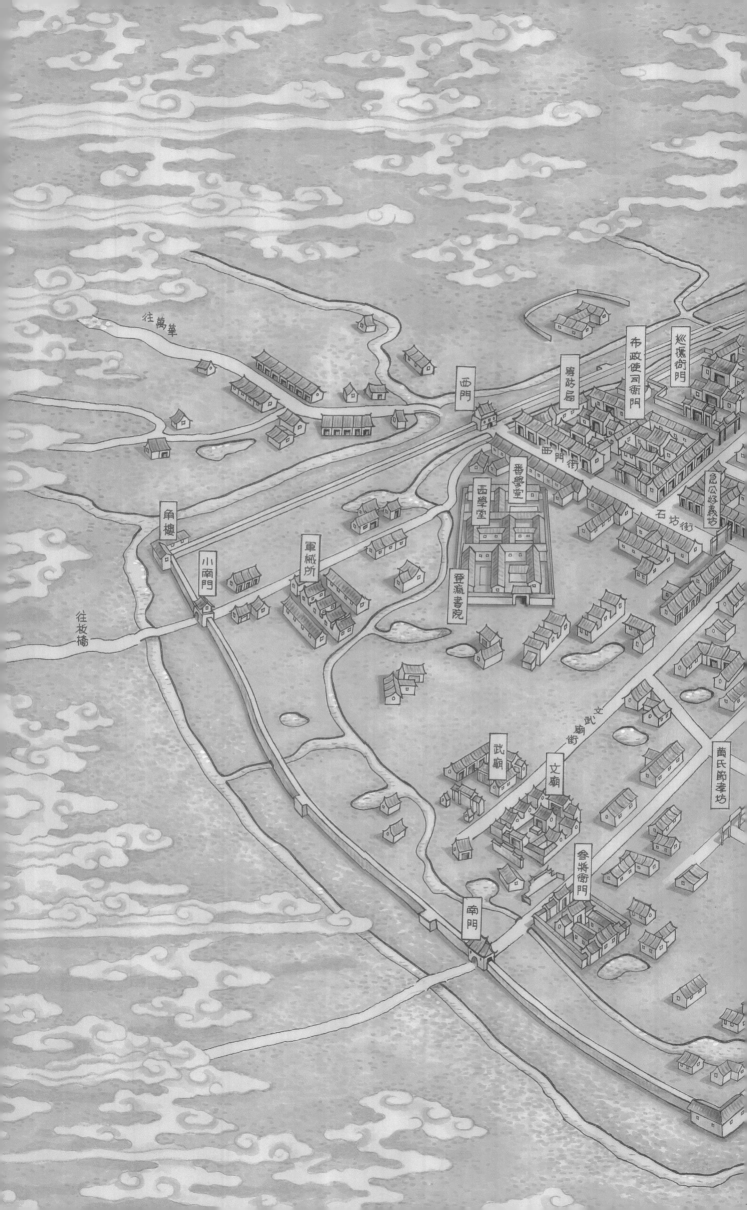

清代台北城

仙公廟

烏來溫泉

ウライ蕃社

中央研究所農業部

新店

水源地

新店碧潭

新竹

竹南

臺中

彰化

二水

嘉義

臺南

屏東

高雄

轉繪自日本時代吉田初三郎於昭和 10 年（1935 年）所畫的〈台北市鳥瞰圖〉

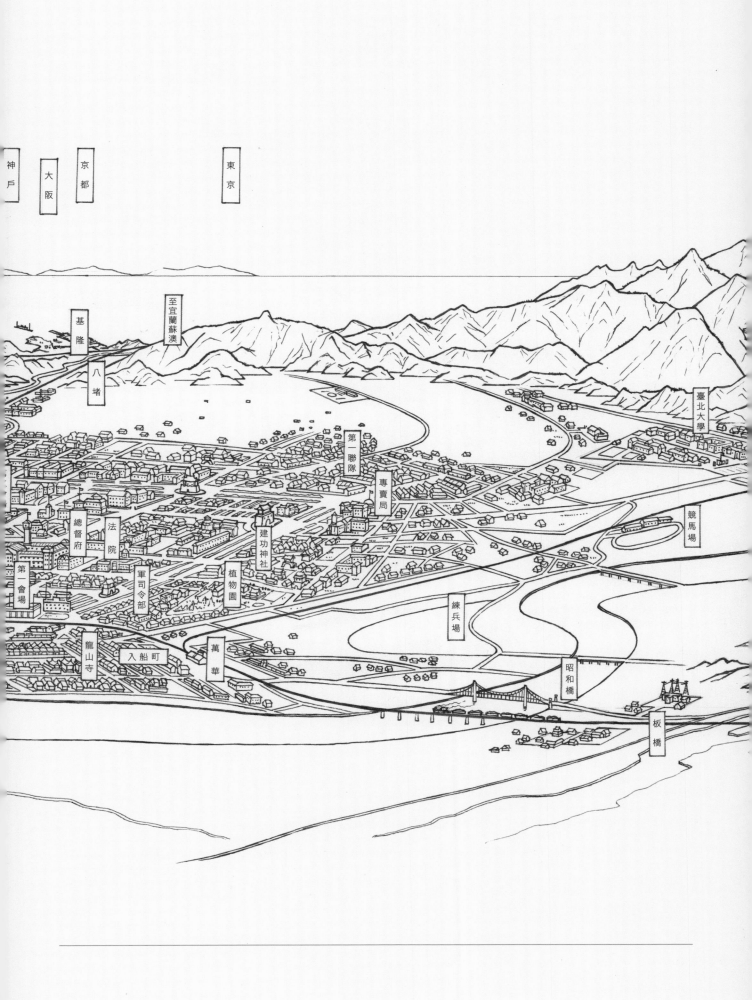

陳進興之路

——台灣最長的「犯罪連續劇」

李　瑞

　　1993 年我從永和搬到行義路後，有時下班較晚，從報社叫計程車回家，司機大多不知行義路。我從萬華大理街搭上車，必須仔細說明行車路線：先繞到中山北路一段，直行至六段，到日本學校旁左轉天母北路，到底見到福德廟右轉行義路。有一次太累，上車說了「行義路」後忘記說明路線就閉目假寐。過了大約 10 分鐘，直覺方向好像不太對，睜眼一看，不像是中山北路啊！我迷迷糊糊問司機：請問這是哪裡？他說：「信義路」啊，妳剛剛不是說要去「信義路」？

　　1997 年 11 月 18 日，陳進興潛入行義路半山腰 154 巷 22 號南非武官官邸挾持人質，新聞轟動海內外。其後下班搭計程車，一說「行義路」，司機即說：「我知道，我知道，陳進興那條路！」

　　——蜿蜒曲折通往陽明山的行義路從此名揚天下。「陳進興之路」的故事之漫長複雜，黑暗恐怖，即使已事過 20 多年，也很難道盡全貌。

1997 與台灣最長的「犯罪連續劇」

　　回顧「陳進興之路」的關鍵年代，1997 年確實有不少大事。1 月 20 日，美國總統柯林頓二度就職。2 月 29 日，中共前軍委主席鄧小平 93 高齡去世。3 月 10 日，遠東航空 128 班機從高雄被挾持至廈門。3 月 28 日，捷運淡水線通車至中山站。5 月 5 日，民視開播。7 月 1 日，香港回歸。8 月 18 日，溫妮颱風，汐止林肯大郡倒塌，26 人死亡，100 多人無家可歸。8 月 31 日，英國黛安娜王妃車禍遽逝……。

　　——另有兩事也與「陳進興之路」有關。一是 6 月 11—9 月 2 日，民視播放 60 集八點檔電視劇《菅芒花的春天》；那是白曉燕之母白冰冰前半生的傳記。二是 12 月 31 日，南非中止與中華民國邦交。

　　在這些國內外大小事之間，最讓台灣人震撼的驚悚新聞，莫過於從 4 月 14 日綁架白曉燕，延續至 11 月 18 日挾持南非武官 20 多小時的「陳進興事件」。這齣台灣最長的「犯罪連續劇」，在台北街頭巷尾演出七個多月，讓連戰內閣損兵折將：5 月 8 日內政部長林豐正與政務委員馬英九請辭；8 月 15 日警政署長姚高橋下台。——即使如此，連續劇仍高潮起伏，接著演了兩個多月才落幕。

　　「陳進興事件」不止揪緊台灣人的心，也備受國際媒體矚目；因為兩個受害要角都有外國背景。其一在起始之端，被綁架的 15 歲少女白曉燕，其父是日本電影製作人、劇作家梶原一騎。其二在結束之端，被挾持的卓懋祺上校是南非武官；其時南非已決定與我國斷交（與中共建交），1998 年 1 月 1 日後即將離台返國，卻在卸任前夕遭逢大難，不但家中五人被陳進興持槍挾持 20 多小時，甚至膝蓋被射傷，長女梅蘭妮的腰、背也中彈……。

如果不是 20 號鄰居不在家

　　行義路鄰近礦溪，周邊多樹，空氣清新，水質尤佳（住戶用水來自沒有工業汙染的陽明山水廠）。這樣幽靜的環境，吸引不少外交官及怡和洋行等外商公司員工租住；也有國泰蔡家等富戶及當時的國防部長蔣仲苓等高官。陳進興投降後，對自己的逃亡生涯不無自豪的說：「最危險的地方就是最安全的地方。」他舉的例子，就是當時地位崇高的蔣仲苓：蔣的官舍位於行義路 112 巷，隱密而寬闊，門口兩個衛兵站崗；他曾躲在那幢官舍對面的樓頂電梯間，都沒被警方人員發現……。

　　但陳進興闖入卓懋祺租居處是個意外。卓家住的是兩排背對背的五層樓別墅，住戶也多為駐台外交官或外商公司人員。據他返回南非後所寫回憶錄《Hostage in Taipei》所述，陳進興早已鎖定外國人多、地形特殊、有助逃避警方追捕的行義路；經過多日觀察，相中的行義路 154 巷 20 號是邊間，住一對較為年輕的夫妻。11 月 18 日黃昏六點多，陳進興從一樓潛入，上下尋找，屋中無人，正想放棄下樓，卻見一輛墨綠色 TOYOTA 雅歌

駛入隔壁 22 號車庫，遂臨時改變主意，從 20 號後院翻牆入隔壁後院游泳池，再爬進洗衣間，慢慢的沿著一樓餐廳到二樓休息室；卓懋祺三女克莉絲汀（12 歲）正在彈鋼琴，首先被挾持。那時，卓懋祺抱著台灣養子查克（7 個月大），與長女梅蘭妮（22 歲）在三樓看電視（19 歲次女空服員不在家）；妻子安妮則在電腦前收信。陳進興手持兩把裝有達姆彈的貝瑞塔手槍控制現場，要卓懋祺把男嬰交給安妮，並開始以手銬、電線綑綁諸人；安妮要抱嬰兒，只綑綁雙腳。七點整，卓家五人全都失去行動自由……。

從卓懋祺所述，外人才知 11 月 18 日陳進興潛進 20 號時，那對美國夫妻不在家的原因是丈夫赴漢城（首爾）出差，妻子則返美探親。

卓懋祺在回憶錄細述這個遭殃意外，不無慨嘆之意。——如果不是 20 號鄰居不在家，他們一家何致遭此「無枉之災」。

「失父者」之一：陳進興

陳進興與白曉燕相差 22 歲，卻都是不幸的「失父者」。但因兩人的成長環境貧富懸殊，導致一個變成加害者，一個成了受害者。

先說加害者的背景；陳進興的生命，始於未婚媽媽悲劇。1957 年，他母親在三重做女工，未婚懷孕遭遺棄，1958 年 1 月 1 日生下他，帶回萬華娘家交由父母扶養；自己仍在外做工。陳進興終生未見過生父，也不知生父是誰；從小即因此遭同儕鄙視、嘲笑，逐漸養成以暴力報復的扭曲性格；國中只讀一天即輟學。其後雖曾隨王姓繼父去寺廟做泥水工，學習廟宇雕塑，但 14 歲即因偷竊等案被少年法庭判感化教育。1976 年 18 歲時，更因侵入民宅強盜案被判刑 15 年；曾在綠島坐監 10 年。1988 年，蔣經國去世，陳進興獲減刑出獄。那時正逢賭博電玩風行，他與在獄中結識的高天民、林春生等人，在三重天台廣場共組「3D 立體歡樂世界公司」，收益豐厚，並與張素真結婚，生養二子，過了幾年較為平穩的家庭生活。

賭博電玩的龍頭周人蔘，比他們更早在天台廣場發跡；他以行賄檢警人員而在台北地區擁有百家非法電玩店，日進千萬元。陳進興等人創業後，也有樣學樣，向檢警行賄

而「穩定」發展了幾年。1995 年 4 月，周人蔘行賄案爆發，一堆檢警先後被捕，非法電玩風聲鶴唳，陳進興等人的電玩店也受到牽連，終至關閉且債務纏身。

1996 年 3 月，林口農會發生擠兌事件，群情激憤。正當農會人員焦頭爛額應付提領人潮之際，白冰冰坐著勞斯萊斯抵達，由友人陪同搶進農會，提領了大包鉅款出來。……陳進興當時也擠在農會門口，記住了白冰冰，以及她的豪車與鉅款……。

「失父者」之二：白曉燕

17 歲受害者白曉燕的背景可說是空白的。如果她的母親不是有名又有錢的白冰冰，也許她不致遭綁架致死。所以，我們得從她的母親說起。

白冰冰（1955.5.17）只比陳進興大三歲，生長在子女眾多的貧困家庭。其父老芋仔，前妻去世遺留二子，續娶其母後生 10 個孩子。其父是基隆台肥二廠工人，入不敷出，行三的白冰冰從小就要幫忙洗衣，撿煤，10 歲不到去殯葬業做童工，小學畢業去餐廳、工廠做女工；第一志願是「擺脫貧窮」。職業學校半工半讀畢業後，17 歲考入康樂隊，以歌唱與表演成名，20 歲即雄心勃勃赴日發展。

這一步，對她是巨大的轉振點。赴日不久，她天真的陷入愛情，嫁給電影製作人、劇作家梶原一騎（1936—1987）。然而美夢不長久，懷孕後面臨丈夫不斷外遇與家暴，痛心之餘，挺著大肚子回到台北，生下白曉燕（1980.6.23—1997.4.20）。──她後來曾說，如果沒有去日本，如果沒有白曉燕，也許就沒有讓她痛苦終生的「白曉燕綁架案」。

為了生活，白冰冰 1980 年生下白曉燕半個月即去中央酒店主持節目。之後重回舞台唱歌，演戲，演電影，主持電視節目，成為當紅的全方位藝人，對獨生女極為疼愛。──白曉燕稍長後可能知道自己的日本血緣，但也沒見過其父（她 7 歲時其父病故）。

1993 年，白冰冰以 6000 萬元在林口買 300 坪土地，斥資 7000 萬由其弟（建築師）設計完成內有電梯的四層豪宅；庭院 70 多坪遍植水果蔬菜。從小立志「擺脫貧窮」的白冰冰美夢成真，滿懷欣喜的招待影劇記者去參觀她的億元豪宅並報導；最為自慰的是接父母同住，並幫女兒曉燕布置了美輪美奐的 50 坪房間。

1996 年 7 月，《菅芒花的春天——白冰冰的前半生》（白冰冰口述／曹銘宗撰寫）由圓神出版社出版。這本勵志書暢銷一時；白冰冰在新聞版面與電視、廣播裡，已經成了奮鬥成功、苦盡甘來的富婆。這一切，都讓在林口農會門口見識過白冰冰的陳進興，更確定了目標。——那時他與林春生等人合夥的電玩店已停業一年，正處於無所事事且無收入的窘困狀態。

一截小指頭與五百萬美金

1997 年 4 月 14 日清晨七點半，就讀醒吾高中二年級的白曉燕，在上學途中被兩個歹徒擄上一輛廂型車，載往一秘密處所，以拍立得相機拍了三張裸照並剁下其左手小指頭。然後要她寫一張給白冰冰的字條：

「媽媽：我被綁架了，現在很痛苦，妳一定要救我，也要五百萬美金，不可以連號，要就（舊）鈔票，不可以報警，要不然性命休矣。xxxxxxx 等候連絡白曉燕。」

綁架者把那張字條，三張裸照，一截尾指，以及從白曉燕書包取得的醫院掛號證，放入淺綠色塑膠袋，帶到桃園縣龜山鄉長庚高爾夫球場入口旁的墳墓藏放。其後打電話到白家，但白冰冰不在。晚上 8 點 42 分再打，白冰冰仍未回家，是她哥哥白炎坤接的電話，遂囑咐他去長庚高爾夫球場邊的墓地找東西。那天是星期一，白炎坤及父母也正焦慮著白曉燕為何那麼晚還沒回家；接到那通電話頗覺怪異，立即連絡白冰冰，一起去墓地找到了淺綠色塑膠袋。

白冰冰不顧白曉燕「不可以報警」的提醒，立即打電話給相熟的刑事警察局局長楊子敬……；等白冰冰回到林口，家門口已有一堆記者。新聞界私下相傳，接著幾天電視轉播車也來了。陳進興派人潛伏其中，看那陣仗即知白冰冰已報警。其後幾天，雖曾幾次去電約時間地點，均未敢前往取款。

4 月 25 日，警方鎖定陳進興、林春生，晚上七點多赴三重天台廣場附近的陳家準備拘捕，卻因陳妻張素真及時示警，讓正要走進家門的陳進興轉身逃跑。警方圍捕失敗，只好於 4 月 26 日凌晨兩點召開記者會，公布綁匪陳進興、林春生照片，正式發布白曉燕

綁架案的新聞。

——那時，陳進興已偕同林春生、高天民逃往五股鄉西雲路 287 號，收拾並放火燒掉藏匿（殺害）白曉燕的現場。等警方獲報抵達查看，他們早又逃之夭夭。

同日清晨七點，白冰冰在家召開記者會，哭求綁匪放了白曉燕並痛斥國內治安敗壞。一公一私兩場記者會，通過多家電視新聞轉播，白曉燕綁架案全國皆知。

4 月 28 日黃昏，有人在新莊、五股工業區的大排水溝「中港大排」發現一具女屍，警方獲報，通知檢察官與葬儀社抵達現場。葬儀人員撈起女屍，發現頸部、雙手、雙腳都各綁兩個大鐵鎚頭，企圖讓屍體沉埋溝底。一年一度的媽祖生即在次日，也許媽祖靈力讓女屍浮上水面。屍體雖已腫脹，葬儀人員在翻檢左手時，仍發現少了一截小指，警方人員據此確認白曉燕；檢察官要葬儀社載去板橋殯儀館，刑事局也派著名法醫楊日松前來參與驗屍，並通知白冰冰到場。

楊日松進行解剖手術後，發現白曉燕已遇害八至十天；她的肝臟破裂，腹腔出血，身上也有多處皮下瘀血，研判生前遭受嚴重凌辱毆打，內臟破裂致死……。白冰冰看著愛女的肉身遭此凌辱與切割，是一種怎樣的心情？

街頭連續劇與《菅芒花的春天》八點檔交錯而行

然而，4 月 28 日發現浮屍後，陳進興等人宛如人間蒸發，即使調查局也加入追查，仍然不見人影。民心沸騰，輿論痛責，為了 17 歲的少女之死，先後動員三次民眾遊行。一是性質大異以往的「五四大遊行」，據估 5 萬人走上街頭，高舉「五〇四悼曉燕，為台灣而走」布條，邊走邊喊「總統認錯，撤換閣揆」；內政部長林豐正、政務委員馬英九 5 月 8 日辭職。二是 5 月 18 日，據估也是 5 萬民眾，強調「用腳愛台灣」，再度高喊「總統認錯，撤換內閣」。但總統李登輝沒出來認錯，閣揆連戰也穩居高位。三是 5 月 24 日，數千民眾夜宿總統府前凱達格蘭大道，高呼「陪台灣到天亮」。

然而，天亮之後，調查局北市調查站即約談陳進興妻子張素真與妻舅張志輝，指控他們也涉案，隨即遭檢察官收押禁見。陳進興與高天民得知後，於 5 月 28 日寫信給板橋

地檢署主任檢察官施良波、張振興，強調白曉燕案是他們和林春生所為，並無他人參與，請檢察官不要冤枉張素真和張志輝。

但張素真、張志輝並未因此獲得釋放；陳進興等人也仍逍遙法外，繼續犯案。5月24日，綁架台北縣議員蔡明堂，取得500萬贖款後放人。他們買了一輛凱迪拉克，託一小姐在鬧區租房子合住。6月11日，民視趁勢推出白冰冰前半生奮鬥故事的八點檔《菅芒花的春天》，台灣民眾跟著陳進興等人的流竄與電視裡白冰冰童年的眼淚，不知戲碼何時結束。由於戲裡戲外的劇情起伏，原本播放半小時的八點檔，8月4日起應觀眾要求改為播出一小時。8月8日，陳進興等人在北投富貴街綁架富商陳朝陽，勒贖3000萬，經過討價還價，拿到贖款400萬。陳朝陽獲釋後向警方報案，警政署長姚高橋遂於8月15日辭職。8月19日，「五常街槍擊案」更聳動，在街巷追捕攻堅中，警員曹立民中彈殉職，高天民快速逃逸，林春生則後退無路，自擊六槍斃命。

9月2日，《菅芒花的春天》播滿60集，警方仍不知陳進興、高天民在哪裡，陸續到觀音山等山區搜尋均無下落。10月23日下午，陳進興、高天民進入羅斯福路一段20號4樓方保芳整形診所，高天民要求方醫師替他整容，包括雙眼皮變單，雙頰墊高，上下唇縫薄。手術結束後，他們槍殺方氏夫婦滅口，陳進興並姦殺護士鄭文瑜。警方直到10月30日DNA檢測結果出來，才確定三屍命案是他們所為，但還是不知他們藏匿何處。

然而，高天民整容似不成功，11月17日去北投石牌路買春，竟被眼尖的民眾識破報案，在警方圍捕中自斃而亡。

那時，白冰冰主演的電影《寂寞芳心俱樂部》在捷克「斯洛伐克影展」獲得最佳女主角獎，導演易智言正在國外，得知消息想向白冰冰祝賀卻連絡不上，託他母親代為連絡。白冰冰接到易媽媽的祝賀電話，感嘆的說：「要是早半年得獎就好了，就不會讓白曉燕說我毫無成就！……」言下之意，白曉燕對媽媽的演藝成就，似乎並不引以為榮。

行義路挾持之夜，創下台灣電視史訪問先例

石牌路的尾端，銜接行義路1號福德廟。高天民在石牌路自盡後，陳進興決定孤注

一擲，騎著偷來的機車，上了兩個大轉彎的行義路，尋找綁架目標。這次不是為了勒贖金錢，而是要救助仍被收押的妻子和小舅子，要向全世界宣洩滿肚子的怨怒。

11 月 18 日傍晚，陳進興挾持了卓懋祺一家後，首先打電話到北投分局，表明自己是陳進興，正在行義路半山腰，綁架了五個外國人；「看你們要怎麼辦？」對方可能以為是假借其名唬弄報案，掛斷了電話。

安妮約好時間的地毯銷售員正好來按電鈴，陳進興去冰箱拿二大瓶礦泉水，熄了所有的燈，屋內一片黑，氣氛緊張而詭異。銷售員改打安妮手機，安妮告以全家被挾持。機警的銷售員立刻向另一客戶巴天豪轉告挾持之事；巴也是南非使館人員，來台四年，會說點華語。巴隨即來電，陳接電話，囑巴轉告警方，並連絡 CNN 等國內外媒體。巴要求與卓說話，卓以英文向巴說，陳有達姆彈，要警方小心。《The China Post》記者包杰生是美國人，也能說流利華語，陳進興對他更是滔滔不絕，抱怨警方胡亂辦案，強調白曉燕案是他和高天民、林春生三人所為，警方不該刑求其妻張素真及他妻舅張志輝……。法國通訊社記者布萊恩來電則說，同教會的會友得知消息後，都在為卓家及陳進興禱告。卓懋祺於是也率全家頌唱《詩篇 23 篇》：

「耶和華是我的牧者，我必不致缺乏。
他使我躺臥在青草地上，領我在可安歇的水邊。
他使我的靈魂甦醒，為自己的名走義路。
……」

他們的祈禱也許尚未結束，我已在電視新聞看到陳進興挾持南非武官的跑馬燈。啊，那不是在我家旁邊的巷子嗎？我立刻打電話告知吾兒。那時他在《自由時報》跑國會新聞，陳進興這種社會新聞不歸他跑，但採訪主任一聽在他家旁邊，立刻要他載著攝影記者趕回家。開車途中，他還轉告以前的《新新聞》同事。如此輾轉相告，等他穿越行義路的車流回到家，已有近 10 個同業先後而至。

他們回到行義路 140 巷停好車，先去 154 巷看究竟，途中發現 140 巷和 146 巷尾已停滿電視轉播車；154 巷 20 至 24 號門前站著成排裝備齊全的特勤警察，20 號對面的三樓頂也擠滿了人，可能也是來採訪的新聞同業；24 號住戶聽說是阿拉伯人，車庫已被警方徵用為指揮中心。

吾兒家是七樓大廈的四樓，七樓頂與卓懋祺那排五樓邊間成對角，中間隔一塊 300 坪菜園。吾兒帶同業回到家，先上七樓頂，正好可清楚拍到那排持槍的特勤警察。吾媳生產未滿月，仍與吾孫住在松江路做月子中心，吾兒家於是成了新聞同業來來去去的發稿站；累了就喝點茶水，躺下來休息休息，看看第四台新聞有什麼進展。吾兒那時少開伙，除了茶葉、開水無限量供應，冰箱沒什麼庫存，同業餓了就去 154 巷口萊爾富便利店買泡麵或麵包、餅乾、茶葉蛋，有時也順便晃到 20 號附近，看看警方動員的新狀態。——據說，那個晚上「萊爾富」做了 10 萬元生意，能吃的都被搬光了。後來「萊爾富」的人說，早知道有陳進興事件，他們就多進一些貨，做的就不止 10 萬元生意。

我家在 140 巷尾，旁邊有棟 14 層大廈；三樓開店未成，長期閒置。快八點時，我在陽台探出頭，看到斜對面三樓陽台竟也站了幾個警察，突然砰砰幾聲，紅光閃閃，射向 14 層大廈對面的五層別墅。我後來知道，從那個位置可以射到卓懋祺家的後院。……但陳進興是在三樓屋子裡，射到後院有什麼用呢？卓懋祺在其回憶錄裡抱怨說，當時屋裡一片黑，警方完全不了解狀況，怎能胡亂開槍？這讓陳進興更緊張，8 點 40 分發現樓下似有人影，立刻對外開了第一槍。

8 點 50 分，台北市刑警大隊長侯友宜到達，下令所有員警停止射擊，並打卓家電話和陳進興對話近一小時。陳還是痛罵司法不公，妻子和妻舅受到冤枉，侯也答應絕不讓特勤人員攻堅……。9 點 50 分結束通話後，陳進興恍惚看到一樓人影晃動，大怒連開兩槍，卻射偏了方向，擊中卓懋祺左膝蓋和梅蘭妮腰、背。侯再與陳通話溝通，進去背出兩名傷者，送往榮總急診。法新社記者來電採訪，陳說，不投降，也不準備活著離開；「只想痛哭一場，但已沒有眼淚好流了！……」

　　9 點 55 分，陳進興接受《聯合報》記者張宗智專訪兩小時。12 點 25 分，接受台視戴忠仁專訪兩小時。然後，TVBS 李四端，中視王育誠，民視廖筱君，東森莊玉珍，超視周慧婷，直至清晨五點多才結束。一個綁架殺人犯，一個晚上連續五個多小時在電話裡接受六家電視直播採訪，創下台灣電視史訪問先例。

　　另外還有兩件特別的事。一是警方從看守所押出張素真，讓她帶麵包、隨身聽等物，於 11 月 19 日 10 點 40 分，由謝長廷律師陪同進入卓家見陳進興。她對陳、謝說，警方對她的刑求，包括踢下體，光身坐冰塊，坐針椅，電擊，要她承認是白曉燕案共犯。二是那天黃昏，同意張素真要求，讓離別七個多月的夫妻倆「單獨相處」兩小時，軟化了陳進興。

　　晚上 7 點 58 分，陳進興釋放最後一名人質安妮，交出最後一把槍，讓侯友宜上手銬，由張素真陪同走出南非武官官邸，步入警車離去；一齣歷經七個月又五天的連續劇，至此告一段落……。

我 與

明星咖啡館

季 季

我 19 歲偶遇 15 歲的明星，算來已經 55 年。

但明星比我年長，我必須先從它的歷史說起。

台北的明星咖啡館位於武昌街一段 5 號，2019 年 10 月 30 日屆滿 70 周年。如果上溯至 1922 年於上海霞飛路（今淮海中路）7 號創辦的明星咖啡館，則其歷史已近百年。再進一步說，如果沒有十月革命，就沒有明星咖咖館；因為兩處明星的關鍵人物，都是從 1917 年 10 月的俄羅斯革命逃出來的。

追根究柢，明星的緣起是政治劇變與難民逃亡。俄共推翻沙皇尼古拉二世後，不少白俄人恐被追殺，通過西伯利亞東逃，在哈爾濱暫歇幾口氣又南逃到上海；1922 年布爾林洛維奇在上海霞飛路創辦明星（Astoria）咖啡館。1949 年 5 月上海淪陷，100 多位白俄人再因恐共而逃亡。到達台北之後，有人在大直外語學校教俄語，有人到中山北路大友戲院表演唱歌、跳舞、變魔術；會做火腿、核桃糕、俄羅斯軟糖的拿到餐廳寄售，懂工程的替人修房子修廁所，擅做俄羅斯麵包或玩具的到市場擺攤。——從北國輾轉抵達南國，他們為日益多元的台北文化增添了獨特的俄羅斯色彩。

1949 年 10 月，會做麵包、火腿的白俄人與一個年輕的台灣人在武昌街一段 7 號一樓開設明星麵包，由艾斯尼擔任經理。次年在樓上增設咖啡館後，成了流亡台北的白俄人同鄉會，不時相聚聊天敘舊。每年 1 月 13 日俄羅斯新年，更是全員到齊，喝酒唱歌跳舞解鄉愁；蔣中正總統的兒子蔣經國和他在俄羅斯娶回的太太芬娜（蔣方良）也每年都來歡聚一堂。——那是被共產黨打敗的國民黨還在高喊「反共抗俄」的時代；不過情治單位了解那些白俄人都是「反共」的。

周夢蝶與他合法執照的書櫃。

1950 — 1953 年韓戰期間，中共兵援北韓，南韓情勢幾度危急，美國雖於 1950 年 6 月底派第七艦隊進駐台灣海峽，有些白俄人仍因「恐共症」再度發作；分別去了巴西或澳洲。

1964 年，明星已是著名的「文學咖啡館」；6 月 7 日我第一次走進去時，只剩一個白俄老人默默坐在二樓靠窗的第一個位子。——後來我才知道，他就是開創明星的靈魂人物喬治艾斯尼。而那個年輕的台灣人股東簡錦錐，因為白俄股東離台而股權重組，已經成了明星大老闆。

簡錦錐說，艾斯尼出身沙皇侍衛隊，22 歲即在西伯利亞當軍事指揮官，十月革命後，他帶一團人逃到哈爾濱，三年後輾轉到上海，在法租界公務局工作，也投資布爾林洛維奇創辦的明星咖啡館；1949 年 5 月一起逃來台北。

那年夏天，簡錦錐 18 歲，剛從建中畢業，在中正西路 96 號（今忠孝西路 100 號）他哥哥經營的台灣特產行協助店務。因為店址離火車站不遠，常有外國人來購物或拿美金來私下換台幣。店裡只有他會說英文，也因換美金而結識了 57 歲的艾斯尼及他的同鄉；都是金髮白膚，又都說英文，起先不知他們是白俄人。

換了幾次美金後，艾斯尼對簡錦錐說，他們幾個同鄉想開麵包店和咖啡館，請他幫忙找個合適的店面，並帶他去金華街 18 號的租居處相見。他聽不懂他們說的話，問起艾斯尼，他才坦承是從俄羅斯逃出來的白俄人。

艾斯尼住的兩層樓是向上海人租的，樓下住布爾林洛維奇一家，樓上三個房間由艾

斯尼和另兩個單身同鄉分租；一間月租 180 元。

艾斯尼向他說，布爾林洛維奇 76 歲，三個兒子也都會做麵包；他在上海開明星時用的大冰櫃已運來台北了，準備以那個冰櫃投資入股；另外幾個同鄉預備投資 7000 美金，先開麵包店，再開咖啡館，簡錦錐也獲邀投資 500 美金；當時國府剛發行新台幣，7500 美金約新台幣三萬元。他哥哥知道後說，政府正厲行反共抗俄，勸他別跟那些俄國人來往，以免惹禍。但他說，已答應投資 500 美元並幫艾斯尼找店面，不能反悔。

要開店，當然得去人潮多的市區找。當時城中區最熱鬧，簡錦錐找來找去找不到店面，後來發現武昌街一段 7 號一幢三層樓店門緊閉。他在附近店家打聽，才知因為對著城隍廟，生意人忌諱「廟沖」，一直沒人租。

他帶艾斯尼和幾個有意投資的人去看，他們有信耶穌教的，也有信天主教或東正教，都不介意對著城隍廟，還進廟裡燒香拜拜抽籤呢。

簡錦錐於是去 5 號樓上找屋主高玉樹，洽定每月租金 2000 元。（高玉樹是台籍菁英，1954 年繼吳三連之後以無黨籍當選第二任台北市長；後來曾任交通部長等要職。）10 月明星開幕時，是城中區唯一的西點麵包店，轟動一時。彼時尚無電爐，用的是土爐烘烤：一次要燒 50 斤木炭，燒到 400 度時，取出木炭烤麵包，300 度時烤蛋糕，200 度時烤餅乾。下午四點多，武昌街一段兩側陸續排列著外國使館或貿易行的黑頭車，都在等明星麵包出爐；蔣方良也常派人來買。

〔以下是明星的六個合夥人：

1. 布爾林洛維奇（Petter Noveehor），1873 年生，曾任中國軍校教官，有中國國籍。1922 年在上海霞飛路 7 號創辦「明星」咖啡館，與三子皆擅製麵包。—— 1953 年移民巴西。

2. 喬治艾斯尼（George Elsner），1892 年生，曾任沙皇侍衛軍團長。無國籍。——擔任明星經理 12 年，並任顧問至 1973 年在台去世；終生未婚。

3. 拉立果夫（Laricve），1900 年生，火藥專家，有中國國籍，曾任國防部兵工廠顧問。—— 1980 年在台去世。

4. 列比利夫（Levedwe），1902 年生，無國籍，擅做火腿、俄羅斯軟糖。

—— 1952 年移民澳洲。

5. 麗娜（Lena），1902 年生，夫為立法委員張大田（1905 年生）。

6. 簡錦錐，台灣台北人，1931 年生。—— 2018 年辭世。〕

說完明星與白俄的傳奇史，才能回顧我與明星的文學史。1964 年 3 月，我離開雲林老家到台北職業寫作，常去重慶南路逛書店。5 月 12 日下午，在書店街免費閱讀之後逛到武昌街一段，看到一座很古樸的廟宇，走近一看，是台灣省城隍廟（現在已金光閃耀華麗貴氣）。後來站在廟埕花園裡（那時尚未加蓋棚頂）瀏覽周遭，發現對面「明星西點麵包」騎樓下有個清癯的中年男子，頂著光頭手握書卷，坐在椅子上垂目閱讀。街邊坐讀，神色蕭穆，這陌生的影像彷彿一塊吸鐵把我吸了過去。男子手上握著泛黃線裝書，看不到封面和書名，但他旁邊立一個木頭書架，排列著一些我讀虎尾女中時沒看過的詩集和雜誌。我立即明白這是他的書攤，於是向他買了一本《現代文學》，五塊五毛。不過我沒跟那個賣書人說話。

第二天我打公用電話給我的筆友隱地，他是老台北，聽完我的發現即說：「那是有名的詩人周夢蝶呀，那家明星麵包也很有名，是白俄人開的，樓上還有明星咖啡館呢。」

周夢蝶書攤和明星咖啡館，於是在我最初的台北記憶留下難忘的刻痕。六月初，《皇冠》平鑫濤先生通知我簽「基本作家」合約，我挑了一個星期天，請隱地、我的讀者阿碧，以及我的男友小寶去明星喝咖啡，一杯六塊錢。那時的稿費一千字 50 元，四杯咖啡差不多喝掉五百字。但是就算喝掉一千字，我也很高興啊。

那天我還在明星三樓看中一個靠窗的位子，面對城隍廟，可以看到樓下的花園和香爐裡裊裊而升的灰煙。後來在那裡寫了〈沒有感覺是什麼感覺〉、〈擁抱我們的草原〉、〈我的庇護神〉等多篇小說。

我初來台北時，在永和竹林路租一個小房間，月租 200 元，只有一張竹床一把椅子，沒錢買書桌，雙手俯在竹床上寫沒多久就肩頸緊縮，筋骨痠痛。發現安靜的明星三樓後，我就常去那個面對城隍廟的位子，坐在寬敞的火車座，依著冰涼的、墨綠花紋的大理石桌面，慢慢的寫；那是我最放鬆，最愉悅的寫作時光。

一個人在三樓寫作，沉默而孤單，除了點飲料，幾乎沒和誰說過話。最早認識的筆

友林懷民還在台中讀衛道中學，他介紹我認識的馬各、隱地、門偉誠等筆友都要上班，也很少來明星。明星的二樓很典雅，半捲的長窗簾，暈黃的燈光，散發著古樸悠閑的光影；加上那些色彩沉鬱的白俄人油畫，濃郁的咖啡香，以及當時少有的冷氣，永遠瀰漫著一種慵懶浪漫的歐洲式氣氛，每次我去都看到一桌桌的人似乎無憂無慮，閑閑的坐在那裡談天抽菸。或許其中也有知名的作家吧？可惜我一個也不認識，總害羞的穿過二樓爬上三樓，坐在那個面窗的位子寫。寫不下去時還可以站起來，貼著窗玻璃看城隍廟香爐裡的煙，看久了身心漸漸沉靜，腦子彷彿空了，新的想像又幻化而出，於是坐下來繼續寫。

三樓沒冷氣，但比二樓寬敞安靜，左右兩排隔著紅木屏風的火車座，中間還有三個圓桌；常常一個下午只有我一個人，寫累了就趴在冰涼的大理石桌面小睡。

明星咖啡雖然香醇，但我後來發現檸檬水更對我的胃口，一大玻璃杯也是六塊錢。午後走進明星叫一杯檸檬水，慢慢的喝慢慢的寫。傍晚又叫一杯檸檬水加一盤 12 塊錢的火腿蛋炒飯，寫到快打烊才下樓，從來沒人來趕我。擴音器裡不時播放著柴可夫斯基的〈降 B 小調小提琴協奏曲〉，〈天鵝湖〉，〈胡桃鉗〉，或德弗乍克的〈新世界〉。對一個在台北沒書桌也沒收音機和音響的鄉下女孩來說，在明星寫稿的感覺真是奢侈而又幸福。一個人守著一張桌子，自由自在想像，無拘無束描摹，每次寫完一篇小說走下三樓，心裡總是依依不捨；而且快樂又滿足。——我寫信給林懷民時，當然也告訴他這個自由快樂的寫作新天地。

1964 年 9 月，懷民考上政大，住在木柵，星期六下午或星期天也到明星來寫稿。一走上三樓，他就興奮的說：「嗨，我來了！」然後坐在我後排的火車座。隔著屏風，聽到他窸窸窣窣攤開稿紙，聽到二樓服務生送來檸檬水，然後又安靜了下來。他寫他所想所見，我寫我所見所想。寫得不滿意，他會大聲嘆口氣，窸窸窣窣把稿子揉掉。有時他會走過來，拿著他正寫著的那頁問：「這個字這樣寫對不對？」有時則會坐在圓桌邊，靠著綠皮圈椅，把腳擱在另一隻椅子上，悠閑點燃一支菸。「先休息一下，」他充滿期待的說，「我唸一段剛才寫的，妳聽聽看！」

那一刻的明星三樓，像個小劇場；懷民是唯一的演員，我是唯一的觀眾。演員結束了演出，總要急切的問觀眾意見。但是觀眾口才不好，常常辭不達意。演員最後總是看著自己的稿子，慢慢的說：「我感覺，這樣比較好。」

懷民後來帶著「雲門」演出，有了更大的舞台，更多的觀眾。有些老朋友偶而會問他：「什麼時候再寫小說？」我從不這樣問。我知道，他一直在寫，把他的小說用身體寫在舞台上；因為，「我感覺，這樣比較好。」他帶著「雲門」到世界各地演出時，也總會對當地的粉絲說：「嗨，我來了！」

懷民所說的「這樣比較好」，是一種理想的追求；「我來了」，則是一種行動的實踐。

回頭來說吸引我走進明星的周夢蝶；他是「文學咖啡館」的領頭人。後來和他熟識之後，我曾問起到明星門口擺書攤的事。一向滿臉肅容的詩人竟幽默的說：

「我這是愚人節的故事啊，我第一天到明星門口賣書是 1959 年 4 月 1 日，最後一天是 1980 年 4 月 1 日；不都是愚人節嗎？」他哈哈大笑起來。

「到明星之前呢？」

「逐水草而居啊，每天揹一箱書帶一塊布，找個警察比較不容易發現的地方，把布攤開來，書就放在上面。」

逐水草而居那兩年，因為沒執照，常被管區警察驅逐。有個警察是同鄉，勸他最好找個固定的地方，取得合法執照。他第一天到明星騎樓下，仍是把書攤在布上；「簡太太看到了我，還拿了一塊蛋糕請我吃，對我非常友善。」

每天揹書來去很沉重，後來他徵得明星同意，在騎樓下靠牆釘了一個高三尺七寸、寬二尺五寸的書架，也取得了合法執照；「如此 21 年，除了農曆年假，每天都去明星，在那裡認識了很多朋友……。」

—— 2014 年 5 月 1 日，「孤獨國王」周夢蝶以 94 高齡辭世。他的門生於 2016 年創設「周夢蝶詩獎」鼓勵後輩，贈獎典禮都在明星三樓舉行。

除了周夢蝶，明星還有兩個著名的文學故事。先是 1960 年 3 月，白先勇與王文興、歐陽子、陳若曦等人就讀台大外文系三年級時創辦的《現代文學》雙月刊。聽說他們也常去明星三樓一起討論封面專輯，輪流看稿交換意見。

我很愛讀《現代文學》，但無緣看到他們在明星的編輯身影。1964 年 6 月我走進明星時，歐陽子、陳若曦等女生早就赴美留學，白先勇、王文興等男生服役兩年後也已赴美留學。——直到 1977 年我進入《聯合報》副刊組工作後，因為約稿等編輯事務，才有

緣結識這些可敬的《現代文學》前輩。

另一個是尉天驄、陳映真等人 1966 年 10 月創辦的《文學季刊》。他們籌辦期間就來過我家聊天約稿。後來偶而聽他們說起在明星三樓開編輯會議，有人因意見不合拍桌而去，或有時太窮，叫一盤火腿蛋炒飯，兩人分著吃也很香。他們認真選稿，彼此鼓勵，發表新人作品；王禎和、黃春明等人的鄉土小說，後來都成了經典。

1968 年爆發「民主台灣聯盟」案後，陳映真繫獄七年，《文學季刊》也被迫停刊，簡老闆一直很關心。1977 年陳映真結婚，為了紀念當年在明星編輯《文學季刊》的歲月，唐文標訂了明星蛋糕送去耕莘文教院禮堂；簡老闆特別把那個蛋糕「做得像一本打開的書」。

2002 年，簡老闆買下隔壁 5 號樓，兩樓打通重新裝潢，明星更為寬敞明亮。海外老友返台，都想再去這個「文學咖啡館」坐坐聊聊，重溫「沒有人趕你」的舊夢。有些沒去過明星的文友來台，也總指名要去這個聞名已久的聖地朝聖。

我有了書桌之後，較少再去明星寫稿，但是媒體訪問、錄影或座談會，一定約在明星三樓；有一次還應學生要求，帶他們在那裡上了兩小時的課。——當然，我總難忘情的指出當年寫稿的位置。

2005 年 10 月，《寫給你的故事》新書發表會，我也選在明星三樓，並邀簡老闆與林懷民站台敘舊。懷民一走進來就大聲的說：「嗨，我來了！」

發表會結束，我們坐在當年的位置聊天。聊了兩個多小時，也依然沒有人來趕；直到天色漸暗，懷民站起來說：「唉，我該走了！」

煙火般的

夜市

林　輝

我太太秋珍跟我生長於福州，30幾年前從親友口中聽得的台北是保健好，食物好吃，錢滾滾淹腳目，讓人心生嚮往。我們有幸於1995年因為投奔父親，來台灣依親。

剛到台灣，的確，看到滿街上都是做生意的店舖，早上的蔬果魚肉市場，中午的午餐小販、便當，下午三四點出爐麵包的香味，晚餐的慎重，還有宵夜清香，那一份飽足豐盛的感覺，好令人滿足。而這一個繁忙的市面，卻沒有人爭先恐後，人跟人之間有禮貌，講話斯文，搭公車還排隊，保健制度好，醫療水準高……，對我而言，感覺上是來到一個所謂的「大同世界」吧！

我們就是在這台灣經濟最鼎盛的時候來台北的，那時的台灣可是亞洲四小龍之首。台北人每一個人都勤奮工作，早出晚歸，處處可看到家庭工廠。那時候秋珍在一家鞋店打工，她的老闆在夜市開了三家鞋店，門庭若市。秋珍每天從下午四點上班一直忙到深夜12點，忙得連吃飯、上洗手間的時間都沒有。

老闆很會照顧員工，每周都會安排員工活動，半夜收工後不是在店前燒烤，就是去郊外野營，深得員工們的喜愛。秋珍工作一陣子後，身體實在撐不下去了，就轉到夜市另外一家服飾店上班，這是秋珍的本行，也是她最擅長的事，她如魚得水，游刃有餘，把這老闆的店當作自己的店來經營。

夜市的生意竟然與政治有著極大的關聯性。在李登輝前總統時代，大家漸漸熱衷於政治，台灣本土意識越來越強，夜市的氛圍也就不像早年的和諧。第一次政黨輪替的時候，夜市有「肚子扁扁也要選阿扁」的口號。後來民進黨執政後，台灣的一些企業、中產階級開始慢慢移往大陸，夜市的攤商們被溫水煮青蛙一樣，不知不覺中，生意漸漸開始下滑。但秋珍卻也因為這個大環境的因素，謀到了一個自己的攤位，她開始經營起自

己的服裝生意。

　　早期生意興隆，每到假日，都要找幫手，忙得她不亦樂乎。若是農曆春節前，服飾業最旺的時候，每天都可以做到上萬元的生意，數著皮包裡面每天不停膨脹的台幣，非常有成就感。但隨著網購市場的盛行，原本在夜市淘寶的年輕顧客，都轉變了採購的習慣，夜市攤商也因此出現了經營危機，其中又以服飾業為首，秋珍只好直接去廣州進貨，又苦撐了幾年，但後來還是只能轉型，才可以生存。

　　那時，秋珍開始做起飲料的生意，我們家的廚房變成所有水果切分與果汁原汁的工作室，全家出動幫忙。起初還算順利，但整個夜市其他攤位也都不好經營，紛紛改成飲料生意，相互競爭之下，搞得大家的利潤都變得微薄。景氣與夜市的關係是，景氣好的時候最晚才會感受到，景氣差的時候則是最快感受到的。惡性循環的結果，讓小攤販更加辛苦了。

　　夜市就是一個小世界，什麼樣的人事物都有，濃縮了整個人性的組合，夜市邊上的警察局，特別忙碌，因為這些民間小事，攤販都去找警察討公道。景氣好的時期，或許因為錢來得太容易，許多攤商開始熱衷於當時興盛的六合彩，很多攤販越玩越大。有一位自助餐的老闆，生意很好，但他嗜賭成性，雖然賺得多，但賠得更多，後來不僅把賺來的錢賭光了，最後連命都賠上了，可憐的留下母女三人艱難度日。

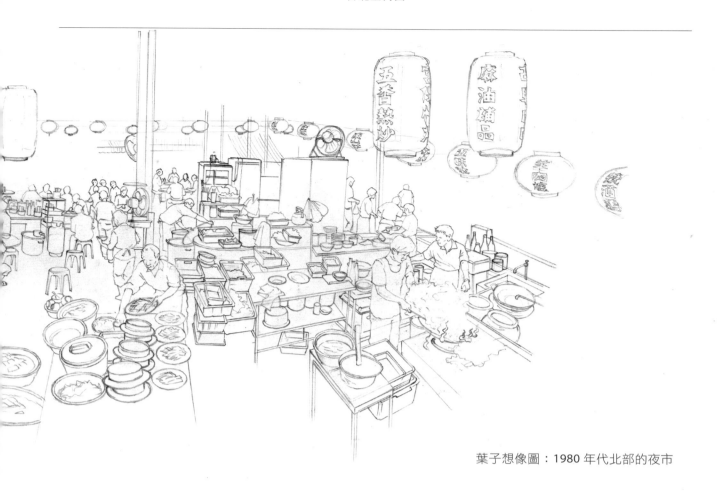

葉子想像圖：1980 年代北部的夜市

　　景氣壞的時期，卻也有好人好事，我們自己就遇見好心助人的故事。秋珍一個人顧攤販，經常是手忙腳亂，有一天我接到一個沒見過的電話號碼打給我，原來是她求救於一位逛到她攤位的年輕人，請他撥給我，才知道是她的手機不知道什麼時候不見了，而且麻煩的是她怕算帳不專心，把電話關了靜音。當時我沒有帶電腦，手邊也忙著走不開，就請秋珍讓我跟那位年輕人通話，我跟他說：「糟糕，我一下子來不了……，可不可以用你的電話撥一下我太太的號碼？」這年輕人很有經驗的問：「有沒有設定定位追蹤功能？」我說：「有，但沒有開啟警示功能！」他說：「試看看再說。」

　　年輕人在秋珍的攤位上打開他的電腦與無線接收器，成了幫她追蹤手機的偵探！只見電腦畫面沿著台北的忠孝東路大街一路移動，最後到了火車站停下，不動了。我們這一頭就一直打電話去，且一直發出訊息：「你拿了我的手機，請你回電xxxx號碼。」但始終沒有接到回應。年輕人說：「只知道這個人在火車站，怎麼辦呢？」秋珍說：「怕你餓，我去隔壁給你買吃的！」她真實的意思是「拜託你別走……」。

　　秋珍買了大餐加上珍珠奶茶，這年輕人好為難，這時，畫面又動了，只見這手機自火車站上了往北高速公路，「年輕人你好人做到底，來來，先吃先吃……」。這好心的年輕人真的又陪了秋珍約40分鐘，確認手機在基隆愛三路附近停了下來。我這邊就猛發訊息，威脅利誘，說做人，談仁愛，甚至說因果，請對方回覆我們。這位好心的年輕人也抱歉地說，他必須離開了。

　　當天晚上，有一位年輕女孩子打電話給我，跟我說她在阿嬤買的新衣服袋子裡面看到了這支手機，秋珍立刻想起當天是有一位老太太，買了很多衣服，為什麼手機會掉到她的袋子，至今仍是一個謎，女孩說抱歉她阿嬤很糊塗……。但秋珍居然沒有問問這位好心的年輕人姓名，也沒留下這年輕偵探的電話，讓我們有機會報答。對我們而言，夜市就是會遇到好人的地方。

　　夜市的外籍新娘很多，秋珍認識一位隔著兩個攤子以外的越南新娘——阿珠，她擁有玲瓏的身材，姣好的臉蛋。她是因為家裡要讓她弟弟繼續念書，需要錢，才讓她嫁來台灣。男方是一位行動不方便坐著輪椅的生意人，這攤子的裡裡外外都靠這位越南新娘去溝通，阿珠的口音很怪，但倒也可以溝通。因為她的身材，走過的男人都會多看她兩眼。

　　秋珍加入了她的群組，因此認識很多嫁到台灣的大陸新娘與越南新娘。秋珍加入的第一天，她給我看她們的群組組員們是這樣介紹秋珍的：「只有一個先生的秋珍！」我看到氣壞了，甚麼話嘛！成何體統？我不准秋珍跟她們做朋友，她安慰我，並跟我講這群外地新娘的故事，讓我感覺到這也是一個社會的奇怪現象。

　　外地新娘本來就是一件極為矛盾的事情，是一種交易，通常是沒法娶新娘的男方，去外地買一個新娘，想的是多一雙手，幫忙打理家裡事業，傳宗接代，但女方因為貧窮，總希望到了這裡以後，可以讓娘家好過，能夠寄點錢回家鄉。問題就出在男方要的跟女方想的通常都不一致，有時年齡差距大，有時文化差異不能相容，婆媳沒法溝通，新娘不能照顧孩子學校的事務……。

　　各種不協調的故事都有所見，有把新娘鎖起來的，有一直要新娘生產的，有不給新娘一塊錢的，各種不公平，要求勞務不均的狀況也就因此產生了。有些新娘拿到身分就逃走了，有些在外面交個男朋友，也有很多就離婚自立的，在這一個夜市，幸福的倒不多見。反倒是三十年風水輪流轉，有些大陸新娘的娘家，因為土地徵收，開發成新市

區，反而有錢起來了，看著女兒過得不好反過頭來要人的也有。這真是一個矛盾的起點，造就出另一個社會型態的角落。

早些年，12月31日放煙火的晚上，夜市可以做到清晨，因為年輕人看完煙火，就來吃宵夜，再等著一大早去升旗，那時我都得去幫忙。但這兩年，不知不覺的，看到台北的年輕人也累了，煙火放完就早早回去休息，夜市的生意變得非常清淡，跟以前門庭若市成了強烈的對比。

往年的煙火，秋珍都因為忙著照顧攤子，無緣去看煙火，就是我一個人站在街頭錄了影給她看，現在她因為生意做不下去，改行做繡眉與美容的新行業。新年夜總不可能有人來繡眉吧，終於，我們一起度過了來台灣後的第一個煙火新年夜。煙火雖然美麗絢爛，好比這25年的夜市生活，精彩多元，卻是不能持久不變的。

我魂牽夢縈的

台北

林青霞

朦朦朧朧中，不知有多少回，我徘徊在一排四層樓房的街頭巷尾，彷彿樓上有我牽掛的人，有我牽掛的事。似乎年老的父母就在裡面，卻怎麼也想不起他們的電話號碼。

2019 年夏天徐楓邀請我去台北參加電影《滾滾紅塵》修復版的首映禮。有一天晚上，朋友說第二天要去看房地產，對看房地產我沒什麼興趣，只隨口問了一句去那兒看？一聽說永康街，我眼睛即刻發亮，要求一起去。朋友知道我也住過永康街，看完房地產，體貼的提議陪我去看看我曾經住過的地方，我不記得是幾巷，到底 30 多年沒回去過，彷彿天使引路，我逕自走到永康公園對面的 6 巷中，在一家門口估計著是不是這個門牌號碼，剛好有人出來，我就闖了進去，一路爬上四樓，當我見到樓梯間的巨型鐵門，我驚呼：「就是這間！我找到了！」原來夢裡經常徘徊的地方就是永康街、麗水街和它們之間的 6 巷。顧不得是否莽撞就伸手按門鈴，應門的是一名 18 歲的女孩，我告訴她我曾經住在那兒，請她讓我進去看看，她猶豫的說家裡只有她一個人，剛才跟著我一起上樓的郝廣才即刻說：「她是林青霞！」

拍完第一部電影《窗外》，我們舉家從台北縣三重市搬到台北市永康街，一住八年，這八年是我電影生涯最輝煌、最燦爛、最忙碌的日子，也是台灣文藝片最盛行的時期。

重重的鐵門栓嘎吱一聲移開，一組畫面快速的閃過我的腦海。媽媽在廚房裡為我煮麵、樓下古怪的老爺車喇叭聲、我飛奔而下、溪邊與他一坐數小時、鐵門深深的栓上、母親差點報警。那年我 19，在遠赴美國舊金山拍《長情萬縷》的前一晚。

青霞與 cappuccino 色的胖沙發

　　走進四樓玄關似的陽台，竟然沒有變，一樣的陽台，母親曾經在那兒插著腰指罵街邊另一個他。

　　走進客廳，真的不敢相信，彷彿時光停止了，跟 40 多年前一模一樣，我非常熟悉的走到少女時期的臥室，望著和以前一成不變的裝修，我眼眶濕了，媽媽不知多少次，坐在床邊用厚厚的旁氏雪花膏，為剛拍完戲累得睡著了的我卸妝。轉頭對面是妹妹的房間，走到另一邊是父母住的地方，他們對門是哥哥的房間，突然間我呆住了，那張 cappuccino 色的胖沙發還在，靜靜的坐在哥哥的房間中，那是我不拍戲的時候經常坐著跟母親大眼對小眼的沙發。

　　我站在客廳中央，往日的情懷在空氣裡濃濃的包圍著我。八年，我的青春、我的成長、我的成名，都在這兒，都在這兒。這間小小的客廳，不知接待過多少個 說破嘴要我答應接戲的大製片。瓊瑤姊和平鑫濤也是座上客，在此我簽了他們兩人合組的巨星電影公司創業作《我是一片雲》的合約，這也是唯一的一部一林配二秦。在這小客廳裡，也經常有製片和導演坐在胖沙發上等我起床拍戲。

　　小時候住在偏遠的鄉下村子裡，都不知道有台北這樣一個地方，沒想到有一天飛上枝頭，不但定居台北，竟然還有三個台灣總統跟我握手呢。在我 20 歲的時候，到中山堂看我主演的《八百壯士》。電影結束了，燈還沒亮，隔我三個座位有位先生站了起來，跟著導演和周圍的人都站起來了，那人態度溫和有禮氣宇不凡，導演介紹我是女主角，他跟我握手，我感覺這人的手軟得跟棉花一樣，從前聽父母說男的要手如棉、女的要手如材才好，導演看我愣在那兒，馬上加一句，這是蔣經國總統，我還沒回過神來，他已經被簇擁著離開了。

　　第二位是他還沒當上總統的時候，那是 30 多年前的事，在圓山飯店的立法委員雞尾酒會，酒會中場，走進一位長相、氣質和風度都極度完美的翩翩公子，好看得不得了，當他握我手的時候，真希望時間能夠停止，讓他再多握一會兒，他是馬英九總統。第三位跟我握手的總統那時候已經卸任了，有一天我在高爾夫球場，見到一位老先生在開球，那球打得不是很遠，但旁邊圍著的人一致鼓掌，氛圍有點奇怪，我見他一個人上了球場的車子，好奇的望望他，見他有點面熟，不敢確定的上前問道：「請問你是總統先生嗎？」他微微點頭稱是，並跟我握了手，他是總統李登輝。

　　九歲時搬到台北縣三重市淡水河邊。中興橋離我們家很近，那時最開心的是大人帶我們坐著三輪車，經過中興橋到台北吃小美冰淇淋。高中讀新莊金陵女中，放學總是跟著住在台北的同學一起搭公共汽車，過中興橋吃台北小吃店的甜不辣配白蘿蔔，上面澆點辣椒醬，那滾燙甜辣之味至今記得。高中時期，幾乎每個周末都跟同學到台北西門町逛街、看電影，我們穿著 70 年代流行的喇叭褲、迷你裙、大領子襯衫和長到腳踝的迷地裙，走在西門町街頭不知有多神氣。我就是在高中畢業前後那段時間，在西門町被影圈

中人找去拍電影的。

搬到永康街後，從此跟台北結下了不解之緣，也從此跟電影和媒體分不開，幾乎占我生命的大部分時間，不拍戲 25 年了，出入還是有狗仔隊跟拍，我想我跟媒體是分不開了，那就接受吧，把他們當成朋友。

台北的大街小巷、陽明山的老外別墅、許多咖啡廳通通入了我的電影裡，如果想知道 70 年代台北的風貌，請看林青霞的文藝愛情片。從 1972 年到 1984 年我都在台北拍戲，這 12 年共拍了六七十部電影，台北火車站對面的廣告牌經常有我的看板，我讀高中時期留連無數次的西門町電影街，也掛滿了我的電影招牌。我人生的轉變比夢還像夢，回首往事，人世間的緣分是多麼微妙而不可預測。

白先勇小說〈永遠的尹雪艷〉裡的女主角住在台北市仁愛路，仁愛路街道寬敞整潔，中間整排綠油油的大樹，很有氣質。我喜歡仁愛路，80 年代初，我用四部戲換了仁愛路四段雙星大廈的寓所，電影的路線也從愛情片轉成社會寫實片，拍寫實片，合作的人也寫實，那時候手上的戲實在多得沒法再接新戲。有個記憶特別鮮明，一天晚上，製片周令剛背著一個旅行袋，旅行袋裡全是新台幣，拿出來占了我半張咖啡桌，人家一片誠意，不接也說不過去。他走了我把現鈔往小保險箱裡塞，怎麼塞都不夠放，只好把剩下來的放在床頭櫃裡，好多天都不去存，朋友說我真膽大，一個人住在台北，竟然敢收那麼多現金，而且還放在家裡。

1984 年後大部分時間都在香港拍戲，偶爾回到台北拍幾部片。1994 年嫁入香港，結婚至今 25 年，我魂牽夢縈的地方還是台北。這次回到永康街，才知道夢裡徘徊的地方，我進不去的地方，就在永康公園對面 6 巷 x 號的四樓。

葉子想像圖：
日本人入台北城

葉子想像圖：
日本人攻台

葉子想像圖：
日本人入台北城

賞賜獎狀

臺北府北門外農婦

陳　法

談名於去明治二十八年六月初
七日當我官兵進入北門門扉緊
鎖之時汝陳法敢冒敵彈擡行楷桿
來助力攻打本師團長深嘉汝以
一婦身有此美事其劭可賞茲賜
銀五圓以賞其美併獎眾庶後日
報効無娛

明治二十八年七月五日

近衛師團長民能久親王

賞賜獎狀

陳法是住在北門外，以賣芋粿維生的婦人。

文字來源：《攻台圖錄：台灣史上最大一場戰爭》

78

1896 年，日本時期，穿著制服的日本警察。

乘坐蟹轎的日本官員

1901

日本時代的總督府為了增加財源，不僅不加取締，反而鼓勵台灣人吸食鴉片。

7.15 降筆會由福建傳至澎湖再入台灣，原只宣講勸善，扶鸞降筆藥方治癒病人。由於 1893 年始由廣東惠州陸豐縣傳入扶鸞祈禱戒煙之方法；1898 年冬，廣東陸豐縣鸞生彭錫亮等五人來台，傳授扶鸞戒煙方法。1899 年春起，全台除東部外，到處盛行。

由於日人實行鴉片專賣，禁鴉片自由輸入，各地鴉片價格上漲，又發給煙民執照，榨取台胞，而鹽、樟腦、鴉片專賣之後，民間營業逐漸衰退，稅捐增加，人民怨懟，降筆會成員乃以此加以弘揚擴大成戒煙運動。

降筆會戒煙運動的結果，使得鴉片專賣收入銳減，地方政府與總督府之財政大受影響。一方面各地又發生反抗日本鴉片政策的全面性鸞堂降筆戒煙運動。

降筆會戒煙運動被日人認為對其財政收入有極大的影響，而採取締行動，終使鸞堂降筆會消失無蹤。

事實上，戒煙者在本月 18 日止計有 3 萬 7072 人，其中經降筆會而戒煙者，占總戒煙者 92.7%，顯見該會在戒煙運動的推行上，成果是非常可觀的。

1911

2.11 日本領台初期，即視吸食鴉片、辮髮及婦女纏足為台灣社會三陋習。日本輿論也強調，應該實行嚴禁鴉片、斷台人之辮髮及解放婦女的纏足三事。

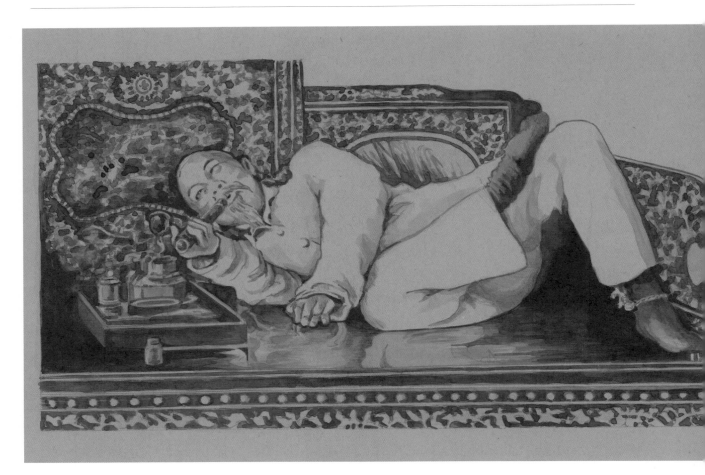

一老者正躺在床上用煙管抽食鴉片

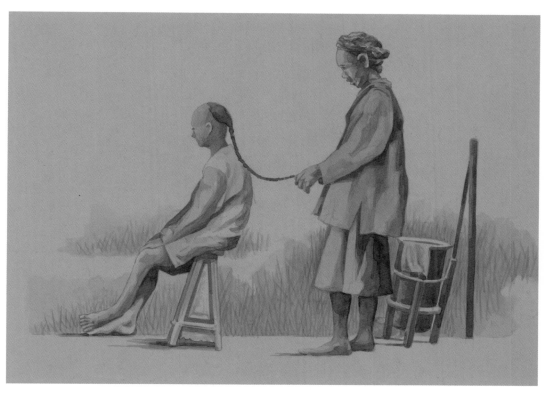

剃頭師傅正在為一位少年結髮辮

今年初，大稻埕區長黃玉階和《台灣日日新報》記者謝汝詮發起斷髮不改裝會，且訂於 1911 年 2 月 11 日紅元節舉行第一次斷髮大會，其後會員每超過 10 名，即繼續實施；而會員之義務只限於斷髮，並將會員姓名刊載於報紙上，以資鼓勵。

1930

台灣民眾黨向國聯控訴日本鴉片政策

1.2 日本政府據台初期，對鴉片的禁絕似乎極為積極。1897 年公布「台灣鴉片令」，對吸食者予以管理，但實際上自 1900 年才開始全面實行。

鴉片公賣確立之時，只限於鴉片中毒者，新的吸食者決不允許，但後來當局為增加收入，藉口調查疏漏，登記未周，連年續增特許者，自 1898 年至 1903 年共增加 17 萬人。對 30 餘年來無人過問的台灣鴉片問題，尤其是鴉片漸禁政策予以重擊，引起日本政界注目。

1944

4.6 總督府公布「鴉片制度整理委員會規則」，計畫明年度開始禁吸食鴉片。

文字來源：《臺灣全記錄》

1891-1989

第一代台北車站

位於大稻埕市街南側,於清光緒 17 年(1891 年)10 月 20 日隨著分別往新竹與基隆的鐵路相繼通車而啟用。

第二代台北車站

為配合鐵路改線、市區改正計畫與考量日本人需求,將車站位置向東移至臺北府城北側城牆(後來城牆被拆除,改築為「北三線路」,即今忠孝西路)附近,車站正門開在「表町通」(今館前路),並與台灣總督府博物館(今國立台灣博物館)遙遙相立。帶有文藝復興風格的第二代車站,於明治 34 年(1901 年)8 月 25 日隨著淡水線通車及新竹至基隆鐵路改線完工而啟用(當時稱為「台北停車場」)。

第三代台北車站

由於原有的前站空間不敷使用,因此自昭和 14 年(1939 年)起原地改建為帶有現代主義風格的方塊型水泥建築。第三代車站,昭和 16 年(1941 年)落成,當時改稱「台北驛」。

第四代台北車站

於 1989 年 9 月 2 日隨著鐵路地下化工程完工通車而啟用,也就是現在的台北車站大樓。此為台灣第一座地下化鐵路車站,由建築師沈祖海、陳其寬、郭茂林共同設計,建築主體係仿中式傳統建築設計,其屋頂採單簷廡殿頂,建築中央併設有天井。月台配置有全台灣第一套的列車到站警示燈,當列車到站時會閃亮以提醒乘客,一樓大廳中央售票房上方則裝有兩面從香港引進的翻牌式時刻表。

文字來源:《維基百科》

台北火車站

台北火車站原設於大稻埕之河溝頭，為劉銘傳巡撫任內所建；後經日本人遷建於今忠孝西路上，1901 年落成。1939 年，日人再予擴建，直到 1986 年因鐵路地下化工程，本站始拆除，而於其東邊改建現代化新站，嗣於 1989 年 9 月 2 日完工啟用。

文字來源：《臺灣全記錄》

清末日初的一家人

野台戲的演出是從前台灣農業社會最主要
的娛樂活動，此圖片原攝於日本時代。

文字來源：《看見老台灣》

沒有誹聞
的 年 代

高愛倫

當我還是孩子時，我跟現在追星族一樣，喜歡看香港的《銀色世界》、《銀河畫報》，台灣的《東南電影》、《真善美電影》、《電影世界》，知道明星大大小小芝麻綠豆之事，也是看完《梁祝》10 遍後，會繼續聽著黑膠唱片學會從「彩虹萬里百花開」序曲唱完全本插曲，所以，我自世新編輯採訪科畢業後會走上影劇新聞採訪路線，實在是順理成章又有一點圓夢意味的選擇。

我心裡的超級巨星是邵氏電影王國的邵逸夫爵士與嘉禾電影公司的鄒文懷總裁，因為他們，我們直到現在還有數位修復的經典作品可看、氣質無與倫比的明星可追憶。

沒錯，現代再也不會出現的片型、年輕人看來是殘片的老片，對我仍是「極度好看」的往日情懷，而曾經在銀幕上鮮活的台港明星，也依然是重疊在那個年代的我們心中不凋零的明星，雖然演員、藝人，是現在的職業稱謂，但是我堅定認為對曾經的他們，唯有明星二字才能貼近那樣的閃亮度。

在二秦二林瘋迷全球華人的年代，一份號稱「家庭第二份報紙」的《民生報》創刊了。那是 1978 年 2 月 18 日。

在影劇版一向只占報紙半版篇幅的年代，一份 24 塊版的《民生報》，一天推出八塊影劇版，電影劇照、演員相片本來只是貼郵票大小的篇幅，霎時升級到可能以全版大幅刊登的狀況，那，真是銀幕上下都驚喜的創舉。

《民生報》雖是家庭第二份報紙，但毫無疑問成了明星報紙，在創刊總編輯石敏與續任總編輯陳啟家的領導下，直破 53 萬份實銷量，期間舉辦各種公益活動回饋社會或照顧弱勢，募得善款金額之大，始終無媒體可取代。

周令剛製片，屠忠訓導演，宋項如編劇的《歡顏》，因是起用新人胡慧中擔綱女主角，

所以一再造成台灣片商輕忽，始終上不了院線，結果這部電影從海外紅回台灣，而且是爆紅，齊豫唱的主題曲〈橄欖樹〉到現在還是不分年齡層的在傳唱。

明星化的年代，連記者都沾光的被明星化。

1980 年隨著中影組團到新加坡參加亞太影展，新加坡的粉絲面對林青霞、胡茵夢、周丹薇、鄧美芳、恬妞、郭小莊、秦漢……，真的只有瘋字可言，當紅乍紫的胡慧中當然也是走路有風。

從機場一路走來所有明星都被簇擁著簽名，沒有一個不是在被包圍狀態，我靜靜在旁邊等候與觀察，然後，突然，就像麻雀上下枝頭的瞬間群飛，一群女孩轉向我拿出本子對我狂叫「簽名簽名」……，我笑了，指指明星們：「找他們，明星在那兒，我不是演員，我是《民生報》記者……」

「《民生報》記者？要簽要簽，我們知道《民生報》……」

最終，我還是堅持沒有簽名，那時總認為簽名是明星的特權與榮耀，我雖覺得被這麼多本子呈上眼前很有趣，但的確不敢做這麼三八的事。

兩日之後，在新加坡影展期間發生重大事故。

晚宴時，林青霞沒能準時出席，結果是因安眠藥性未退，在房裡昏睡不醒，在這影展隨團採訪的唯二記者是我與《中國時報》的宇業熒大哥，我倆擠進青霞的房間，看到第一小生秦漢聲聲焦慮的輕喚：青霞青霞……。

我和宇大哥竟然……，真的是「竟然」，我們沒有留守一旁，默默退出房間，默默站在走道上無語……，後來，宇大哥先開口：「就咱倆，這新聞別發了吧？免得真的弄出事情。」

我們是唯二的現場記者，我們不但沒有發新聞，也沒有向報社回報新聞。

次日，台灣報紙全部大幅刊登新加坡林青霞新聞……，派任記者出訪的《中國時報》、《民生報》卻隻字未見，我倆，傻眼！完全沒有警覺到影展團裡會有隨行者爆料。

最不可思議的是這次的「漏新聞」，我們都沒有受到報社的懲戒與壓力，可以想見當時的媒體、傳播業、報人，對自律的規範具備多大的認同與支持。

我們愧對報社，有關此一事件的後續報導，力圖將功折罪，在隨之而來的幾天，新聞訊頭不但冠以「新加坡傳真報導」，而且全文又沒有出現一次「聽說」「據聞」這樣

的漂浮字眼，相信得到讀者更多的信賴。

在「新聞」上我們失責了，但在「報導」上，我們保留了忠實與誠實的完整性，即使到今天，我也無法確認當初知而不報的選擇，到底算不算違逆作為記者的專業？

別問我再重來一次會是怎樣的選擇，我的答案無法用是非圈叉來決定，因為這只能以申論的方式陳述：我深深慶幸我有過這樣「放掉新聞」的非專業行為，即便這可能是錯的。我也深深同情後來的世風與競爭，讓新聞工作變得如此嗜血，甚至把「寧可錯殺，絕不可錯放」當作不得不的輕率之權。

文藝片當道的時候，男主角與女主角天天相見，再加上場場戲都柔情相望，入戲就會動情實在難免，至於殺青後能不能順利出戲回魂，就各有功力了。

那時，沒有「緋聞」這樣鮮紅又有貶抑意味的字詞，讀者也好，記者也罷，聽寫與閱讀之間，屬於愛情的美好是被相信的，沒有人為了知名度捏造關係，也沒有人會隔空放話。銀幕上的愛情很美，銀幕下的情愛也不會亂糟糟。

刀劍片、拳腳片興起，票房景氣，電影圈是一座有暴利的礦脈，於是黑道進來了！影劇記者開始像社會記者，有些時候，會遇到很有點風險的採訪報導，但是無冕王有宿命的受護，也有特享的殊榮，黑白兩邊都有庇護的背景，倒也沒有誰被真正的「動」過。

賭片教父片，是電影圈黑道換血的界線，這時新來的一批大哥跟過去的大哥作風不同，反而開始維持秩序，甚至助弱濟貧，當然，一如記者的原罪，大哥們還是有著讓人又愛又怕的威儀。

香港吳思遠導演與台灣中影公司聯袂打造一批自美學電影回來的新浪潮導演，這是導演地位最受推崇與尊榮的世紀，在責任光環簇擁下，人文與人道選材成為電影主流，很遺憾，這樣任重道遠的訴求，很明顯的與商業利益有所違背與衝突，而且鴻溝日漸擴大，加上盜版與出租帶方興未艾，國片，難以抗拒的進入沉寂的歲月。

電影沒了，電視可期。

很多拍大銀幕作品的導演轉戰小螢幕求生，電影演員陸續從單機作業走進攝影棚三機作業，所有的不適應一旦駕輕就熟後，電影演員的確在電視榮景上，產生極大的貢獻。

　　八卦報入境台灣，顛覆質報概念，在新聞取向與受青睞的新標準中，有的工作者覺得無地自容，有的工作者嗜血性得到滿足，良禽無樹可棲，從網路報、捷運贈閱報、自媒體、網紅、網軍……一路開發的結果，操縱媒體的人，終於被媒體操控到上癮成性的型格，所有的選擇，唯點閱率是問。

　　針孔偷窺是社會新聞，而後演變成登台賣藝的影劇新聞。

　　最興而不衰的戲碼是年年發生好幾起藝人深深一鞠躬，向社會大眾道歉做了對不起妻子的不良示範，閱聽大眾遭受視聽虐待之餘，不但不逃離，反而被訓練出鍥而不捨的追劇精神，這樣的錯亂哪裡是影劇新聞使然？這樣的錯亂是社會價值崩盤，誰該負責？真的是媒體的錯嗎？

　　最大且僅有的安慰，是中國的影事藝人終於進入國際舞台。在自家夾縫中生存不易的行業，這些年迸裂一股閃電的光芒，能見度、參與度、接受度、知名度，都寫下驚喜成績。

　　演藝與新聞，都是特別的行業，都充滿指標性的光亮，處於一個有能力讓社會更美麗的位置，你們，我們，都不要輕忽自己角色的價值，在台北、在台灣、在國際、在世界，用人人懂得的語言、作品，宣告非優越但優秀的民族風範，讓不喧囂不雜亂的剛好音量，滑進每一個接收訊息的心靈中。

日本時期的一家人

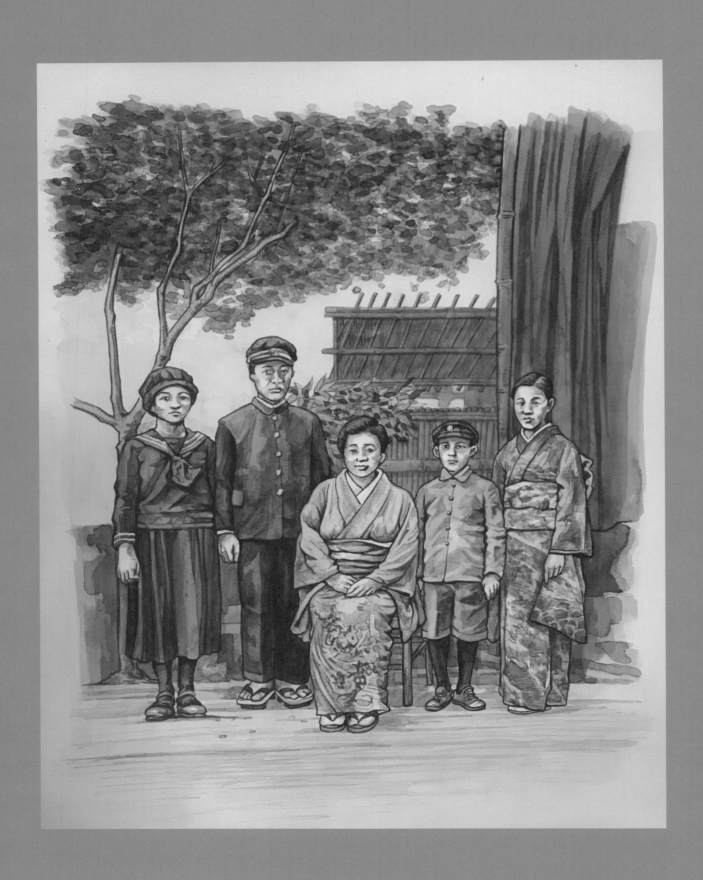

我的

影音台北

高志尚

　　我自幼年時期就住在延平北路二段，也就是義美創業起家店的二樓，我的影音之路，源自於與我家只有兩街之隔的遠東戲院。這個戲院是由我們家的姻親莊福先生，於 1958 年邀集了台泥辜家、板橋林家與台玻林家等台北地方仕紳一起創立的。座落於台北市建成圓環附近，昔建成區太原路 155 號，也就是太原路與平陽街口，南隔平陽街面向日新國小側牆，西隔太原路分別與蓬萊國小後門和陳氏宗祠圍牆對望。該址原為大華醬油工廠，占地有 600 多坪，樓高 12 公尺，是當時全台灣最大的單一階梯式觀眾席與單一放映室，可配合 1955 年甫推出的陶德 AO （Mike Todd and American Optical）70 mm 弧形大銀幕（83 呎 x11 呎），且配有動向身歷聲（Moving Stereo）等最新聲光設備。當年電影界會把好電影分發給南北戲院同時放映，南指的是新生戲院，北就是遠東戲院。舉凡有新片上映，我都會吵著要家人帶我去看，這也展開了我跟電影的不解之緣。

　　歲值 1970 年，家父因緣際會的取得了遠東戲院的經營權，那時我剛自大學畢業服完預官役，又是長男之故，順理成章的上任接手這一個事業體的新考驗。戰戰兢兢的我，在那個年代新聞局種種的限制下，為了要爭取一片天，我必須看盡所有的電影，周旋於有限的配額與分紅，要果斷地權衡利弊，做出決定，這真是難為了一個初踏社會的新鮮人。但這親力親為換取的成果，也讓我學會成事必徹頭徹尾付出的好習慣。我也因為有自家食品事業，也在戲院內成立了可同時對內外進場前後販售的食品店鋪，可算是異業結合行銷概念的濫觴吧。

　　在我的印象中，戲院曾經放映過幾部具時代意義的電影如：《我的舅舅》、《日本開國奇譚》、《南太平洋》、《梁山伯與祝英台》、《江山美人》、《十誡》。我記得放映《十誡》電影，是遠東戲院黃金歲月中的一個高潮，那一年我 15 歲，也就是 1962 年 12 月 14 日的晚間，蔣宋美齡女士親臨戲院，觀賞剛上片的電影《十誡》，並為這一

場電影募款，以為救濟大陸來台義胞。當天的票價由 30 元漲到 60 元。為此活動，戲院還特別拆除中央走道的座椅，臨時改放沙發椅供夫人使用。這是一部取材自《舊約聖經・出埃及記》的史詩電影。出品此電影的派拉蒙公司遠東區總監亨利克森，還在這一天，致贈夫人一座摩西像，作為紀念。這尊像至今仍擺置於士林官邸二樓。

遠東戲院還有特別一提的故事是，戲院二樓有一個約 30 坪左右的獨立空間，曾在 1970 年租給堪稱台灣工業設計之父的郭叔雄先生作為工作室，郭先生是一位留日的工業設計師，他是台灣第一位倡議企業識別系統的先驅。著名以波浪的造型為外框，內設各個企業的個別商標的 LOGO，就是他率先向王永慶先生提出的多角經營的設計政策，最後變成台塑關係企業的商標。

台塑關係企業商標

除了經營電影院，我還在 1982 年投資攝製了畢生第一部國語電影：《今年的湖畔會很冷》，女主角王祖賢在此部處女作中初試啼聲而開始走紅，還請名建築師黃永洪擔任男主角，李泰祥大師也為這部電影注入原創音樂與插曲。並於 1982 年推出了囊括姜大衛、李修賢、徐楓、苗可秀等港台巨星主演，鮑學禮主導的《二等兵》，還有 1984 年推出張毅導演的《竹劍少年》，這是我影音生涯中影的一段插曲。

1965 年前後，我很喜歡去圓山附近的電器商逛，因為喜歡去買當時美軍協防司令部，駐防美軍所留下的音響設備與黑膠唱片，接觸了當時的 HiFi 音響，更是沉醉於古典音樂的意境，這是我與優美音樂的不解之緣。

在正規的家庭事業的工作上，我常常需要出國考察，也常與國際政商領袖有接觸的機會。各類禮節上我與內人也經常出入各大表演集會，與各行各界交流。基於我長年喜愛古典音樂，遂而累積的知識與自己體會的藝術教養，幫助了我可以在很短的時間，與不相識的人達成無言的默契，我從不為交朋友學習聆聽音樂，音樂的無遠弗屆，倒讓我

遠東戲院

結交了許多事業上的朋友，更有很多音樂專業的好朋友。

我非常欣慰自己有機會，出席歐美各國的音樂廳，欣賞著名音樂家與樂團演奏，近距離地聆聽與經驗仰慕的大家，更喜歡沉浸在名指揮家與演奏家的現場演出，這真是人生最快慰的時刻。

隨著台灣對表演藝術文化的重視與風行，國際知名樂團的名指揮家和演奏家來台演出的機會日增，我更有機會接觸大師級演奏家與指揮大家，從應酬式的閒聊，到餐敘深識，我都扮演著台灣專業粉絲的角色與他們進行交流，例如當今活躍樂壇的指揮巨擘 Zubin Mehta、小提琴大師 Itzhak Perlman、天后 Anne-Sophie Mutter、大提琴名家馬友友、鋼琴王子郎朗、Evgeny Kissin、王羽佳等知名演奏家，我都由慕名而結為好朋友，不知覺中，我從一位愛樂人而演變成這一個城市的公關了。

因曾身為兩廳院首任的行政法人董事，於國家表演藝術中心成立後，我有幸於 2018 年續聘為國家表演藝術中心董事，希望我能以長期熱愛影音和關懷文化的心情，為我們的文化表演藝術做出最大的努力及貢獻。

我的老台北

—— 遼寧街 116 巷的三輪車、電話和郵筒

張大春

我的老台北沒有一個固定的時間座標，它就在那兒——有三輪車行經一人高的郵筒和鐵框玻璃電話亭的那個年代是其中之一。

三輪車要到 1960 年 9 月才會逐漸消失在台北街頭。三輪車伕報繳了車，可以領三千塊錢現金。最早一批車的解體儀式公開盛大，一百輛三輪兒堆擠在中山堂前的廣場上，居然也有一種壯大的聲勢。接著，你聽到不知何處一聲令下，公開拆毀。外縣市拆三輪兒的工作似乎推宕得很晚，一直到 80 年代，透露著那種無聲無息便再也看不見的況味。而我印象中最後一次乘坐三輪車是四歲鬧肺炎的時候。

那時我住的國防部復華新村在遼寧街 116 巷，距離每天早晚要到街口去打針的松本西藥房，了不起兩三百步的距離。可那是一個颱風天，天上潑大水。慢說是走，用我媽的話說：雨大得都看不見鼻頭了。可偏偏這時門外來了一輛三輪兒，車伕原本大約也沒有料到可以做成生意，騎過家門口的時候一按鈴，我媽就衝出去，叫住那車。從此說好了：只要是下大雨，這車一早一晚地就來門口接我去打針。我那場肺炎起碼鬧了一個月，早早晚晚打消炎針的日子還真碰上不只一個颱風，到後來和那車伕都熟了起來。大風大雨之中，上車才要坐定，就聽見他隔著油布車篷問道：「太太啊！孩子好些了嗎？」

那車伕姓郭，後來我才知道：他和咱村辦公室的工友老孟是一對不知怎麼樣交好的朋友，倆人都是大清朝年間出生的四川老鄉，經常在遼寧街靠近 12 路公車起站的小麵館門口的長凳上喝太白酒，一面看瘸子老闆在大鋁盆裡刷碗。彷彿那樣刷碗是個下酒的娛樂節目似的。老孟喝著酒，還會在作廢的日曆紙背面塗塗畫畫，在咱們村口上開著雜貨鋪的村幹事徐伯伯看見了，總會咧起嘴笑著說：「老孟，認字兒啦？」

　　至於瘸子麵館，據說是方圓多少里以內最便宜的麵食鋪子，牛肉麵五塊錢、排骨麵五塊錢，當時我都還沒吃上。我爸說：咱們吃不起，俺一個月的薪水湊足了讓全家吃 80 碗，別的幹甚麼都不能再花錢了，沒有了，光蛋了。這是我爸的原話。

　　老郭和老孟有些時候會蹲在村辦公室的小院子裡乘涼或曬太陽，而且悉心防範著村裡的孩子們去玩電話。村辦公室是一戶寬窄的一間通廳，當間兒拼湊著幾張方桌，鋪著灰不灰、藍不藍的大桌布，那是全村開動員月會的地方，至於甚麼是動員月會，我到今天都不太清楚。而這辦公室根本沒有人辦公，室內永遠瀰漫著一種發霉的、或者是蜜餞的氣味。拼起來的大會議桌上甚麼也不許擱，此外就是一個報紙架子，和一具手搖電話機。人說老孟住在「後頭」，還說老孟在「後頭」藏了一把刀，他用那把刀趕過好幾回小偷。

　　村裡沒有哪個孩子不想去搖通那一具電話的，然而老孟看管得極嚴密，沒見誰得逞過——頂多頂多，有人能蹭到話機旁邊，伸手搖那曲柄幾下。老孟不喝酒的時候，除了看管電話、不讓孩子們接近之外，似乎只有兩件事可做，其一就是到了每隔周周末下午，他便搖著串鈴，走在棋盤格子似的巷弄裡、挨家挨戶門外喊報：「看電影嘍！看電影嘍！」意思是說：當天晚上龍江街封街，跨馬路張掛起大白布幕，全村甚至村外的人都可以搬把小椅子、小凳子，坐在布幕的兩邊看免費電影。

　　搖鈴之餘，老孟會幹的另一件事，就是當他一個人的時候，總是拿一隻毛筆蘸著黃銅盒裡的墨絲，在舊報紙上塗抹些橫線、直線、斜線、大圈兒帶小圈兒……直到把一整張報紙圖畫得密密麻麻，才作勢吹吹乾，折疊成巴掌大小的方塊，收拾到「後頭」去。

就我來說，畢竟還是那一具黑得發亮，始終放在嵌入牆身的木架之上的電話，是最有趣的東西。在當時，那話機是一個極豐富的象徵物，它既是通往神秘世界的渠道，等待著被揭發或啟動禁忌的密碼，也是陌生遠方鋪向腳下的門徑，甚至——在某種被催化和誇飾了的想像力鼓盪之下，它還會帶來令人不安甚或危險的消息。當時流行的一句話：「當反攻的號角響起——」我總是幻想著：那號角必定是在老孟的串鈴襯托之下，打從話機之中傳來的。

我的肺炎痊癒之後不多久，老郭的三輪車報廢了，但是老郭並沒有消失，他不但領了一筆補償金，還轉業成了水肥隊裡的一員。只不過從此以後出入復華新村就不走前門巷子了，也不踩車子了。他頭上多了一頂竹條箬葉編成的斗笠，手上多了一根長柄鐵杓，肩膀上多了一根扁擔，扁擔兩頭各有一隻木桶。隔三岔五的，老郭就這麼打扮著從我家後門更窄小的巷子裡鑽進鑽出，挑大糞。

有一天我聽見他和我爸隔著後紗門聊起來，聽見老郭說：「我這是神聖的一票啊，當然要投給周百煉的。」我爸後來老是跟朋友說起這事：「挑水肥的都說要選周百煉，可是選出來的還是高玉樹。」那是我平生第一堂政治課，我爸的結論是：「無論選甚麼舉，千萬別問人投甚麼票。」選高玉樹有甚麼不好呢？十多年之後，這個無黨無派的政治菁英不就成了深受執政黨倚重的閣員嗎？

那些年，投開票都在臨龍江街的復華幼稚園裡。高玉樹當選的時候，我已經是小學二年級的學生了。選後沒有多久的一個周日，我在幼稚園的蹺蹺板底下撿到一個五毛錢，這是天上掉下來的禮物。

當下摭起那銅板，經過村辦公室，我往裡看一眼，暗道：「你那電話有甚麼好稀奇的呢？」這是想說給老孟聽的。再往遼寧街走，看見了牛肉麵店，暗道：「還是吃不起你。」這是想說給瘸子老闆聽的。可是我知道我有五毛錢，而且我也決定了我可以用它來找個甚麼樂子——從遼寧街右轉，直走到南京東路上，我拍打了一下那一座鑄鐵的綠

色大郵筒，看看四下無人，搶步衝進行人道邊上的公用電話亭。我翻開黃色（特別強調：不是白色）紙頁的那一本號碼簿，找著了分類項目標註著肉脯店的欄位，隨便點了一家，撥號。

「喂？」

「豬肉店嗎？」

「是，請問找哪位？」

「你有豬頭嗎？」

「有啊。」

「那就趕快把帽子戴起來，不要讓別人看到了呀！」

我若無其事地掛回話筒，從原路往回走，發現松本西藥房對面新開了一家冷熱飲店，正在販賣一種我想都沒有想過的食物，叫芝麻糊，一碗也要五塊錢。「反正就是吃不起你」我跟自己說。一分鐘之後，我還沒走到村辦公室門口，發現前面兩個巷口都是警察。這一下我慌了，那惡作劇電話才掛下，就被發現了嗎？我猛轉身繞上遼寧街，往長春路狂奔了幾個巷口，再從光復東村那一頭繞回來。到家的時候發現我爸也像是剛從外頭回來的模樣。他往衣架上掛了西服外套，沉著一張臉對我說：「老孟拿菜刀把自己劈了。」

這件事應該還有些後來，像是鄰里間的少不了的閒話甚麼的。只不過我都不記得了。唯一有印象的是：據說南京東路電話亭旁邊那個大郵筒裡，老是被人塞進去一堆一堆的廢紙，只不過形式奇特。廢紙都有信封裝裹，裡頭放的則是墨染淋漓的舊報紙。寄件人、收件人、信件內容都像是鬼畫符。然而，知道這件事的人在老孟自殺之後到「後頭」去看過，發現老孟床下都是那樣不成字跡的書信。

也算是惡作劇罷？誰作誰呢？

辜家鹽館

位於歸綏街 303 巷 9 號的辜家鹽館,是前海基會董事長辜振甫的父親辜顯榮於 1910 年所興建的。由於辜家當時經營鹽業,因此這棟辜家大宅,也一直被稱為「鹽館」。它就面對著當時的淡水河碼頭,原來是為了做生意,房子建在河邊,船就可以直接在屋前靠岸。

1961 年辜家遷出大宅,1963 年現址設立榮星幼稚園,一直到今天。這棟建築相當有特色,仿西洋後期文藝復興式風格,前面設拱廊,外表是淡黃色面磚,還有典雅的拱窗與釉花欄杆,正面中央山牆上的繁瑣勳章與浮雕裝飾,反映了那個時代西風東漸的風潮,是當時富豪之家的代表。走進屋內,大量檜木精工打造的天花、樓梯都保存得相當完好,牆上還有辜顯榮經營的大和洋行標記。辜家鹽館不但見證了辜家的興盛,也成為了台北的一頁歷史。

文字來源:《維基百科》

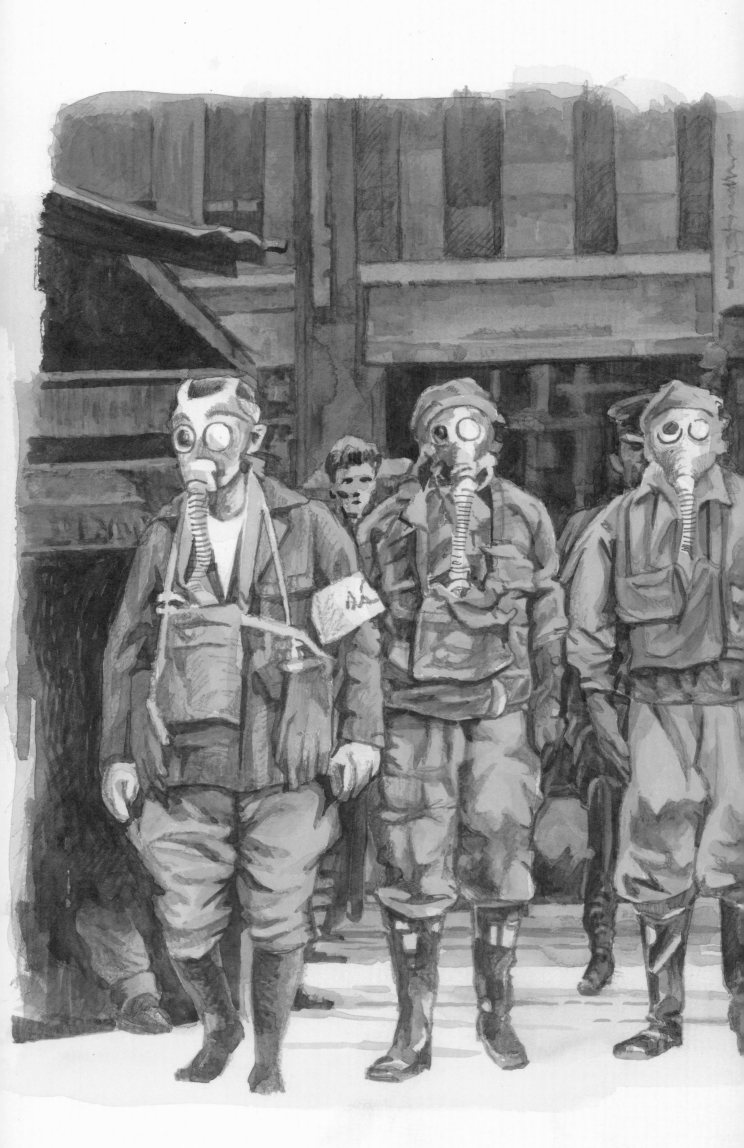

1934 年消防人員戴上防毒面具，在新富町（約略在龍山寺的東方）作瓦斯防毒練習。

文字來源：《典藏艋舺歲月》

葉子想像圖：大稻埕「鹽館」

1900 年代至今沿用的建設與活動

摘錄自《臺灣全記錄》

電力：

1903　首座水力發電所於龜山落成。

台灣之電氣事業，始於 1898 年 1 月，台北城內西門街製藥所製造鴉片，開始裝置七瓩之直流發電機，供應照明設施之用。同年三、四月，利用上項設備在總督府官邸、長官官邸、總督府衙門前等地裝設電燈，其燦爛美觀，頗令市民驚異。後來電燈裝設增加，原發電機不敷供電，1900 年再裝設 22 瓩發電機一架，翌年，總督新官邸落成，再增設兩台 25 瓩發電機，共計可供應 79 瓩的電力。

今年日商土倉龍次郎和荒井泰治，在深坑廳文山堡龜山附近發現新店溪支流——南勢溪，有數十尺之水位落差，於是計畫組織會社。經募集資本後於本年 2 月 12 日成立台北電氣株式會社，該會社之發電供應台北市街使用。

時值總督府企畫各種水利事業，以開發殖產工業，認為電力事業具有公共性質，宜改民營為官營，使設備周到，而擴張其規模。

嗣後總督府以訓令第 202 號自行開設台北電氣作業所，建龜山水力發電所，用南勢溪 49 公尺之落差，發電 660 瓩，1905 年開始供電台北，次年供電基隆，是為台灣水力發電之初創。

1905　9.11 台北市街開始裝設電燈，使用戶有 569 戶。

1919　7.31 由官民合營的台灣電力株式會社於今日正式成立，成為台灣工業發展的基礎。

台灣電力株式會社開始進行收買各地小型電廠，並著手日月潭水力發電工程。

1934　5.1 台灣瓦斯公司成立。

水利：

1901　公共埤圳與水利重建。

日本據台後，於 1901 年 7 月制定「公共埤圳規則」，從此台灣的水利建設邁向一個新的里程碑，在往後的數十年間，陸續完成許多重大的水利工程。

7.4 埤圳登記簿中詳載：水源、經過地方、終點、新設或變更改線年月、投資方式、埤圳尺度、受益地名、受益甲數、官方認定年月日、權利關係、管理方法、管理人員、修繕方式、水租等。

此項登記後更推及於一般埤圳。次年登記公共埤圳共 69 處，灌溉面積共 4 萬 395 甲，1912 年又重新作埤圳之登記及調查。

1907　4.18 台北自來水工程興工。

1909　3.25 總督府發布「台北自來水規則」，自本年 4 月 1 日起供水。

1913　北投一地，最初飲用水不僅缺乏，且水質惡劣。因瘧疾發生的恐懼，使北投休養地蒙上不利陰影。即後在民政長官內田嘉吉的贊助及地方官民協力之下，1911 年 6 月從前山的山仔腳源頭處敷設 2115 尺的水管，供應北投全部用水，又修改道路橋梁，拓地興建公園。並選在公園附近，以伊豆山溫泉之設計為原則，建築一兩層樓的建築，樓下設寬 18 尺、長 36 尺的男女浴場各一。各槽設有適宜的附屬設備，樓上則有廣闊的休息間，在其四周設有乘風納涼的陽台。

1929　「河川法」公布實施，成為台灣防洪工程的劃時代改革，使主要的 19 條河川全部納入管理，並建立包括日月潭在內的水力發電廠，使全島水力發電在 1937 年達到 16 萬 5000 瓩。1937 年至 1945 年日本投降以前，雖受太平洋戰爭的影響，但日本對台灣基本水利的建設和規畫並未停止。因而奠定了光復後台灣經濟得以迅速復原的基礎。

電訊：

1909　2.21 台北、台南間直通電話開通。

1917　1.11 總督府發布「台灣電話規則」。

1930　6.17 台北郵便局暨電信局廳舍於本日落成啟用。

1932　3.1 台北、馬尼拉間無線電信完成。

1933　2.2 台北、東京間無線電話試話成功。

1934　6.20 台、日無線電話開始通話。

1935　10.8 台、日定期航空郵件開始。

1936　5.2 台、日無線電傳真成功。

1941　4.2 台灣與滿州之間電話線路接通。

交通：

1901　8.25 台北至桃園間鐵路改良線及淡水線鐵路開始營業。

1907　4.1 台灣與日本間每月有兩艘輪船往返。

日本領台時，台灣與日本間並無商船通航，只有陸海軍用船勉強運輸聯絡，同時，香港、廈門、汕頭、淡水及安平等各路航線，亦由英商太古公司獨占。日本為了驅逐外商，壟斷台灣資本，乃採用保護政策。

本日，總督府發布「台灣命令航路」，規定基隆、神戶線輪船兩艘，每月往返兩次。

1908　4.20 南北縱貫鐵路，全長 405 公里，全線通車。

1909　4.21 6120 噸的日本、台灣間定期航輪鎌倉丸，初航入基隆港，為基隆港棧橋築造以來，首次停留 6000 噸級船舶。

1911　日本領台初期，所修築的道路均以軍事目的為主，工程粗簡。1904 年，日本政府決定悉毀台北城垣，以其廢基闢築三線道路。去年城垣拆除後即開始修築，本年底竣工，此為台北市近代道路之濫觴。

所謂三線道路是指中間為一快車道，兩旁復有慢車道，路面鋪煤脂，各路寬約 40 公尺。自此，台北市始有良好道路系統之基礎；並以此為中心逐漸擴築東郊及南郊各幹線。由廢城基改築之三線道有四條，即後來的中山南路、忠孝西路、中華路及愛國西路。由此奠定了台北市道路建設之基礎，此後，即以此四條三線道路為中心，逐漸築成東部及南部各幹道，如後來之信義、仁愛、徐州、濟南、杭州南路等道路。

1913　1.2 台北市區至圓山間公共汽車開通，為公共汽車通行之始。

　　　10.24 台北明治橋（現中山橋）至台灣神社間道路竣工，橋亦完成。

1916　4.1 北投至新北投新鐵路線及新北投車站竣工，並開始營業。

1917　1.18 總督府發布「腳踏車取締規則」。

第二代的明治橋（現中山橋），花崗石護欄，配置青銅路燈，建造精美，為當時全台之冠。

文字來源：《看見老台灣》

1919 5.1 台北、基隆間複軌鐵路試行通車。

　　　7.20 台北市內公共汽車開始營業。

1920 4.3 架設在淡水河上的木造台北橋，行竣工通車典禮。

1924 6.12 日本神戶、基隆間直航船蓬萊號首航。

1925 6.18 台北橋改建為鐵桁架橋，於今日完工通車。

1929 11.10 台北市交通整理開始。

1930 5.1 台北市營公共汽車通車。

1933 3.15 位於台北市圓山，橫跨基隆河的明治橋（現中山橋）於本日改建完工通車。
　　　此橋連接市區與士林、北投、淡水、草山（陽明山）等地，於 1930 年 1 月 8 日動
　　　工興建，為鋼筋混凝土結構，全長 92.7 公尺、寬 17 公尺，中央為車道，旁設人行
　　　道，兩側並有花崗石欄杆及青銅製路燈。

1935 10.25 台灣南迴汽車路線完成。

1936 3.30 台北松山機場竣工。

　　　4 月日本航空公司主辦台日定期航空對開，飛行成功。

　　　7.1 大阪商船承辦之京、濱、台灣間直航線開始航行。

1937 6.1 台灣船塢公司成立。

　　　7.8 台灣國產汽車公司成立。

日本時代艋舺地區女性學生制服

教育：

1897　5 月國語學校附屬學校女子部設立，為女子教育之濫觴。

1898　7.28「台灣總督府小學校官制」及「台灣公學校令」公布，以差別台日兒童初等
　　　教育。

1902　4.1 上月，總督府將小學校移歸地稅收入項下經營。本日，總督府頒訂「台灣小學
　　　校規則」，使本島小學校制度與日本內地並行。小學校是日本子弟在台灣的教育
　　　機構，1896 年在芝山巖設置國語學校；1897 年 6 月，設置國語學校第四附屬學校，
　　　專收日籍學生；1898 年 7 月 28 日，以敕令第 180 號公布「台灣總督府小學校官制」，
　　　同年 8 月以告示第 55 號設置官立小學校於台北、基隆、新竹、台南四地。1899 年
　　　3 月，再以告示第 30 號在台中、淡水、宜蘭設立小學校，國語學校第四附屬學校
　　　改稱台北第二小學校。

　　　5.1 醫學校舉行第一屆畢業典禮，有三名畢業生。

1914　4.1 淡水長老教會創辦的淡水中學開學。

1917　4.16 私立靜修女學校開校。

1921　10.27 台灣文化協會在台北市靜修女學校舉行成立典禮。

1922　4.21 總督府公布「公立盲啞學校官制」；5 月 1 日發布其規則。

6.27 總督府發布「私立學校規則」。

1928　3.17 台北帝國大學官制公布。

4.1 總督府設立台北帝國大學，即今台灣大學。

日本對殖民地的教育起先是採愚民政策，因為殖民地政府（包括台灣、朝鮮）清楚的知道教育將使被殖民者覺醒而造成統治上的困擾，故殖民地政府直到1910年尚未在台灣設立公學校（台灣人小學）以上更高級的普通教育機關。

1930　3.24 台北盲啞學校新建落成。

1943　4.1 台灣開始實施義務教育制。

10.1 台北帝大工學部開課。

1945　12.25 台灣大學（前身為台北帝大）首次招生放榜，共錄取36名。

1948　台灣省圖書館（前身為總督府圖書館）改隸省教育廳，更名為台灣省立台北圖書館；1973年改隸中央，是為中央圖書館台灣分館。

美術：

1915　4.18 台北市新公園中之兒玉源太郎暨後藤新平紀念建築物今日落成。後將此項建築物轉贈博物館，即後來的台灣省立博物館。台灣光復後，博物館亦經接收；旋改稱為台灣省博物館。

1916　9.23 台北美音會在台北榮座戲院舉辦兩天的演奏會。

1925　本年陳澄波入選日本帝國美術展覽會。

1927　10.27 第一屆台灣美術展覽會（簡稱台展）在台北樺山小學大禮堂隆重揭幕。

台展的出現主導了日後台灣美術的發展方向，從此以後，畫家們便全心全意以台展為創作目標，成為躋身畫壇的必經之途。

1931　4.3 台北開赤島社美術展覽會。

1932　日籍美術教師石川欽一郎辭職離台。

1935　5.4 台陽美術協會於今日至12月29日期間，在台北市教育會館舉行第一屆展覽會。

本協會成立於去年11月10日，由陳澄波、廖繼春、顏水龍、李梅樹、楊三郎、陳清汾、李石樵及日人立石鐵臣等八人組成，並且得到蔡培火、楊肇嘉等在社會上極具聲望的人士的支援。

1938　3.19 台灣MOUVE美術家協會舉行畫展。

體育：

1903　1.11 體育俱樂部成立，民政長官後藤新平任會長，警視總長大島任副會長，台灣
　　　銀行董事長柳生任理事長。

1910　2.9 首次全台撞球比賽，假台北鐵路飯店舉行。

　　　7.3 體育俱樂部在台北古亭庄河川設游泳場。

1915　1.24 台北成立北部棒球協會。

　　　3.14 台北射擊大會於北投舉行。

　　　11.19 台北江瀕街廣場舉行競馬大會，為台灣賽馬之始。

1916　4.22 全台圍棋比賽在台北舉行。

　　　4.23 由台灣日日新報社所舉辦的全島馬拉松大賽今天在台北比賽，且為台灣掀起
　　　運動的高潮。

　　　5.7 全台網球比賽大會在台北舉行。

1917　12.29 日本早稻田大學棒球隊來台，與台北棒球隊比賽，從此台灣之棒球熱進入高潮。

1921　1.8 美國職業棒球隊來台，在台北與全台灣棒球隊比賽，後赴中南部巡迴比賽。

1926　7.1 台北市營游泳池開放。

1927　9.10 第一屆全台棒球賽開賽。

1940　9.20 台北市舉行全島體育大會。

1943　5.1 健民運動周開始。

娛樂：

1914　4.5 圓山動物園開幕。

1920　1.14 台北記者俱樂部設立。

1934　5.6 台灣文藝聯盟成立。

1935　10.5 日本時期在台北大稻埕與「永樂座」同享盛名的「第一劇場」於今日落成。

設施：

1898 8 月新建於北門街之台北醫院落成，在大稻埕之原址改設分院。

1913 6.17 北投公共浴場落成。

10.30 台北大稻埕公學校舍落成。

1915 總督府圖書館自 1915 年 8 月 9 日正式開館，迄 1945 年 8 月 15 日日本戰敗，台灣行政長官公署接收為止，共 31 年。對於台灣文獻及華南地方志極為注意，不惜重資廣為蒐羅，使該館成為研究南洋、台灣地區的圖書資料中心。迨太平洋戰起，即將珍貴圖書預先疏散。故該館被炸時，僅僅損失少部分圖書。從 1922 年起，總督府圖書館開辦圖書巡迴文庫，將圖書分裝分送到台灣各角落，每箱盛書 60 冊，每處停留四個月，一直延續到 1945 年台灣光復為止。對本島讀書風氣之推展，居功甚巨。

1936 9.5 台北新公園竣工。

11.26 台北公會堂（今中山堂）於本日施工完成。坐落於舊總督府廳舍的舊址（即劉銘傳時代之布政使衙門）。

1938 6.5 下淡水溪治水工程竣工。

1940 12.16 台北市政府為解決住宅問題，著手建築市營住宅 450 座。

其他：

1899 11.26 赤十字會（紅十字會）台北支部假台北縣廳舉行成立開辦大會。

1902 8.2 台灣醫學會成立。

1905 6.16 台灣名家林本源之主人林維源歿於廈門。

10.1 彰化銀行開始營業。

1911 3.28 梁啟超由日本神戶搭船抵達基隆港。

11.23 台灣瓦斯株式會社行開業典禮，開始供應台北城內及西門一帶用戶。

1912 　1.5 台灣商工銀行合併貯蓄銀行。

　　　3.2 台北廳召開市區改正協議會，選定市區改正委員，並於 3 月 8 日著手改革台北市區。

　　　12.26 基督教馬偕紀念醫院開幕。

1915 　7.27 台北溫度高達華氏 99.5 度，為日領台以來最高溫。

1918 　6.1 孫中山由汕頭乘船抵達基隆，住台北梅屋敷旅館，次日離台。

1919 　1.29 華南銀行（資金 1000 萬圓）開成立大會。3 月 15 日開始營業。

1920 　11.12 連橫撰《臺灣通史》上、中二冊出版。

1921 　7.31 氣溫高達華氏 101.5 度，為日本領台以來之新紀錄。

1922 　4.1 台北市街改名稱，以町代替街。

　　　5.5 「台灣酒類專賣令」公布，7 月 1 日實施。

1923 　6.12 「台灣茶檢查規則」公布施行。

　　　7.28 新高、嘉義兩銀行合併改稱台灣商工銀行。

1924 　11.1 台北大稻埕媽祖廟建醮。

1926 　1.2 台北市營漁市場開始營業。

1930 　3.1 台北市市場實施「十進制」。

　　　10.2 第二次戶口調查實施。

　　　第二次戶口調查結果，總人口 459 萬 4161 人，男 235 萬 4607 人，女 223 萬 9554 人，共 80 萬 9078 戶。

1932 　11.2 全台圖書館代表大會在台北召開。

　　　11.28 台灣最早之百貨大樓（菊元百貨）落成。

1933 　3.1 台、日通婚法令實施。

1937 　3.19 台北市實施新市區計畫。

1938 　9.28 台灣空瓶會社成立，為物資缺乏盡量利用廢物之舉。

1939 　3.31 總督府公布「台灣家屋稅令」及施行細則，4 月 1 日起實施。

　　　5.13 台灣化成工業會社成立，資金 500 萬圓，設水泥廠於蘇澳，將生產電塗、醋酸、人造橡膠等化學品。

1940 　4.18 台灣高級玻璃新竹廠開工。

1944 　7.15 總督府進行戶口檢查。

博覽會

　　1935 年（昭和 10 年）是日本領台第 40 年，文治武功已經穩固，各項建設也達於巔峰；對正急劇擴張帝國版圖的日本而言，台灣的戰略位置對其「大東亞共榮圈」夢想具有關鍵的重要性。日本一方面為誇耀其在台的殖民成績，另方面也為展現帝國的實力，遂舉辦規模足以媲美當時歐洲萬國博覽會的「始政四十周年紀念台灣博覽會」。博覽會由當時總督中川健藏為總裁，總督府總務長官平塚廣義任會長，統籌一切實際事務。展期為 10 月 10 日至 11 月 28 日，共 50 天。

文字來源：《台灣世紀回味 Vol.1 時代光影》

　　日本總督府主辦「始政四十周年記念臺灣博覽會」，除了宣傳建設及政績，還展出台灣各地手工藝品及香蕉、鳳梨、砂糖、米等各類農產品，並且推出坐飛機繞行台北一圈的各種遊樂活動，現場還提供免費的甘蔗水給參觀者飲用，堪稱老少咸宜。一個月展期，包含中南部民眾前來參觀，據統計參與人次達 276 萬。如此大規模的博覽會，為台北帶來大量人潮。

　　許多參與博覽會的民眾，返家回程需要伴手禮，甫於當時創業第一年的義美商店，則推展出如雞卵捲、綠豆糕、鹽梅糕、芭蕉飴、酥餅、鳳梨酥等產品，兼具美味及臺灣在地特色，來展的廠商、留學者、民眾皆樂於以義美的產品為伴手，與家人親友分享或做餽贈，義美糕餅乃逐漸遠近馳名，深受台灣博覽會之益。文字來源：高志尚

城　　內

表町通（今館前路）、本町通（今重慶南路）、榮町通（今衡陽路）一帶，是日本時代台北城內街景最整齊優美的地段。

　　日本時代的臺北府前街和文武街（今重慶南路），街道寬敞，街屋整齊優美，是人力車的時代，也是台灣城市的黃金時代。

　　由街坊的電線杆瓦球可以判斷出這條街的市貌與繁榮。

文字來源：《看見老台灣》

菊元百貨公司

　　菊元百貨是台灣第一家百貨公司,坐落於日本時期的台北市榮町(今台北市中正區衡陽路與博愛路口),於 1932 年 12 月 3 日開幕。樓高七層樓,因此在當時俗稱為「七重天」,是當時台灣第二高樓,僅次於總督府廳舍,加上配有台灣首座商用載人電梯以及許多現代化設備,是日本時期台北市榮町繁榮的象徵。

文字來源:《維基百科》

大稻埕太平町

　　日本時代台北最繁榮的大稻埕太平町（今延平北路一、二段），是當時台灣的茶葉交易中心，商機熱絡，人力車往來不輟。

文字來源：《臺灣全記錄》

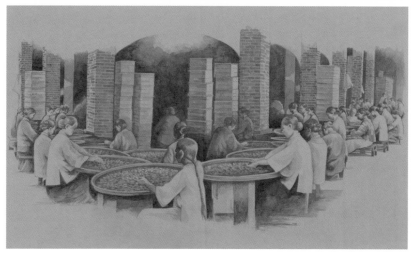

1931 年（民國 20 年）的大稻埕，
正在撿茶的婦女。

1920 年代大安醫院街景（今延平北路）

　　1920 年是日治時代的中期，也是大稻埕最風光的時代，由永樂町、太平町、港町所劃分出的大稻埕市街，成為台灣當時最繁榮熱鬧的區域，不但百貨、商行林立、數十家戲院齊聚，各種戲劇藝文活動輪番上演。

　　1920 年同時是台灣社會運動風起雲湧的時代，興盛的新文化、新思想，掀起文化、社會、民主、經濟多元的反日本殖民運動蓬勃發展，大稻埕成為台灣知識菁英匯聚之地，更是台灣文藝復興的基地。

文字來源：高志尚

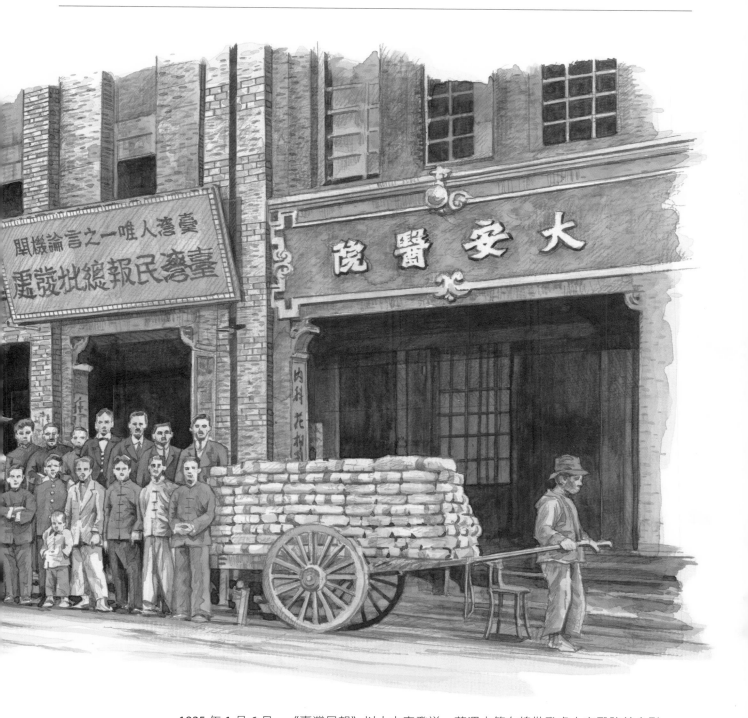

1925 年 1 月 6 日，《臺灣民報》以人力車發送，蔣渭水等在總批發處大安醫院前合影。

蔣渭水的大安醫院

　　1916 年（大正 5 年），蔣渭水醫師於總督府醫學校畢業之後，便於人才濟濟的台北市大稻埕太平町租下三間二層樓的店面，開設擁有 10 間病房的「大安醫院」（今延平北路二段 31 號），蔣渭水醫師行醫之餘積極投入社會運動，「大安醫院」便成為當時最重要的文化啟蒙據點。1923 年 4 月 15 日，設立台灣人第一份報紙《臺灣民報》總批發處，並於此地先後成立雜誌社、書局，引進文化與新思潮。蔣渭水先生 1891 年出生於台灣宜蘭，是反日本殖民運動領袖，被學者譽為「台灣孫中山」、「台灣新文化運動之父」。1920 年代，他從一位在大安醫院執業的台灣日治時期專業醫師，逐漸轉型為民族與社會政治運動者。1931 年，蔣渭水傷寒症辭世，簡祖沛醫師接手經營，但不久簡醫師就將醫院遷往屏東，結束大安醫院 16 年的經營。

文字來源：高志尚

義美糕餅世家的傳承

　　1934年，義美第一代經營人高番王先生計畫創業（也就是義美公司創辦人高騰蛟先生的父親），透過親友以一個月60圓的價格，承租下蔣渭水醫師昔「大安醫院」的店面，準備做其新創業之餅店。在高先生正苦惱想不到要使用什麼店名之時，突然想到他的祖父——高植桂先生曾在1871年在「台北大橋頭」附近開設過一間染布行，名稱就叫做「義美」，決定沿用，這就是食品業的龍頭品牌名稱的由來，80多年來年來，秉著「做餅是老實人的行業，良心的事業」，開啟了糕餅世家在台灣的永續傳承。

　　延平北路二段31號，有著蔣渭水先生捍衛台灣的精神，有著商譽卓著的義美食品永續經營的氣度，成為大稻埕的佳話故事。

文字來源：高志尚

義美起家厝

　　江山樓建於西元1917年，是日本時期台北市大稻埕著名的飯店，舊時此類包含酒肆與藝旦的飯店亦稱「藝旦間」。

文字來源：《維基百科》

　　大稻埕新舞台劇院。為了保持中國的傳統戲劇，原名為「淡水戲館」的俱樂部，被辜顯榮自日本商人手中買來，並更名為「台灣新舞台」，地址為現今太原路附近。此戲院毀於二次世界大戰美軍轟炸台灣時。

文字來源：辜公亮文教基金會

　　從三重這一端的「台北大橋」橋下眺望對岸，昔日的大稻埕，沿著河邊而興建的建築物，大都是經營進出口的洋行或大商家。

文字來源：《看見老台灣》

學　　校

艋舺公學校

　　1896 年起，總督府在全島各重要城市設置「國語傳習所」，促使台胞接受日語。1898 年，將各國語傳習所改為「公學校」，之後，為提高就學率，又分別放寬就學年齡及調整修業年限。第二附屬學校自 1898 年創校，於 1907 年改稱為「艋舺公學校」，並遷校至蓮花池畔（老松國小現址），第二年從原先的六年制公學校改為八年制。

文字來源：《典藏艋舺歲月》

日本時期的學生

日本時期 1904 年創立的台北州立第一高等女學校

日本時期原本日本採愚民政策，直到 1928 年才成立台北帝國大學（即今台灣大學）。

文字來源：《臺灣全記錄》

市　　場

西門紅樓

　　西門紅樓位於台北市萬華區的成都路上，在日本時期俗稱八角堂，緊鄰西門町徒步區。建築為兩層高的紅磚洋樓，其外觀為每正立面八公尺，1908 年所建，現為市定古蹟。八角堂主建築體後面連接著的是十字形外觀的一樓磚造樓房，而結構不太相似的這兩棟建物合稱西門市場，紅樓則為市場入口。日治晚期，該市場範圍拓展到周圍成都路、西寧南路、內江街圍成的梯形區域，並維持此一格局至今。戰後，接收八角堂的滬商業者因建築的紅磚外觀，改名為「紅樓劇場」。

文字來源：《維基百科》

蓬萊丸是台灣人最熟悉的台日航線定期客船之一

　　快一百年前，台中清水海邊長大的少年說他「對於海是司空見慣的，並不稀罕，可是浮在海上的東西，以前曾經見過的卻只有漁民用來打魚的竹筏而已。」在學校，岡村校長卻跟他說起「輪船」這種新鮮名詞，他很驚疑：「據說輪船比我們的房屋還大，這麼大的東西，怎麼能浮在海上走呢？」有一天，他就要前往東京留學，他將看見校長口中神奇的「輪船」，行前疑惑還在心裡反覆：「這麼大的一座城，怎樣能弄到海裡來呢？」「鐵造的城怎能浮在海上？」

　　這位清水少年楊肇嘉（1892 年生，戰後曾任台灣省民政廳長），1908 年，在基隆港見到輪船那一天，「巨輪」果真把他「嚇了一大跳」。

文字來源：《台灣西方文明初體驗》

蓬萊丸

葉子想像圖：1945 年後在台日本人的遣返
比照《20 世紀中國人的山河歲月》第 83 頁照片轉繪
日僑登上運輸船，踏上返鄉之途。

1936 年的一家人

一　個

心臟內科醫師

的　一　天

陳肇文

「今天的天氣真好！」西元2000年3月18日，一個周六的上午，我起床打開窗戶，望著遠方的藍天白雲。心想：「看來運氣不錯。今天假日天氣好，事情應該不多，也許可以偷得浮生半日閒！」

身為一個心臟內科醫生，我（當時）的專職是心導管介入治療，必須輪流負責醫院24小時及假日值班。如有急診病人或病人情況緊急，特別是急性心肌梗塞，就要立刻進行緊急心導管檢查及手術，也就是通稱的氣球擴張術及置放支架。

其實每年的這個時候，台北的氣候多不穩定，時陰時晴還偶爾有點雨。在這種乍暖還涼，氣溫變化大的日子，我們就特別忙。這兩個星期以來，我已做了五天心導管，放了十來個支架。這是心血管疾病變化大，最容易發作也最不穩定的季節。

然而這幾個禮拜，也剛好是總統大選前夕，正是台灣政治氣候最混亂，也最詭譎多變的時候。這一次國民黨、親民黨及民進黨三足鼎立，緊張熱鬧。三方各為其主，相互攻防，其中卻仍有許多渾沌不明及陰暗權謀之處。這也是台灣政局第一回有大翻盤的可能，人心浮動，全民為之沸騰。

打開電視，正大聲的放送著選舉的新聞，還不忘提醒大家趕緊去投票。今天是中華民國第10任總統大選的日子，也是我值班的日子。

自從來到醫院（榮總）擔任住院醫師開始，只要逢年過節或是什麼特別的日子，大家都要放假時，就是我值班的日子。畢竟科裡大部分同仁，或遠或近都要回家鄉團聚，

而我從小生在台北長在台北，又一直住在醫院旁，正是值班的最好人選。連續多年的除夕都是我在值班，這次大選，選情緊張膠著，大家各擁其主，都要趕回家投票，我自然也被安排值班，沒有例外。

還在想著早上偷個懶，下午再去醫院的投票所投票，家裡電話就響了起來。嚇了一跳，原來是大學同學打來問我今天要去投誰？「當然不能講！」但還是和他對選舉的情勢及各個候選人品頭論足地討論了一番。來到醫院這麼多年，大家都認為這是藍營的鐵票區，而我當醫生的同學卻是偏綠的多，每每在言談間都免不了好奇探問，甚至遊說我投票的意向。可是他們不知，醫院並非大家以為的那樣。除了國防醫學院的畢業生，更多的員工及醫師來自全國各地及各醫學院校，自然也不乏綠營的支持者，只是在平日的氛圍下，大家不表現出來罷了。事實上，歷年來醫院院區內就設有投票所，聽說每次大選所開出的票，其中非藍營的選票也總是超過三分之一，近來更有逼近四成之勢。這回選情如此緊張激烈，各方動員力道之大，我想選票之分散一定更為明顯。

接完了同學的電話，爸媽也打來催促我要去投票。然而今天好天氣，管他藍橘綠三方各自叫囂，他們不會知道我要投給誰？心裡還在偷笑著。電視聲太吵，還是閒閒去聽聽音樂吃點東西吧！

「鈴——鈴——」電話又響，是誰破壞了我倦倦欲眠的午後？睜開眼看看天色微陰，風吹來不似早上燥熱。原來是醫院病房打來，說好幾位住院病人想請假回去投票，想必也是耐不住電視的鼓動及朋友家人的催促，趁著午飯後精神不錯天色尚好，趕去共襄盛舉。身為主治醫師的我自然沒有不准假的理由，只是交代病房護士提醒病人：「晚飯後一定要回來。」

昨晚在病房忙到九點，還在猶豫著再打個盹瞇一會兒。突然，一陣陣涼風吹來，天色瞬間陰暗下來，我趕緊關上窗戶，看看時間才不到下午三點，心裡不禁嘀咕著：「天氣變了，剛剛應該要病人投完票就趕緊回來。」我自己是不是也該出門去投票了？還在想著，想著。

「鈴——鈴——」家裡電話再次響起。心中暗叫一聲不妙，這回果然是急診室來

電，通知有一位胸痛病人剛到，初步心電圖檢查看來是心肌梗塞，要不要啟動緊急心導管的流程？——就是要通知值班的心導管團隊立即就位準備緊急心導管檢查及手術作業。而我這個值班主治醫師，就是此時團隊的領導人。霎時間，睡意全無。

「好！趕緊通知值班人員，準備送病人去心導管室！」

緊接著就要打電話去加護病房，請他們趕緊騰出床位來給這位病人手術後入住。

等一切交辦妥當，我匆匆出門，10分鐘內到達心導管室門口，只見大門已開，值班的住院總醫師就等在那兒。隨後值班心導管團隊的護理師及放射師也陸續到達，隨即啟動機器開始作業。

下午四點差10分，一切準備妥當，病人送上檢查檯。這個不到40歲的年輕人，臉色蒼白的躺著，雙眼緊閉，額頭上冒出豆大汗珠。陪同他來的一男一女，年紀也不大，神情緊張惶恐的站在一旁。簡單地問過發病狀況，才知道病人是南部一所專科學校的老師，前晚坐夜車趕回台北老家，預備今天早上投票，也順便和朋友一聚。沒想到晚上宵夜歡聚竟通宵未眠。上午略事休息，中午又和朋友一同到投票所，排隊排了快一個小時，才投下神聖的一票。走出投票所，還沒回到家就開始胸口緊悶，喘不過氣來。實在受不了，才由朋友護送到我們醫院急診室。

我請他們在門外等候，隨即進入心導管室，在放射師和護理師團隊的協助下，迅速地做完初步冠狀動脈血管攝影。果真是一條最重要的左冠狀動脈完全被血栓阻塞了，於是迅速地把血管打通，置放了一個支架。此時急速搏動的心跳漸漸慢了下來，病人也睜開雙眼。

「還胸悶嗎？」

「現在好多了。」

我看著他逐漸恢復血色而沒有皺紋的臉，告訴他：「已經幫你打通了阻塞的血管，放了支架，等會兒就送你到加護病房觀察，順利的話，二天後就可轉到普通病房。」病人輕聲道謝。然後問道：「投票結束了嗎？開始開票了嗎？」我看看壁上的掛鐘，時針已指向5。無奈地告訴他：「別想太多，好好地休息吧！」心裡不禁想著：「是啊！投票

結束了，我終究也沒能去投票。」

走出心導管室，和病人的好朋友及女朋友說明了手術狀況及病情後續處置。看著他們一起送病人離開轉去加護病房，才發現自己也滿身大汗。正想轉身脫掉厚重的鉛衣，喘口氣，卻聽到：

「咚……咚……咚咚……」

原來是值班住院總醫師匆匆跑來，上氣不接下氣地說：「陳大夫，急診室又來了幾個胸痛病人。其中一個已經在送來導管室的路上。」

我看看在導管室收拾器械的護理師及放射師，才恍然大悟剛才在做心導管手術的時候，值班總醫師沒能來幫忙，是一直在急診室忙著看新來的病人。不到20分鐘，下一個病人就躺上了心導管手術檯。又開始了另一個緊急心導管手術。

這回是一個50幾歲的中年男性，身材壯碩，有著高血壓及糖尿病史。來的時候，嘴裡還唸唸有詞：「阿扁一定要當選！阿扁一定要當選！」說著說著，他聲音愈來愈小，氣若遊絲，趕緊接上心電圖，才發現突發心律不整，血壓下降量不到。就這樣手忙腳亂的，我們還沒開始做心導管，就緊急CPR急救。

不知道是他的運氣好，還是我們的運氣好，急救不到五分鐘，病人心跳血壓逐漸恢復正常。我們趕緊進去打通阻塞的血管，10分鐘內放了兩個支架。只是病人的三條冠狀動脈都有問題，雖然打通了這次急性阻塞的一條，不過另外兩條也有嚴重狹窄，就等過幾天病情穩定後，再安排處理吧！

畢竟這位病人的狀況較嚴重複雜，我們不敢掉以輕心，還是在導管室多觀察了半個多鐘頭，等到確定病人清醒心跳血壓都穩定，才讓他轉去加護病房。離開的時候，他還神情激動的說：「我一定要看到阿扁當選！」也許是堅定支持阿扁的信念，才讓他渡過這次難關吧！

走進休息室，我打開牆上的電視，剛好看到螢幕裡開票的數字。已開了大半的選

票，阿扁的票數正微幅領先另外兩位候選人，此時已近晚上八點。我打電話到加護病房交代病人的術後狀況，也順便請病房護士幫忙找人去買飯盒，給在心導管室值班的我們三人。一連忙了四個多小時，這會兒才真覺得有點肚子餓。但還是停不了，因為下一個病人已經在心導管室門外等著進來手術。

就這樣又接連替兩位病人做了緊急心導管手術，放了兩個支架。送來的飯盒早就涼了，大家也都沒了胃口，還是勉強扒了幾口飯，不然等下又要胃痛了。

已經快半夜12點。導管室門口一陣喧譁，其中還間雜著大哭聲。「該不會是病人出問題了吧？」我心頭一涼，趕緊衝出心導管室，只見一個頭髮斑白的老先生，正臥坐在推床上嚎啕大哭，嘴裡還用鄉音咒罵著：「都是李登輝，都是他，國民黨才輸了。」「我沒希望了」「嗚……嗚嗚……」旁邊老老少少七八個家人正圍繞著勸慰他。

「怎麼一回事？」我滿臉疑惑地望著送他來的一臉疲憊的值班總醫師。「又是一個急性心肌梗塞的老榮民，要做緊急心導管！」總醫師小聲說。我心想：「天啊！這已是今天第五個病人了。」

「到底還有幾個病人？」我問。

「急診室還有三個病人在等，剛剛又來了一個！」總醫師說。

「好吧！你趕緊回去急診室處理！這裡我們來接手！」「不過，你要先通知明天值班的人員，請他們早上六點來接班。我們盡量撐下去。」「你自己也別忘了找時間吃點東西！」他點了點頭，快步離去。

我回頭看了看身旁眼泛血絲的值班護理師：

「吃飽了嗎？我們繼續幹活吧！」

在家人的好言勸慰下，這位80歲的老榮民被送進了心導管室。所幸一切順利，我們幫他打通了兩條血管，其中一條放了支架。在送他去加護病房的時候，不經意看到他胸前刺了「殺朱拔毛」。我請他一個兒子留下，他告訴我：「父親是當年韓戰投誠回台灣的反共義士——也就是國共內戰時被共產黨俘虜的國民黨部隊，韓戰時又被共產黨派去朝鮮作戰——他心中念念不忘總相信有一天可隨國軍反攻大陸。然而今天大選國民黨大敗，政權就要輪替，他最後的希望破滅了。既悲痛又憤怒之下，突然胸痛發作，氣都喘

不上來了，還是這麼激動。」

聽著聽著，我心裡默然泛起一分莫名感傷，不知道是該為他回歸現實而慶幸？還是要為他希望幻滅而歎息？我的父親當年也是在九死一生中流亡到台灣。畢竟在每一個歷史轉折的大日子，總是悲喜交關，幾家歡喜，幾家愁。我交代他好好照顧父親，別讓過激的情緒，再次傷害他自己的心臟。

沒時間讓我沈浸在自己的情緒裡多久，另一群家屬又護衛著一個病人來到心導管室門口。奇怪的是，躺在推床上的中年婦人披頭散髮，還不時和她身旁的白髮老先生互相叫罵。原來他們是對老夫少妻，旁邊的兒女們都早已成年，卻只能滿臉愁容的在一旁看著，誰也不敢開口。

「你這個死陸啊，快滾回大陸去，台灣不要你！」

「你這個番婆，要不是我當年娶了你，你早就被賣到私娼寮，不見天日！」

「台灣有今天，都是國民黨的功勞，你真沒良心，不知感恩圖報！」

「不要臉！國民黨只會欺負台灣人。今天民進黨終於贏了，台灣人要出頭天了！我真高興！你不高興去死啦！」

我豎起耳朵聽，啊！難道這又是一個嚴重的選舉後遺症？看來這次大選結果真的打開了潘朵拉的盒子，釋放了無數恩怨情仇，但願能有朝一日洗滌人心，就像我們現在需要打通他們阻塞的心臟血管一樣。

臨床上中年婦女常有心絞痛，但血管真正嚴重狹窄阻塞的並不多見。所幸這名婦人這次雖然發生心肌梗塞，但在用氣球擴張，清除血管內血栓後，血流看來都很平順，也不需要再置放支架。只是她每條冠狀動脈血管都顯得細小，有可能是在爭吵盛怒之下，心臟血管嚴重收縮，導致部分血管壁的小斑塊破裂，形成血栓，瞬間阻塞了血管，造成心肌梗塞。

我們於是速速將她血管打通，只花了不到20分鐘。然而為了平復她的情緒，避免血管再次痙攣收縮，引發心肌梗塞，只好一方面持續為她打血管擴張劑，一方面在心導管室放江蕙的台語歌給她聽，總共足了一個小時，才送她離開心管室去加護病房。其間也

正好趁此，將前一天下午做完心導管手術的第一位年輕心肌梗塞病人由加護病房轉到普通病房。這真是不得已！通常此類病人都會在加護病房觀察一到二天，好在這位病人病情穩定也同意轉出。事實上是：這晚加護病房大爆滿，已經沒有床位給這位剛做完心導管手術需要嚴密觀察照護的女病人了。

實在是累透了。在等待轉出病人的同時，坐在椅上幾秒鐘不動，就自然睡著了。我趁機瞇了幾分鐘，也要一起值班的護理師及放射師，在這病人交替的短暫空檔，輪流休息一下。夜很深了，時間已過早上三點，這是人通常最睏最累的時候。我們還有一個病人要做心導管，最怕的就是過度勞累，精神不集中，一個不小心，犯下嚴重錯誤。

本晚第六個病人在早上四點準時進入心導管室。我喝完第七杯咖啡，戴上輻射防護的頭罩進入心導管室。雖然每周總要戴上四五個半天，卻從來不曾覺得這麼沈重過。我的頭幾乎抬不起來，心中不斷的對自己說：「加油！加油！」這是為自己也是為病人祈禱打氣。

就在要開始做氣球擴張術之前，剛剛得空在值班室休息了半個小時的值班總醫師走進心導管室，我請他別忘了等會兒連絡今天白天值班的心導管團隊，務必在早上六點半前來接班，以免耽誤了還在急診室等待心導管手術的兩個急性心肌梗塞病人。

真是託天之福，病人血管狀況並不複雜，但我還是刻意放慢了動作，以免一時疏忽造成難以彌補的失誤。手術就在時針要指向6時，完美的結束了。病人的狀況良好，我彷彿聽到公雞在心中喔喔的啼，告訴我這漫長一天一夜就要結束了。

沒有換下手術服及鉛衣，我拿下頭罩就走了出去，一方面和焦急等在心導管室門外的家屬報佳音，一方面也想看看這久違了的早晨陽光。病房送早餐的餐車「隆……隆……隆……」地從心導管室前的走廊通道經過，傳來饅頭、稀飯和炒蛋的香味，只聽到路過的早班工友們大聲議論著昨晚總統大選的結果，一個眉飛色舞，一個憂心忡忡，卻都是同樣漲紅著臉，說得口沫橫飛。我知道這是一個新的時代來臨了，無論好壞，都是要在台灣的我們，一同承擔。

換好衣服，我等著和今天值班的心導管團隊交班，謝謝他們提早兩小時來接班，不但是為了我們，更為那些還在急診室殷殷等待的病人。還要去加護病房和一般病房走一趟，在我離開醫院之前，看過這一晚所有做過心導管手術的病人們，也交代一下還沒完成的病歷。希望他們都能早日康復，忘了這生死交接的一晚及恩怨情仇的大選之夜。至於這是台灣人的共業，還是台灣人的福分，就讓未來的歷史去決定！

走出醫院，燦爛的陽光照得我睜不開眼。

「啊！」我脫口而出：

「今天的天氣真好！」

後記

2000年時的我，剛從美國史丹佛大學進修回來一年多，還不能算是資深主治醫師。平日除了研究工作，臨床上則是以心導管檢查及介入治療為主。當年3月18日這一天的值班經歷，躬逢其盛，令人印象深刻，感慨良多。個人的小經驗和時代的大歷史在無意間交會，一生難忘。感謝當天和我一起值班的醫院同仁們，他們辛苦努力，我們一同見證了歷史。

人在做，天在看

黃虹霞 大法官

　　光鮮亮麗的城市總會包藏著陰暗與罪惡。70年代台灣經濟蓬勃發展，台北城的快速商業化帶來了繁華便捷，然而，世風日下人心不古的犯罪也隨之而來。

　　台灣第一宗持槍搶劫銀行案發生在民國69年台北金華街，犯案人李師科手持搶來的警槍，頭戴假髮、鴨舌帽、口罩，闖入台灣土地銀行古亭分行，搶走新台幣540萬餘元後逃逸，23天後落網。民國77年出現的台北之狼張正義，假冒計程車司機，連續性侵殺害六名女性並棄屍於台北街頭，讓台北女性聞風喪膽。民國86年台灣司法史上最重大的刑案——白曉燕命案，兇手陳進興、高天民、林春生在台北縣市流竄；陳進興甚至闖進北投行義路的南非武官官邸，挾人質自重，震撼全台。

　　人說，在台北這樣的花花世界，隨人顧性命，而我卻以為，只要我們不袖手旁觀，心懷人溺己溺的仁愛心，壞人就難生存，好人也可以得到保障。

　　民國84年，我是一個執業律師，因緣際會為一件被控搶劫及強姦未遂的計程車司機辯護，這是我人生中的第一宗公益辯護，冥冥之中似有一股力量引導，為無罪者平反。

　　民國84年國慶前後的一個中午，我如常從法院開完庭後坐計程車回事務所。才上車，司機就嘆氣埋怨生意不好，他說，一整個上午只載了三組客人，「你就是第三組客人。」他自顧自地說，「世道真是不公平啊！」早上第一個客人在刑事警察局上車，是一位懷裡抱著小嬰孩、手裡還牽著兩歲兒子的婦人，她去刑事警察局找為她先生作證的警察，但警察說她先生不是計程車之狼的有力證言，卻不被法官採認，她先生正被關在

牢裡。第二組客人則是四位妙齡女子，嘻嘻哈哈的要赴遠東百貨周年慶去大採購。

我的腦海裡馬上閃過「警察居然會為被告作出有利的證言？！」基於正義與好奇，我追問司機知不知道那位婦人的先生叫什麼名字？該案件在哪個法院？當然司機並不知道。

幾天後，我在《中國時報》讀到一篇整版的分析報導，正是司機口中所說的案子。事件的過程大概是這樣的，2月22日凌晨四點多，位在民族西路口的台北市政府警察局大同分局民族路派出所，一位女子前往報案。這位被害人姓林，凌晨三點，林小姐在天水路與華亭街口搭上了計程車，前往林森北路。

計程車將車子強行開往重慶北路三段，林小姐發現司機意圖不軌，急著想下車。此時，司機不但不准她下車，還拿出尖刀，翻躍到後座，自稱通緝犯並要求林小姐交出身上財物。

受到驚嚇的林小姐不敢抗拒，她把僅有的一萬元交給戴著墨鏡的司機。沒想到司機拿走了錢卻沒有罷手，用尖刀與繩索脅迫，想進一步侵犯她。林小姐以正值月事苦苦哀求，可能因為害怕被人發現，司機放棄強暴，把林小姐載到延平北路與民族西路口釋放。

死裡逃生的林小姐立刻前往大同分局民族路派出所報案，依據林小姐的事後筆錄，她下車前記下了車號，同時看到放在車前方登記證上司機的姓名「羅OO」。警員據報後，當日下午三點鐘，就在羅某新莊住家將他逮捕歸案。

被捕的羅某在警方審訊時，堅持否認曾搶劫及意圖強姦被害人。他告訴警方當晚在家睡覺，有妻子可以作證，加上自己視力不佳，所以從來不在夜間營業。

羅某還供稱，當日上午九點多在家中接到電話，說他的計程車（福特全壘打1.3型）

擋住出路，要他前往查看移車；他發現車子曾被移動，右後車門被破壞且車內留有檳榔渣。但因為並不嚴重，所以就直接開去修理而沒有報案。他強調自己絕對沒有犯行。

同一時期，大台北地區正有「計程車之狼」四處做案，尚未緝獲。計程車之狼習慣竊取福特全壘打1.3型計程車，犯案人會先破壞右後車門把手，作案後將竊得的車子開回原停車附近。計程車之狼有吃檳榔的習慣，而從過去其他被害人身上留下的體液檢體顯示他的血型為A型。

一審庭訊結果，羅某被判有罪，處以有期徒刑13年。一個讓媒體願意以全版分析疑點的搶劫及強姦未遂案，必有蹊蹺，我決定主動聯繫羅家人，想知道他們「需不需要幫忙」。當得知他們需要幫忙時，我告訴羅太太：「我願意義務幫你們辯護。」

訴訟過程冗長，且一度陷入膠著，我決定自己著手調查。當時，我向法官提出要求將檳榔渣送DNA檢驗，由於DNA檢驗是剛開始引用的新技術，法官認為檳榔渣是採集不到DNA檢體的，因此駁回我的要求。

巧的是幾天後，我帶小孩去齒科矯正牙齒，遇見一位主持醫生與一位年輕的實習醫生，我就請教主持醫生：「檳榔渣是否能檢測出DNA？」主持醫生說：「沒聽過，不太可能吧。」但到了晚上，我卻接到那位實習醫生的電話，他說：「我聽到你在詢問DNA檢測的事，我知道我在高醫的教授有在做這方面的研究，可能可以，你要不要試試看？」

於是我立刻請羅太太回到那計程車上去找檳榔渣，它就放在前座的抽屜內，用一張衛生紙包著，放在一個夾鏈袋內。我如獲至寶，即請法院送檢，雖然時隔這麼久了，但因為在車內有擋風玻璃與抽屜存放，並沒有潮濕變質，可以檢驗。結果驗出血型為A

型，而羅某的血型是B型。由衷感恩老天爺讓這一個當時警方不肯採取的檢體狀態完好，讓本案有轉機的第一線天光。

同時，我又發現本案被害人從未到法庭與羅某當面指認，僅在事發當天傍晚採隔街一對一指認，因此要求法院一定要讓被害人到庭當面對質。當我面對林小姐時，非常嚴肅的請她看清楚，庭訊時，林小姐看了其旁的被告羅某，並又對法官表示：「不能確定，事隔太久，體型、髮型均不太像。」

令人錯愕的是，即使有了以上新的事證，但法官心證已成，居然二審仍然維持一審有罪判決。判決後，我擔心羅先生無法承受，到看守所探視他，我只簡單跟他說：「你要相信司法，司法一定會還你公道。」

人在做，天在看，冥冥中，一切自有定數。這個案子是典型的計程車之狼犯案手法，我想找其他計程車之狼的受害人。無巧不巧的是，有一天，我去髮廊洗頭，和我的設計師聊到了最近在處理的這個案子，她忽然神祕的說：「我們樓上住了一位曾經被計程車之狼強暴的小姐。」我聽了之後精神一振，央請她幫我探詢能否拜訪這位小姐。

這位曾經受創的小姐給了全案很大的幫助，不僅詳細敘述受暴過程，同時答應為我出庭作證、指認。她只有一點猶豫：「如果被告就是計程車之狼怎麼辦？」我清楚地告訴她：「如果是，當然是要直接指認。」出庭的那一天，看到羅某後，她堅定的告訴我：「雖然長得有點像，但羅某絕對不是計程車之狼。」我當下即要求傳訊她作證，但是法官拒絕。不解，難以接受法官的決定，惟羅某沒有犯罪，我了然於心，更堅定要努力還他公道，糾正司法的誤判。

事後，更一審法官在審閱全案內容與新事證後，推翻原判，羅某獲無罪開釋。檢察官隨後雖提起上訴，最高法院仍於民國90年4月12日駁回上訴，羅某獲判無罪定讞，找回清白。

　　這是我的第一個公益辯護訴訟，冥冥中幾個巧合，都讓我深覺人在做，天在看，得以救回了一個無辜被羈押了832天的人。公益訴訟從此成為我的使命，讓我無法坐視可能發生的冤獄，保護被害人很重要，守住無罪推定的原則，不可冤枉被告也一樣重要，這是司法界的天職。在數十年的律師生涯中，我深深相信，善者天佑，如果看到有人需要幫助，我們就該伸出援手，這是每一個人都被老天爺賦予的天命與責任。

* 本文作者為台灣第一位由律師「直接」轉任的大法官。

台北青春夢

詹宏志

　　那是1974年10月的某日，太陽依然熾烈，我背著半條棉被，兩套換洗衣褲和一本《荒漠甘泉》乘坐平快火車來到台北，準備要到考上的大學報到。但為什麼是半條棉被？因為我和大我一歲的哥哥同年考上大學，我們都要離家了，媽媽把家中一條舊棉被剪成對半，一人一半，讓我們帶著遠赴他鄉；我們當時都對即將前去的城市一無所知，也不知道這些遭遇將要如何改變我們的命運。

　　我在嘈雜的台北車站下車走了出來，看到一個奇特的景觀，車水馬龍的站前道路旁，有一張突兀的座椅，兩邊各站一位警察，旁邊則排了長長的一列隊伍，椅子上坐著一位面容愁苦的年輕人，有一位平民服裝人士拿著剃髮的電推剪，正在推剪那位年輕人的頭髮；仔細看，那一長列的隊伍全是長髮及肩的年輕男子，而不遠處，穿制服的警察吹著哨子，繼續逮捕路上的長髮人士。

　　和其他正要上大學的男生一樣，我剛從「準兵役」的成功嶺回來，度過約兩個月的團體軍事生活，肉體上和精神上已被霸凌輾平，頭髮更早就被剃成醒目的極短平頭，此刻我並不需要擔心警察打量我的眼神，但那個街頭上「有吏畫捉人」的畫面仍然讓我感到無比震撼。

　　雖說我抵達台北的第一刻並不是美好經驗，但在此之後，我將在「這個城市」長居45年，超過我生命四分之三的篇幅，遠比我任何其他「家鄉」或「客寓」都要久長；而且在此之後我一直留著昔日要被捉去當街剃髮的及肩長髮，成為一個永遠的「叛逆」姿勢。究竟，我在台北發生什麼事？台北之於我，到底是什麼樣的意義？

　　首先，我想，並不是我選擇了台北，而是台北選擇了我。我是一個來自鄉下的楞小子，糊裡糊塗因為考試「落點」於台北；我之前當然也聽說「台北居，大不易」，它是

萬物價昂的 tough town。我剛抵大城，吃飯付錢讓我憂愁，光看房租也覺得心慌，並不知道如何可以生存下去？

但很快地我就發現，台北有著各種賺錢機會，我先是得到擔任家教的機會，教兩位小學生數學和應付考試，就得到足以糊口的生活之資。然後我就發現還有各種寫稿機會（並不是文學創作，而是接近工具性的寫作），可以讓我運用自由的時間賺取一些額外的收入。

有了生存的條件，我就開始享受大城所擁有的豐富文化生活；我買最便宜的票到中山堂看「雲門舞集」和到國父紀念館聽音樂會，還初次接觸了舞台劇（我看的第一部戲是張曉風的《武陵人》）；我付比戲院票價更便宜的費用在試片間觀看市面上不會上映的經典影片（當年有這種生意頭腦和獨特門道來辦這類映演活動的，就是後來的知名作家韓良露）；我自己的大學有藏書無比豐富的多個圖書館，對借書者非常友善，更不要說城中還有好幾個整條街都是書店的「書街」，供你去蒐羅探尋……。

我像是個飢渴的吸收者，台北就是我的「大蘋果」；它的經濟富饒給了我生存所需的收入，它的文化富饒給了我心智成長所需的養分。

在一次我與詩人楊澤文學對談中，他提及「老台北」的議題，當時我是這樣描述自己如何逐步變成今天的我：「我並不常想到自己是台北人，反倒常常向別人解釋自己的鄉鎮出身。但出身不如安身，台北可從來沒有排斥我這個農村來的小楞子，沒把我當成盲流，沒把我當成低端人口，它給我求知機會，讓我結交各地聰慧多聞朋友（這也包括你在內，楊澤）；它給我工作機會，提供各色各樣跌跌撞撞的舞台（包括各種我不曾想像的奇緣與奇遇）；它也給我生活安慰，我在其間娶妻生子，酬酢親友，尋書覓食，飲茶咖啡，高談闊論，集會遊行，悲歡交集，不知老之將至……。」

但當我這樣描述的時候，台北彷彿是「恆定」的，我們都從它身上擷取所需；但事實不然，台北是時時刻刻都在變動的，它是眾人投入的總合。如果有一個人蓋了一棟大樓、開了一家店、做了一個活動，台北就多了某種元素；倒過來說，台北也不管你的愛戀，某些店家說倒就倒，某些活動說停就停（還記得台北的「牛肉麵節」，轟轟烈烈的活動在柯文哲市長手中突然就停了），不由分說，你再心碎也救不了它。

也沒有一種「全知的」台北，像神祇俯瞰的台北，因為我們大部分人都是「偏食的」台北使用者；有一些區域，我很少去；有一些時段，我不太使用（我常嘲笑自己是「日間部」

葉子想像圖：逃難

葉子想像圖：上海碼頭沒有搭上船的人

1955

2.6 美國總統艾森豪下令第七艦隊協助我國自大陳島撤退。

　　次日，大陳島軍民開始撤退，一支由 159 艘各型艦艇編成的中美特遣部隊 (27 艘國艦)，在五天的撤運作業中，安然把大陳列島 2 萬 5000 位軍民運抵台灣。

文字來源：《臺灣全記錄》

的台北人，那些夜間部最時髦熱門的夜間蒲點，就是我的罩門）；也有一些朋友喜歡的餐廳，我很少想到要去造訪；有一些題目或角度，我也很少想到（像舒國治或謝海盟筆下的台北）。儘管我在台北居住了 45 年，我仍是很小範圍的摸象者。

但我仍可以很自豪地說，如今我是台北城的一員，雖然我總是說「我是南投人」（而我根本不是在南投出生的）；我也自覺我是台北的一種「成分」，因為世界上的確有一些友人是因為我的緣故，覺得必須來到台北，「我就是台北」。

我住在信義路上一棟年歲已高的公寓（有時候覺得有「都更」之必要），我在濱江市場與信維市場買菜；我到中山北路的「御鼎屋」買「信功豬肉」，在內湖的「美福超市」買 Snake River Farm 的沙朗牛排；請朋友吃日本料理時，我選擇到「高玉」或「子元」；請朋友吃法國菜的時候，我選擇到「派翠克」；吃中菜的時候，我喜歡去「三分俗氣」或「天香樓」；吃台菜的時候，我選擇到「山海樓」或「明福」；吃早餐的時候，我會想到「賣麵炎仔」或涼州街的無名米粉湯小攤。清晨散步的時候，我沿著忠孝東路向東，越過國父紀念館和附近的菜市場，一直走到捷運昆陽站，我還先彎進一個小巷吃「黑美人米苔目」（一份清湯米苔目加一份肝連）；然後我再抄遠路轉往 101 大樓的背後，清晨時刻，這些地區人流稀少，鳥聲與蟲鳴倒是不少，我再慢步沿信義路走回家；這樣一程約莫 25000 步，折合 14 公里半，足以出汗。這些餐廳不一定是台北最厲害的餐廳，但我已經習慣了使用它們，它們像是我信賴的朋友；這條散步的路徑也沒有更有名堂的景觀或理由，我只是走在我熟悉的城市裡，這些平凡事物構成我微不足道的生活，這是我的台北，我的城市使用指南……。

葉子想像圖：時代生活型態──一刀剪的髮型

終戰後，才剛結束日本皇民化教育的台灣孩童，在放棄日本人強迫接受國語之後，重新學習國語。

首批美軍顧問團來訪，1953
年 3 月 8 日成員與眷屬一共
143 人搭艦由基隆上岸。

1965 年 11 月 25 日第一批自
越南來台度假的美軍 53 人
抵台。

葉子想像圖：上／1960 年代到鄰居家看電視；下／1960 家庭即工廠年代

眷村

　　1949 年後，隨著國民黨來台的大陸人，被國民政府安排統一住在所謂的「眷村」裡，形成特殊的「眷村文化」。

文字來源：《打拼：台灣人民的歷史》

葉子想像圖：童趣嬉戲

雜貨店

　　年幼時，家境窮困，很喜歡看故事書，卻沒有錢可以買，只好站在小店前痴痴地望著，看著故事書的封面，揣想書中的內容，用望梅止渴的心情，欣賞店舖中的糖果或玩具，想著——不知道什麼時候，可以在地上撿到一筆錢，來買《諸葛四郎》。

文字來源：《懷念老台灣》

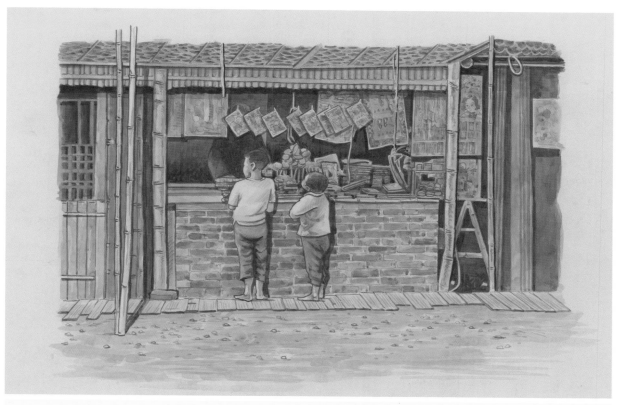

童趣嬉戲

舊書攤上的好時光

　　戰前，今牯嶺街一帶鄰近日人宿舍區，戰後，這裡成了臨時舊貨市集，待遣返的日人販賣帶不走的家當。隨後，大陸來台人士進駐，也將隨身物品擺賣起來，沿街排列的書攤，讓牯嶺街成為舊書重鎮。1973 年底，政府將攤販遷往光華商場，牯嶺街上看書好風光從此落幕。

文字來源：《台灣世紀回味 Vol.3 文化流轉》

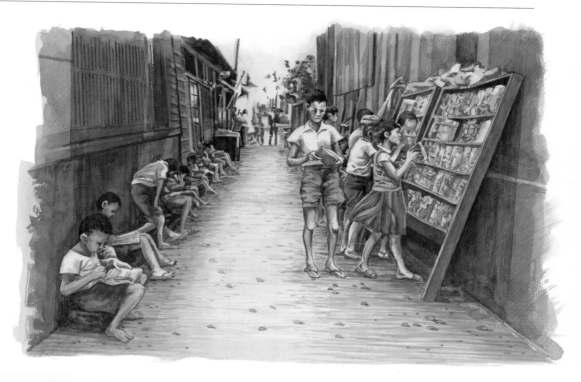

這是 1960 年代台北西門町巷弄裡的「露天書展」。一個租書攤，加上幾張板凳，沿街擺放起來。架上有讓孩童神往的漫畫書、故事書，只消幾毛錢，就可以坐上板凳，晃進一個充滿奇幻的午後時光。

文字來源：《台灣世紀回味 Vol.3 文化流轉》

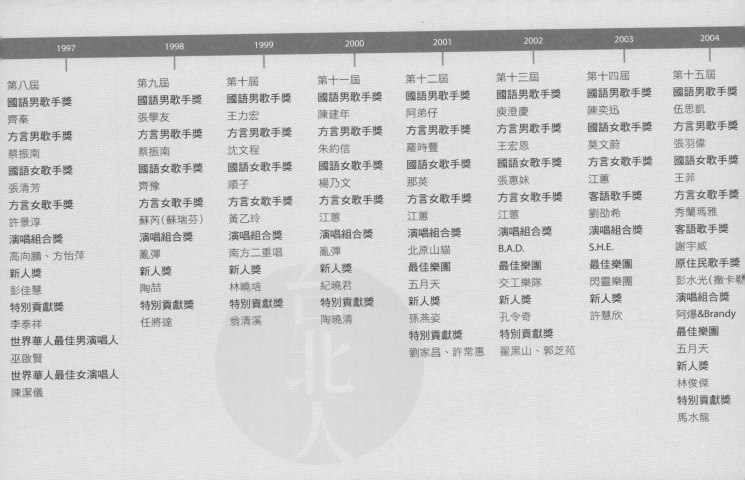

第八屆
國語男歌手獎
齊秦
方言男歌手獎
蔡振南
國語女歌手獎
張清芳
方言女歌手獎
許景淳
演唱組合獎
高向鵬、方怡萍
新人獎
彭佳慧
特別貢獻獎
李泰祥
世界華人最佳男演唱人
巫啟賢
世界華人最佳女演唱人
陳潔儀

第九屆
國語男歌手獎
張學友
方言男歌手獎
蔡振南
國語女歌手獎
齊豫
方言女歌手獎
蘇芮(蘇瑞芬)
演唱組合獎
亂彈
新人獎
陶喆
特別貢獻獎
任將達

第十屆
國語男歌手獎
王力宏
方言男歌手獎
沈文程
國語女歌手獎
順子
方言女歌手獎
黃乙玲
演唱組合獎
南方二重唱
新人獎
林曉培
特別貢獻獎
翁清溪

第十一屆
國語男歌手獎
陳建年
方言男歌手獎
朱約信
國語女歌手獎
楊乃文
方言女歌手獎
江蕙
演唱組合獎
亂彈
新人獎
紀曉君
特別貢獻獎
陶曉清

第十二屆
國語男歌手獎
阿弟仔
方言男歌手獎
羅時豐
國語女歌手獎
那英
方言女歌手獎
江蕙
演唱組合獎
北原山貓
最佳樂團
五月天
新人獎
孫燕姿
特別貢獻獎
劉家昌、許常惠

第十三屆
國語男歌手獎
庾澄慶
方言男歌手獎
王宏恩
國語女歌手獎
張惠妹
方言女歌手獎
江蕙
演唱組合獎
B.A.D.
最佳樂團
交工樂隊
新人獎
孔令奇
特別貢獻獎
翟黑山、郭芝苑

第十四屆
國語男歌手獎
陳奕迅
國語女歌手獎
莫文蔚
方言女歌手獎
江蕙
客語歌手獎
劉劭希
演唱組合獎
S.H.E.
最佳樂團
閃靈樂團
新人獎
許慧欣

第十五屆
國語男歌手獎
伍思凱
方言男歌手獎
張羽偉
國語女歌手獎
王菲
方言女歌手獎
秀蘭瑪雅
客語歌手獎
謝宇威
原住民歌手獎
彭水光(撒卡勒...)
演唱組合獎
阿爆&Brandy
最佳樂團
五月天
新人獎
林俊傑
特別貢獻獎
馬水龍

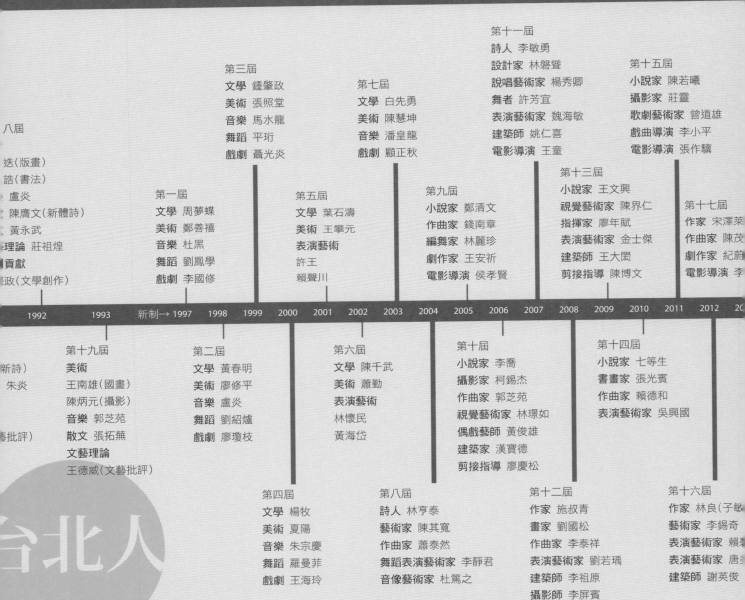

第十一屆
詩人　李敏勇
設計家　林磐聳
說唱藝術家　楊秀卿
舞者　許芳宜
表演藝術家　魏海敏
建築師　姚仁喜
電影導演　王童

第十五屆
小說家　陳若曦
攝影家　莊靈
歌劇藝術家　曾道雄
戲曲導演　李小平
電影導演　張作驥

第三屆
文學　鍾肇政
美術　張照堂
音樂　馬水龍
舞蹈　平珩
戲劇　聶光炎

第七屆
文學　白先勇
美術　陳慧坤
音樂　潘皇龍
戲劇　顧正秋

八屆
送(版畫)
誥(書法)
盧炎
陳腐文(新體詩)
黃永武
理論　莊祖煌
貢獻
政(文學創作)

第一屆
文學　周夢蝶
美術　鄭善禧
音樂　杜黑
舞蹈　劉鳳學
戲劇　李國修

第五屆
文學　葉石濤
美術　王攀元
表演藝術
許王
賴聲川

第九屆
小說家　鄭清文
作曲家　錢南章
編舞家　林麗珍
劇作家　王安祈
電影導演　侯孝賢

第十三屆
小說家　王文興
視覺藝術家　陳界仁
指揮家　廖年賦
表演藝術家　金士傑
建築師　王大閎
剪接指導　陳博文

第十七屆
作家　宋澤萊
作曲家　陳茂...
劇作家　紀蔚...
電影導演　李...

新詩)
朱炎
批評)

第十九屆
美術
王南雄(國畫)
陳炳元(攝影)
音樂　郭芝苑
散文　張拓蕪
文藝理論
王德威(文藝批評)

第二屆
文學　黃春明
美術　廖修平
音樂　盧炎
舞蹈　劉紹爐
戲劇　廖瓊枝

第六屆
文學　陳千武
美術　蕭勤
表演藝術
林懷民
黃海岱

第十屆
小說家　李喬
攝影家　柯錫杰
作曲家　郭芝苑
視覺藝術家　林璟如
偶戲藝師　黃俊雄
建築家　漢寶德
剪接指導　廖慶松

第十四屆
小說家　七等生
書畫家　張光賓
作曲家　賴德和
表演藝術家　吳興國

第四屆
文學　楊牧
美術　夏陽
音樂　朱宗慶
舞蹈　羅曼菲
戲劇　王海玲

第八屆
詩人　林亨泰
藝術家　陳其寬
作曲家　蕭泰然
舞蹈表演藝術家　李靜君
音像藝術家　杜篤之

第十二屆
作家　施叔青
畫家　劉國松
作曲家　李泰祥
表演藝術家　劉若瑀
建築師　李祖原
攝影師　李屏賓

第十六屆
作家　林良(子敏)
藝術家　李錫奇
表演藝術家　賴...
表演藝術家　唐...
建築師　謝英俊

1990　1991　1992　1993　1994　1995　19

第一屆
男演唱人獎　殷正洋
女演唱人獎　江淑惠(江蕙)
演唱組合獎　知己二重唱
（曾寶明、吳志華）
新人獎　伍思凱
特別貢獻獎　陳達儒、莊奴

第二屆
男演唱人獎　洪榮宏
女演唱人獎　蔡琴
演唱組合獎　東方快車
新人獎　黃小琥
特別貢獻獎　陳秋霖

第三屆
國語男歌手獎　趙傳
方言男歌手獎　李茂山
國語女歌手獎　陳淑樺
方言女歌手獎　許景淳
演唱組合獎　百合二重唱
新人獎　霍正奇
特別貢獻獎　熊美黛、謝騰輝

第四屆
國語男歌手獎　周華健
方言男歌手獎　楊宗憲
國語女歌手獎　高勝美
方言女歌手獎　陳小雲(陳雲霞)
演唱組合獎　南方二重唱
新人獎　蔡小虎
特別貢獻獎　呂泉生

第五屆
國語男歌手獎　殷正洋
方言男歌手獎　洪榮宏
國語女歌手獎　葉蒨文
方言女歌手獎　陳小雲(陳雲霞)
演唱組合獎　凡人二重唱
新人獎　畦澐平

第六屆
國語男歌手獎　殷正洋
方言男歌手獎　吳宗憲
國語女歌手獎　張清芳
方言女歌手獎　張秀卿
演唱組合獎　凡人二重唱
新人獎　陳震(陳柏菁)
特別貢獻獎　葉俊麟、林二

第七屆
國語男獻　張信哲
方言男獻　洪榮宏
國語女獻　陳淑樺
方言女獻　曾心梅
演唱組合　南方二重唱
新人獎　劉依純
特別貢獻　鄧麗君

第九屆
美術　寇培深(書法)
詩歌
向陽(新詩)
鄧禹平(歌詞)
新聞文學　金達凱
傳記文學
林衡道(雜文)
林鴻博(雜文)
特別貢獻
黃君璧(繪畫藝術)
臺靜農
（文學教育、文藝創作）
梁實秋
（文學教育、文藝創作）

第十三屆
美術
江明賢(國畫)
吳炫三(西畫)
音樂　梁銘越
詩歌　王蓉芷(新詩)
散文　逯耀東
文藝理論　鄭明娳(現代散文)
小說　趙淑敏(長篇小說)
戲劇　賴聲川(話劇劇本)
演藝
汪其楣(劇戲導演)
朱苔麗(聲樂演唱)
特別貢獻
朱玖瑩(畫法教育研究)
梁在平(國樂教育研究)

第十五屆
美術　吳隆榮(西畫)
詩歌　余光中(新詩)
散文　高大鵬
兒童文學　賴西安
傳記文學　楊艾俐
演藝
葉綠娜(音樂)
魏樂富(音樂)
魏敏(戲劇)

第二屆
美術　朱銘(雕刻)
詩歌
曾霽虹(舊詩)
新聞文學
姚朋(雜文)
小說
謝文玖(長篇小說)
戲劇
張永祥(電視劇本)
丁善璽(電影劇本)

第四屆
美術
陳若海(書法)
杜立坤(美術工藝)
散文
陳曉林
陳克環
新聞文學
荊瑞先
戲劇
王生善(電視劇本)

舊制→　1975　1976　1977　1978　1979　1983　1986　1987　1988　1989

第一屆
美術
郭儀(攝影)

第三屆
美術
陳霙(攝影)
曹緯初(書法)
音樂　董榕森(國樂)
詩歌　宋天正(詞)
文藝理論
王禮卿(文藝批評)
新聞文學　趙玉明
戲劇
貢敏(電影劇本)
趙琦彬(電影劇本)

第五屆
美術
何明績(雕刻)
何恆雄(雕刻)
劉萬航(美術工項)
舞蹈
林懷民(藝術舞蹈)
詩歌
王志健(新詩)
散文　沙錚
文藝理論　黃永武
新聞文學　趙滋蕃
傳記文學
蔣君章、徐詠平

第十一屆
音樂　鄭思森(國樂)
散文　卜乃夫
姜保真、潘希真
文藝理論
吳慕風(文藝史)
賈亦棣(文藝史)
張子樟(文藝批評)
新聞文學　張奕
傅佩榮(雜文)
傳記文學　干衡
小說　嚴停雲
特別貢獻
顏水龍、王夢鷗
楊三郎、郭小莊

第十四屆
美術
塗璨琳(國畫)
林吉基(攝影)
詩歌　張振翱(新詩)
散文　林文月
兒童文學　黃炳煌
新聞文學
祝基瀅(雜文)
特別貢獻
熊式一
（戲劇著述及翻譯）
呂佛庭
（繪畫藝術教育）

第十六屆
詩歌
散文
文藝
鍾玲
（文藝
傳記
林太
演藝
林昭

全國各校共通校訓：
禮義廉恥

七戰七勝

　　克難隊是 1950 年代台灣籃壇的代名詞，集結了七虎，大鵬，警光，鐵路，海軍等隊菁英，1955 年克難隊代表中華民國遠征韓國，七戰七勝，所向披靡。圖中 16 號球員為最佳中鋒霍劍平。

文字來源：《台灣世紀回味 Vol.3 文化流轉》

說書

　　說的多半是七俠五義之類的章回小說，是電視機還未普遍時，一般民眾晚上常有的娛樂。說書人說個 20 分鐘，就會暫時休息收一次錢，想要繼續聽下去就得再繳錢。一個晚上大概要花兩個小時才能把故事說完。

文字來源：《台灣世紀回味 Vol.2 生活長巷》

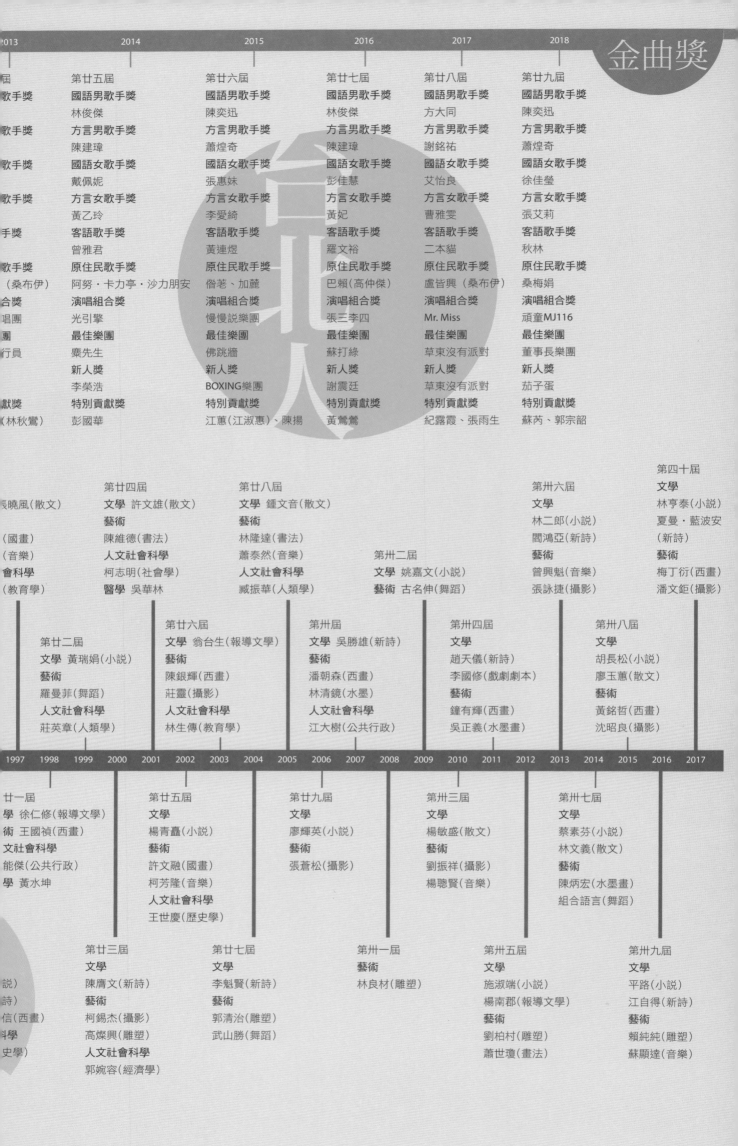

2013 / 2014 / 2015 / 2016 / 2017 / 2018

2013	2014 第廿五屆	2015 第廿六屆	2016 第廿七屆	2017 第廿八屆	2018 第廿九屆
歌手獎	國語男歌手獎	國語男歌手獎	國語男歌手獎	國語男歌手獎	國語男歌手獎
	林俊傑	陳奕迅	林俊傑	方大同	陳奕迅
歌手獎	方言男歌手獎	方言男歌手獎	方言男歌手獎	方言男歌手獎	方言男歌手獎
	陳建瑋	蕭煌奇	陳建瑋	謝銘祐	蕭煌奇
歌手獎	國語女歌手獎	國語女歌手獎	國語女歌手獎	國語女歌手獎	國語女歌手獎
	戴佩妮	張惠妹	彭佳慧	艾怡良	徐佳瑩
歌手獎	方言女歌手獎	方言女歌手獎	方言女歌手獎	方言女歌手獎	方言女歌手獎
	黃乙玲	李愛綺	黃妃	曹雅雯	張艾莉
手獎	客語歌手獎	客語歌手獎	客語歌手獎	客語歌手獎	客語歌手獎
	曾雅君	黃連煜	羅文裕	二本貓	秋林
歌手獎	原住民歌手獎	原住民歌手獎	原住民歌手獎	原住民歌手獎	原住民歌手獎
（桑布伊）	阿努・卡力亭・沙力朋安	僗荖・加麓	巴賴（高仲傑）	盧皆興（桑布伊）	桑梅娟
合獎	演唱組合獎	演唱組合獎	演唱組合獎	演唱組合獎	演唱組合獎
唱團	光引擎	慢慢説樂團	張三李四	Mr. Miss	頑童MJ116
團	最佳樂團	最佳樂團	最佳樂團	最佳樂團	最佳樂團
行員	麋先生	佛跳牆	蘇打綠	草東沒有派對	董事長樂團
	新人獎	新人獎	新人獎	新人獎	新人獎
	李榮浩	BOXING樂團	謝震廷	草東沒有派對	茄子蛋
獻獎	特別貢獻獎	特別貢獻獎	特別貢獻獎	特別貢獻獎	特別貢獻獎
《林秋鸞》	彭國華	江蕙（江淑惠）、陳揚	黃鶯鶯	紀露霞、張雨生	蘇芮、郭宗韶

張曉風（散文）

第廿四屆
文學 許文雄（散文）
藝術
陳維德（書法）
人文社會科學
柯志明（社會學）
醫學 吳華林

第廿八屆
文學 鍾文音（散文）
藝術
林隆達（書法）
人文社會科學
蕭泰然（音樂）
臧振華（人類學）

第卅二屆
文學 姚嘉文（小説）
藝術 古名伸（舞蹈）

第卅六屆
文學
林二郎（小説）
閻鴻亞（新詩）
藝術
曾興魁（音樂）
張詠捷（攝影）

第四十屆
文學
林亨泰（小説）
夏曼・藍波安
（新詩）
藝術
梅丁衍（西畫）
潘文鉅（攝影）

（國畫）
（音樂）
會科學
（教育學）

第廿二屆
文學 黃瑞娟（小説）
藝術
羅曼菲（舞蹈）
人文社會科學
莊英章（人類學）

第廿六屆
文學 翁台生（報導文學）
藝術
陳銀輝（西畫）
莊靈（攝影）
人文社會科學
林生傳（教育學）

第卅屆
文學 吳勝雄（新詩）
藝術
潘朝森（西畫）
林清鏡（水墨）
人文社會科學
江大樹（公共行政）

第卅四屆
文學
趙天儀（新詩）
李國修（戲劇劇本）
藝術
鐘有輝（西畫）
吳正義（水墨畫）

第卅八屆
文學
胡長松（小説）
廖玉蕙（散文）
藝術
黃銘哲（西畫）
沈昭良（攝影）

1997 1998 1999 2000 2001 2002 2003 2004 2005 2006 2007 2008 2009 2010 2011 2012 2013 2014 2015 2016 2017

廿一屆
學 徐仁修（報導文學）
術 王國禎（西畫）
文社會科學
能傑（公共行政）
學 黃水坤

第廿五屆
文學
楊青矗（小説）
藝術
許文融（國畫）
柯芳隆（音樂）
人文社會科學
王世慶（歷史學）

第廿九屆
文學
廖輝英（小説）
藝術
張蒼松（攝影）

第卅三屆
文學
楊敏盛（散文）
藝術
劉振祥（攝影）
楊聰賢（音樂）

第卅七屆
文學
蔡素芬（小説）
林文義（散文）
藝術
陳炳宏（水墨畫）
組合語言（舞蹈）

説）
詩）
信（西畫）
科學
史學）

第廿三屆
文學
陳膺文（新詩）
藝術
柯錫杰（攝影）
高燦興（雕塑）
人文社會科學
郭婉容（經濟學）

第廿七屆
文學
李魁賢（新詩）
藝術
郭清治（雕塑）
武山勝（舞蹈）

第卅一屆
藝術
林良材（雕塑）

第卅五屆
文學
施淑端（小説）
楊南郡（報導文學）
藝術
劉柏村（雕塑）
蕭世瓊（畫法）

第卅九屆
文學
平路（小説）
江自得（新詩）
藝術
賴純純（雕塑）
蘇顯達（音樂）

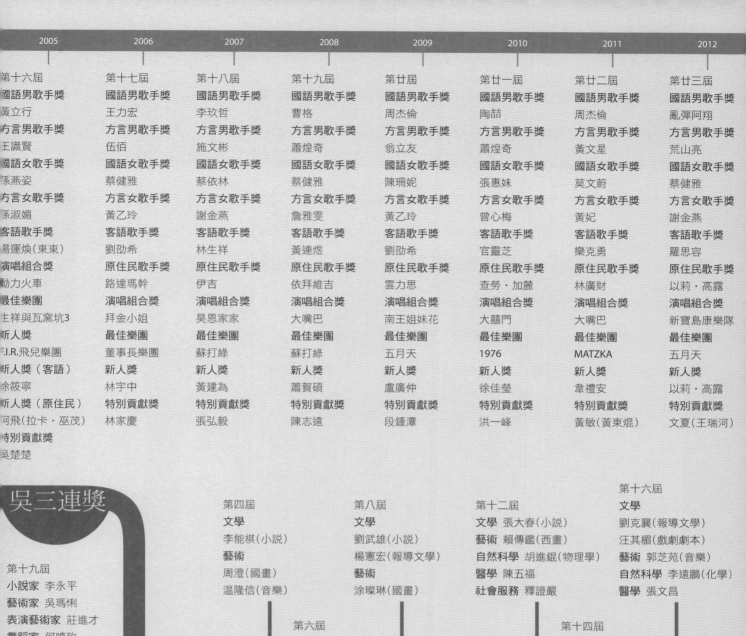

	2005	2006	2007	2008	2009	2010	2011	2012
	第十六屆	第十七屆	第十八屆	第十九屆	第廿屆	第廿一屆	第廿二屆	第廿三屆
國語男歌手獎	黃立行	王力宏	李玖哲	曹格	周杰倫	陶喆	周杰倫	亂彈阿翔
方言男歌手獎	王識賢	伍佰	施文彬	蕭煌奇	翁立友	蕭煌奇	黃文星	荒山亮
國語女歌手獎	孫燕姿	蔡健雅	蔡依林	蔡健雅	陳珊妮	張惠妹	莫文蔚	蔡健雅
方言女歌手獎	孫淑媚	黃乙玲	謝金燕	詹雅雯	黃乙玲	曾心梅	黃妃	謝金燕
客語歌手獎	湯運煥（東東）	劉劭希	林生祥	黃連煜	劉劭希	官靈芝	欒克勇	羅思容
演唱組合獎／原住民歌手獎	動力火車	路達瑪幹	伊吉	依拜維吉	雲力思	查勞·加麓	林廣財	以莉·高露
最佳樂團／演唱組合獎	王祥與瓦窯坑3	拜金小姐	昊恩家家	大嘴巴	南王姐妹花	大囍門	大嘴巴	新寶島康樂隊
新人獎／最佳樂團	E.I.R.飛兒樂團	董事長樂團	蘇打綠	蘇打綠	五月天	1976	MATZKA	五月天
新人獎	余筱寧（客語）	林宇中	黃建為	蕭賀碩	盧廣仲	徐佳瑩	韋禮安	以莉·高露
特別貢獻獎	阿飛（拉卡·巫茂）（原住民）／吳楚楚	林家慶	張弘毅	陳志遠	段鍾潭	洪一峰	黃敏（黃東焜）	文夏（王瑞河）

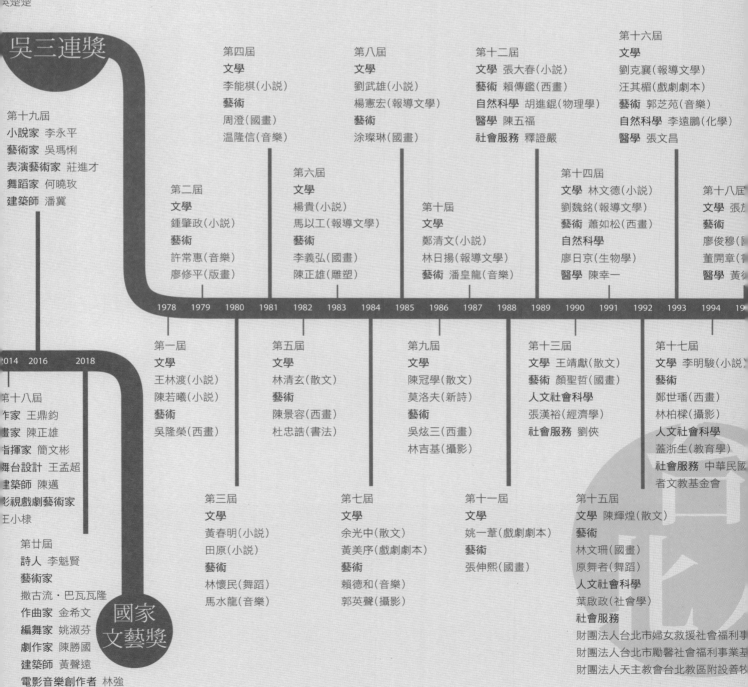

吳三連獎

第十九屆
小說家 李永平
藝術家 吳瑪悧
表演藝術家 莊進才
舞蹈家 何曉玫
建築師 潘冀

2014　2016　2018

第十八屆
作家 王鼎鈞
畫家 陳正雄
指揮家 簡文彬
舞台設計 王孟超
建築師 陳邁
影視戲劇藝術家 王小棣

第廿屆
詩人 李魁賢
藝術家 撒古流·巴瓦瓦隆
作曲家 金希文
編舞家 姚淑芬
劇作家 陳勝國
建築師 黃聲遠
電影音樂創作者 林強

國家文藝獎

1978　1979　1980　1981　1982　1983　1984　1985　1986　1987　1988　1989　1990　1991　1992　1993　1994　19…

第一屆
文學
王林渡(小説)
陳若曦(小説)
藝術
吳隆榮(西畫)

第二屆
文學
鍾肇政(小説)
藝術
許常惠(音樂)
廖修平(版畫)

第三屆
文學
黃春明(小説)
田原(小説)
藝術
林懷民(舞蹈)
馬水龍(音樂)

第四屆
文學
李能棋(小説)
藝術
周澄(國畫)
溫隆信(音樂)

第五屆
文學
林清玄(散文)
藝術
陳景容(西畫)
杜忠誥(書法)

第六屆
文學
楊貴(小説)
馬以工(報導文學)
藝術
李義弘(國畫)
陳正雄(雕塑)

第七屆
文學
余光中(散文)
黃美序(戲劇劇本)
藝術
賴德和(音樂)
郭英聲(攝影)

第八屆
文學
劉武雄(小説)
楊憲宏(報導文學)
藝術
涂璨琳(國畫)

第九屆
文學
陳冠學(散文)
莫洛夫(新詩)
藝術
吳炫三(西畫)
林吉基(攝影)

第十屆
文學
鄭清文(小説)
林日揚(報導文學)
藝術 潘皇龍(音樂)

第十一屆
文學
姚一葦(戲劇劇本)
藝術
張伸熙(國畫)

第十二屆
文學 張大春(小説)
藝術 賴傳鑑(西畫)
自然科學 胡進錕(物理學)
醫學 陳五福
社會服務 釋證嚴

第十三屆
文學 王靖獻(散文)
藝術 顏雲哲(國畫)
人文社會科學
張漢裕(經濟學)
社會服務 劉俠

第十四屆
文學 林文德(小説)
劉魏銘(報導文學)
藝術 蕭如松(西畫)
自然科學
廖日京(生物學)
醫學 陳幸一

第十五屆
文學 陳輝煌(散文)
藝術
林文珊(國畫)
原舞者(舞蹈)
人文社會科學
葉啟政(社會學)
社會服務
財團法人台北市婦女救援社會福利…
財團法人台北市勵馨社會福利事業基…
財團法人天主教會台北教區附設善牧…

第十六屆
文學
劉克襄(報導文學)
汪其楣(戲劇劇本)
藝術 郭芝苑(音樂)
自然科學 李遠鵬(化學)
醫學 張文昌

第十七屆
文學 李明駿(小説)
藝術
鄭世璠(西畫)
林柏樑(攝影)
人文社會科學
蓋浙生(教育學)
社會服務 中華民國
者文教基金會

第十八屆
文學 張…
藝術
廖俊穆(…
董開章(…
醫學 黃…

1979 年民歌演唱會節目單，左上起順時鐘方向為韓正皓，王夢麟，任祥，吳楚楚，李蝶非，胡德夫，陳屏，
陶曉清，楊光榮，楊弦，趙樹海，鍾少蘭。

文字來源：《台灣世紀回味 Vol.3 文化流轉》

廣播界大將陶曉清在 1970 年代中期以後投入現代民歌運動，並成立「民風樂府」，為民歌運動有力的推手。圖左起陶曉清，任祥，鍾少蘭練唱情景，1979 年。

文字來源：《台灣世紀回味 Vol.3 文化流轉》

相傳恆春調〈思想起〉的節奏與唱法來自平埔族，圖為手持月琴的平埔族歌手，1930 年代。

文字來源：《台灣世紀回味 Vol.3 文化流轉》

2004

第六屆
最佳動畫片
馬君輔
《充氣娃娃極樂生活》

2005

第七屆
最佳動畫片
陳岡緯《下班時間》

2006

第八屆
最佳動畫片
蘇文聖《傳染》

2007

第九屆
最佳動畫片
蘇文聖《將軍》

2008

第十屆
最佳動畫片
史明輝《飛越藍調》
導演獎
楊雅喆《囧男孩》
男主角獎
鈕承澤
《情非得已之生存之道》
女主角獎
張鈞甯
《情非得已之生存之道》
新演員獎
王柏傑《九降風》

第卅屆
戲劇節目
導演獎
餘明生《地久天長》
男主角獎
金超群《包青天－真假包公》
女主角獎
王美雪《鳳子龍孫》
男配角獎
邰智源《包青天－狸貓換太子》
女配角獎
劉明《包青天－鍘包勉》

第卅四屆
戲劇節目
導演獎
王小棣《九歲那年》
男主角獎
屈中恆《將軍令》
女主角獎
楊貴媚《天公疼好人》
男配角獎
黃仲裕《施公奇案之大悲大喜》
女配角獎
梅芳(廖春梅)《天公疼好人》

第廿五屆
戲劇節目
導演獎
葉鴻洲《廟會》
男主角獎
雷鳴《布穀鳥聲聲催》
女主角獎
李明依《把愛找回來》

第廿七屆
戲劇節目
導演獎
蔡明亮
《小市民的天空系列：給我一個家》
男主角獎
張晨光《京城四少》
女主角獎
劉雪華《床邊愛情故事－風裡的愛》

○屆
○目

、張曾澤《前夫》

（張建陵）《西施》

（蘇秋芸）《庭院深深》

1988 | **1989** | **1990** | **1991** | **1992** | **1993** | **1995** | **1997** | **1999** | **200**

第廿四屆
戲劇節目
導演獎
朱莉莉《八月桂花香》
男主角獎
孟元(孟憲山)
《大地有愛系列：最後的馨香》
女主角獎
李麗鳳《京華煙雲》

第廿六屆
戲劇節目
導演獎
蔡明亮
《小市民天空系列：麗香的感情線》
男主角獎
王瑞(王錫瑞)
《無色的愛系列：鹹魚翻身》
女主角獎
歸亞蕾《她的成長》

第廿八屆
戲劇節目
導演獎
丁亞民《像我們這樣一個家》
男主角獎
張復建(張建陵)《意難忘》
女主角獎
蕭艾《像我們這樣一個家》
男配角獎
龍隆(莊代隆)《書劍恩仇錄》
女配角獎 朱慧珍《意難忘》

第卅二屆
戲劇節目
導演獎
朱莉莉、賴水清《新龍門客棧》
男主角獎 郎雄《夢土》
女主角獎
歸亞蕾《聖母瑪利亞》
男配角獎
王瑞(王錫瑞)《夢土》
女配角獎
范瑞君《少年死亡告白》

第卅五屆
戲劇節目
導演獎
瞿友寧《誰在那》
男主角獎
戴立忍《濁水溪》
女主角獎
劉若英《住在》
男配角獎
盧麒安《誰在》
女配角獎
李靜美《曉光》

美術

1936

台灣美術展覽會

第十屆
特選
宮田彌太郎
陳敬輝
特選台展賞
張秋禾
丸山福太
特選朝日賞
高梨勝瀄
台日賞
村澤節子

丁衍庸
丁紹光
丁雄泉
王公澤
王再添
王業
石川欽一郎
立石鐵臣
朱銘
江明賢
江賢二
何宣廣
何德來

余承堯
吳天章
吳王承
吳妍儀
吳李玉哥
吳炫三
吳隆榮
呂基正
呂義濱
呂璞石
李永沱
李石樵
李仲生

李育貞
李依儒
李梅樹
李義弘
李澤藩
李錫奇
汪壽寧
汪澄
周天龍
周邱英薇
林之助
林克恭
林風眠

林淵
林惺嶽
林智信
林瑞明
林壽宇
侯俊明
洪通
洪瑞麟
洪遜賢
倪蔣懷
夏陽
孫明煌
席德進

許武勇
郭柏川
郭煥材
陳定洋
陳承藩
陳英聲
陳庭詩
陳泰元
陳清汾
陳景容
陳植棋
陳順築
陳瑞福

袁廣鳴
高山嵐
張大千
張李富
張秋禾
張國治
張祥銘
張義
張義雄
張萬傳
曹根
莊世和
莊喆

陳銀用
陳銀須
陳德旺
陳慧坤
陳澄波
陳錦芳
彭萬墀
曾茂煌
曾郁文
馮騰慶
黃土水
黃君璧
黃進河

黃榮燦
黃銘祝
楊三郎
楊英風
楊茂林
楊啟東
楚戈
(袁德星)
溥心畬
(渡海三家)
葉子奇
廖修平
廖德政

廖繼春
趙宗冠
趙無極
劉其偉
劉耿一
劉啟祥
劉國松
劉錦堂
潘煌
鄭明進
鄭麗雲
盧雲友
蕭勤

霍剛
謝伊琪
謝鎮陵
韓湘寧
藍蔭鼎
豐子愷
顏水龍
關良
嚴明惠
蘇秋東
蘇嘉男

1998 · 1999 · 2000 · 2002 · 2003

第一屆 (1998)
最佳動畫片
林浩博《末日世界》
導演獎
侯孝賢《海上花》
演員獎
劉若英《徵婚啟事》
新人獎
六月《果醬》

第二屆 (1999)
最佳動畫片
林巧芳《Slow Return》
導演新人獎
林靖傑
《惡女列傳之猜手槍》
演員獎
蔡燦得
《惡女列傳之猜手槍》
最具潛力新人
李康宜《黑暗之光》

第三屆 (2000)
最佳動畫片
《時光》邱禹鳳
導演獎
陳以文、張華坤《運轉手之戀》
導演新人獎
蕭雅全《命帶追逐》
陳義雄《晴天娃娃》
演員獎
李康宜《晴天娃娃》
方中信《驚動天地》
配角獎
王瑞《天公金》
太保《運轉手之戀》
趙美齡《沙河悲歌》
最具潛力新人
向麗雯《純屬意外》

第四屆 (2002)
最佳動畫片
史明輝《馬桶共和國》
動畫導演獎
邱禹鳳《旅》
馮偉中《謎》系列作品
新演員獎
黃健瑋《石碇的夏天》

第五屆 (2003)
最佳動畫片
黃士銘《METI
傑出個人表現
李靖惠《阿嬤

第十五屆
戲劇節目
導演獎
顧訓《星光閃閃》
男主角獎
岳陽《英雄榜》
女主角獎
劉明《李家嫂子》
新進演員獎
華芳《春去幾時回》

第十七屆
戲劇節目
導演獎
李英《春望》
男主角獎
顧寶明
《他不笨，他是我兄弟》
女主角獎
張小燕《今夜摘星去》
新進演員獎
李國修《唐三五戒》

第十九屆
戲劇節目
導演獎
林福地、葉超《星星知我心》
男主角獎
常楓《兩種結尾》
女主角獎
吳靜嫻《星星知我心》
新進演員獎
趙永馨《玉女神笛》

第廿一屆
戲劇節目
導演獎
李英《當時明月在》
男主角獎
常楓《秋月春風》
女主角獎
方芳（周正芳）
《雲的故鄉第一集》

第十五屆開始有
戲劇個人獎項→
1980 · 1981 · 1982 · 1983 · 1984 · 1985 · 1986 · 1987

第十六屆
戲劇節目
導演獎
黃以功《秋水長天》
男主角獎
李立群《卿須憐我我憐卿》
女主角獎
蕭芳芳《秋水長天》
新進演員獎
馬如風《舊情綿綿》

第十八屆
戲劇節目
導演獎
孫家明《夜來香》
男主角獎
儀銘（田致斌）《秋蟬》
女主角獎
李芷麟《歸情》
新進演員獎
鄧瑋婷《牽手》

第廿屆
戲劇節目
導演獎
林福地、葉超
《星星的故鄉》
男主角獎
林在培《秋潮向晚天》
女主角獎
馬之秦《昨夜星辰》

第廿二屆
戲劇節目
導演獎
王中強《另一
男主角獎
勾峰（勾純沅）
《幾度夕陽紅
女主角獎
曾亞君《把她

1927 · 1928 · 1929 · 1930 · 1931 · 1932 · 1933 · 1934 · 193

第一屆
特選
村上英夫

第二屆
特選
郭雪湖
陳進

第三屆
特選
呂鐵州
郭雪湖
陳進

第四屆
特選
陳進
特選台展賞
林玉山
台展賞
郭雪湖
台日賞
蔡媽達

第五屆
台展賞
呂鐵州
特選台展賞
郭雪湖
台日賞
黃靜山

第六屆
特選台展賞
呂鐵州
林玉山
特選台日賞
郭雪湖

第七屆
特選
林玉山
村澤節子
不破周子
特選台日賞
陳敬輝
特選朝日賞
村上無羅
台展賞
呂鐵州

第八屆
特選台展賞
盧雲友
秋山春水
特選朝日賞
石本秋圃
台日賞
高梨勝瀞

第九
特選
村上
特選
秋山
黃水
台日
呂鐵
朝日
郭雪

一條山路

帶來的

養成

劉克襄

在猴山岳遊蕩半甲子後，我對生活的意義彷彿才稍有領悟。

這山海拔約五百五，不算什麼名峰大巒，但從木柵一帶抬頭遙望，猶若一座梯形的綠色大屏風，傲視周遭山巒。其西側有指南宮依傍，日本時代以來即享譽全台。名廟為大山加持，無疑的也幫它增添不少知名度。

指南宮雖是觀光景點，周遭森林還頗蔥蘢。翻過猴山岳，方有大面積的茶園和梯田。但我在那兒來去時，茶園多半已還諸自然，梯田所剩也不多。只有少數幾條農路殘存於森林間，隱隱透露著昔時墾耕的情形。這些山徑如今成為一般城市人休閒假日運動的路線，有的還被地方政府規劃為健行步道和景觀園區，希望創造多樣的鄉村產業活動。

我最熟悉的一條，百年前的地圖裡即存在，當時被視為保甲路，如今稱為茶山古道。有此名稱不難研判，過去周遭一定分布許多茶園。只是近幾十年，茶園持續荒蕪，人口外流嚴重，放眼僅剩四五位老人家，繼續留下來，種茶栽竹，甚而勉強栽作水稻。

昔時有耕作，必有路來去。但路被踩踏久了，難免有些損毀。再者，長年雨水沖刷，路面容易變形，形成崎嶇之樣。此時自是要定期維護，小月輕修，大年重整，一如家電用品的保養，才得以維持暢通。

早年修路的人多半是當地農民，自願前來分攤勞力。修路的美好傳統，遂能一代傳承一代。或許其間，有人興過修築水泥石階的念頭，所幸這裡的泥土路況保持良好，此地又偏僻，終而逃過了此一生態浩劫。

如今老人家體力愈來愈差，多半不適合做粗重。村裡人丁又少，修路便不復以往。茶葉產銷班蔡班長，晚近便意識到這一缺乏承傳的嚴重性。於是發起了志工運動，希望常來此健行活動的山友能夠發揮公益精神，一同加入修路的行列。

這幾十年來，登山口蔡班長老家古厝，以及中途的林家草厝，都充分發揮奉茶精神，免費服務山友。常來此爬山的市民，多半受過熱情款待。過去為了維護在地農耕，蔡班長也陸續辦理不少活動。以山村作為小學堂，跟山友分享農事經驗。修路之事一經提出，反應更是熱烈。在他號召下，許多山友都樂意前來參加，我也是其中之一。

連著五六年，冬季農閒時，手作步道便固定在此展開。大家犧牲假日，集聚在此勞動。昔人耕山鋪路，後人承先啟後，一個古老技藝的傳統便這樣美麗地持續了。

但說實在的，剛開始大家只是一股腦熱情，委實不知如何修築，還是得仰仗村裡長輩的教導，現學現做。大家一路修築下，真是勞心費力，但從中獲得許多無可取代的身心啟發。

以前在此參與割稻、採茶和種地瓜，都是點狀的有趣認識。一條山路的修補，意外地把這些產業有機地連結。它彷彿一條精緻的項鍊，串起了這些珍珠。參加者也樂此不疲，日後隱隱把此一每年的修路，當作必須參與的自然修行。當我們厭惡過多水泥化設施於森林出現時，努力維護一條原始土路的現況，無疑地，展現了具體而美好的契機。

修路並非一日可竟之功，而是要時時不斷地進行。初時，我們先從登山口檢視路況，逐一修補上去。每回報到的志工都有一二十人，先在古厝集合。修路的器具非常多元，蔡班長會先從護龍取出，擺在院埕。眾人各自拎著鐵棍、圓鍬、短鏈、鋸子、鑿子、竹棍、粗繩和十字鎬等上山。

志工們不貪多，每次工作一整個早上，修築二三十公尺。另外有一批未上山的志工，在古厝傳弄豐富的割稻飯。中午下山時，大家可在院埕享用，交流施工的心得。

早年山路的修築都會依造地形就地取材，如今亦是。猴山岳一帶幾乎是砂岩，凡遇到陡峭環境，昔時村民便以砂岩材質，打造長方形石塊，鋪成石磴。但砂岩容易剝落，敲打時得悉心慢敲，才能適中取得。打得用力，岩屑反而掉落愈多。這種砂岩的切割功

台北
人

金鐘獎

台北電影節

2015

第十七屆

最佳動畫片

陳柏宇《自動販賣機》

導演獎 蔡明亮《無無眠》

男主角獎

李鴻其《醉‧生夢死》

女主角獎

永作博美《寧靜咖啡館之歌》

男配角獎

鄭人碩《醉‧生夢死》

女配角獎

呂雪鳳《醉‧生夢死》

新演員獎 葳薾森《悄悄》

2016

第十八屆

最佳動畫片

薛佑廷《撞擊測試》

導演獎

陳潔瑤《只要我長大》

男主角獎

黃河《紅衣小女孩》

女主角獎

許瑋甯《紅衣小女孩》

男配角獎 莊凱勛《菜鳥》

女配角獎 簡嫚書《菜鳥》

新演員獎

全體新演員《只要我長大》

2017

第十九屆

最佳動畫片

楊詠亘《關於他的故事》

導演獎 呂柏勳《野潮》

男主角獎

吳慷仁《白蟻-慾望謎網》

女主角獎

尹馨《川流之島》

男配角獎

黃遠《強尼‧凱克》

女配角獎 劉引商《順雲》

新演員獎

瑞瑪席丹《強尼‧凱克》

2018

第廿屆

最佳動畫片

宋欣穎《幸福路上》

導演獎 盤思妤《霓虹》

導演獎 蕭雅全《范保德》

男主角獎 邱澤《誰先愛上他的》

女主角獎 謝盈萱《誰先愛上他的》

男配角獎

鄭人碩《角頭2：王者再起》

女配角獎 文淇《血觀音》

新演員獎 舞炡恩《阿莉芙》

洪智育《就是要香戀》

潘瑋柏《愛∞無限》

我的完美男人》

李瓊《艋舺耀輝》

朱芯儀《犀利人妻》

你劇集

龍賴《失落的海平線》

黃遠

在畢業的前一天爆炸》

《你的眼我的手》

巫建和

紀培慧

在畢業的前一天爆炸》

第四十八屆

戲劇節目

導演獎

王明台《含苞欲墜的每一天》

男主角獎 周渝民《回家》

女主角獎 苗可麗《含笑食堂》

男配角獎 李李仁《回家》

女配角獎

劉品言《含苞欲墜的每一天》

單元/迷你劇集

導演獎 范揚仲《權力過程》

男主角獎

龍劭華《喇叭宏的悲喜曲》

女主角獎

白冰冰《那天媽媽來看我》

男配角獎 湯志偉《權力過程》

女配角獎

大久保麻梨子《愛情替聲》

第五十屆

戲劇節目

導演獎 許富翔《16個夏天》

男主角獎 藍正龍《妹妹》

女主角獎 朱芷瑩《新丁花開》

男配角獎

蘇達《C.S.I.C鑑識英雄》

女配角獎 許瑋甯《16個夏天》

單元/迷你劇集

導演獎

蕭力修《麻醉風暴》

男主角獎 莊凱勛《回家路上》

女主角獎

嚴藝文《天使的收音機》

男配角獎 吳慷仁《麻醉風暴》

女配角獎 陳秋貞《浪子單飛》

第五十二屆

戲劇節目

導演獎

許肇任《酸甜之味》

男主角獎 劉德凱《這些年那些事》

女主角獎 柯淑勤《戀愛沙塵暴》

男配角獎 游安順《阿不拉的三個女人》

女配角獎 孫可芳《天黑請閉眼》

新進演員獎 陳妤《戀愛沙塵暴》

單元/迷你劇集

導演獎

許立達《告別》

男主角獎 傅孟柏《最後的詩句》

女主角獎 溫貞菱《最後的詩句》

男配角獎 蔡振南《媽媽不見了》

女配角獎 李千娜《通靈少女》

新進演員獎 林羽葶《數到十 讓我變成沈曉旭》

金鐘獎

2011　2012　2013　2014　2015　2016　2017　2018

第四十七屆

戲劇節目

導演獎

瞿友寧《我可能不會愛你》

男主角獎

陳柏霖《我可能不會愛你》

女主角獎

林依晨《我可能不會愛你》

男配角獎

賈孝國《阿嬤妹》

女配角獎

林美秀《我可能不會愛你》

單元/迷你劇集

導演獎

陳鈺傑《小偷》

男主角獎

陳竹昇《野蓮香》

女主角獎

周幼婷《黛比的幸福生活》

男配角獎

喜翔《老街狂想曲》

女配角獎

賴曉誼《爸爸加油》

第四十九屆

戲劇節目

導演獎

陳長綸《在河左岸》

男主角獎

李銘順

《親愛的，我愛上別人了》

女主角獎

鍾欣凌《雨後驕陽》

男配角獎

陳博正《雨後驕陽》

女配角獎

謝瓊煖《在河左岸》

單元/迷你劇集

導演獎

柯汶利《自由人》

男主角獎

王瑞(王錫瑞)

《只想比你多活一天》

女主角獎

尹馨《回家的女人》

男配角獎

喜翔《菾蒂》

女配角獎

溫貞菱《曉之春》

第五十一屆

戲劇節目

導演獎

曹瑞原《一把青》

男主角獎

吳慷仁《一把青》

女主角獎

柯佳嬿《必娶女人》

男配角獎

賀一航《長不大的爸爸》

女配角獎

劉瑞琪《失去你的那一天》

新進演員獎

連俞涵《一把青》

單元/迷你劇集

導演獎

詹京霖《川流之島》

男主角獎

李天柱《再見女兒》

女主角獎

尹馨《川流之島》

男配角獎

藍葦華《黑盒子》

女配角獎

王琄《再見女兒》

新進演員獎 陳鼎中《川流之島》

第五十三屆

戲劇節目

導演獎

何潤東、姜瑞智《翻牆的記憶》

男主角獎

盧廣仲《花甲男孩轉大人》

女主角獎

黃姵嘉《台北歌手》

男配角獎

劉冠廷《花甲男孩轉大人》

女配角獎

楊小黎《台北歌手》

新進演員獎

盧廣仲《花甲男孩轉大人》

單元/迷你劇集

導演獎

鄭有傑《他們在畢業的前一天爆炸2》

男主角獎

藍葦華《青苔》

女主角獎

陸弈靜《阿水和國祥》

男配角獎

喜翔《阮氏碧花與她的兩個男人》

女配角獎

廖怡裬《第三力量》

新進演員獎 盧以恩《青苔》

174

2009 — 2013

第十一屆
最佳動畫片
呂文忠《番茄醬》
導演獎
鍾孟宏《停車》
男主角獎
陳文彬《不能沒有你》
女主角獎
張榕容《陽陽》
男配角獎
林志儒《不能沒有你》
女配角獎
陸弈靜《一席之地》
新演員獎
曾珮瑜《停車》

第十二屆
最佳動畫片
吳德淳《簡單作業》
導演獎 鄭文堂《眼淚》
男主角獎
畢曉海《第四張畫》
女主角獎 陳意涵《聽說》
男配角獎
蔡振南《老徐的完結篇》
女配角獎
張詩盈《父後七日》
新演員獎
郭采潔《一頁台北》

第十三屆
最佳動畫片
陳秋苓《彼岸》
導演獎 陳宏一《消失打看》
男主角獎 吳朋奉《歸・途》
女主角獎 謝欣穎《消失打看》
男配角獎
柯宇綸《翻滾吧！阿信》
女配角獎
何子華《當愛來的時候》
新演員獎
李亦捷《當愛來的時候》

第十四屆
最佳動畫片
謝文明《禮物》
導演獎 姚宏易《金城小子》
男主角獎
張孝全《女朋友。男朋友》
女主角獎
張榕容《逆光飛翔》
男配角獎
張書豪《女朋友。男朋友》
女配角獎 郭采潔《愛》
新演員獎
林暉閔《星空》

第十五屆
最佳動畫片
宋欣穎《幸福路》
林青萱《氣息》
導演獎
詹京霖《狀況排除》
男主角獎 王羽《失魂》
女主角獎 林彥禎《回家作業》
男配角獎 蔡明修《狀況排除》
女配角獎 尹馨《權力過程》
新演員獎 黃劭揚《甜・祕密》

第十六屆
最佳動畫
吳德淳
導演獎
男主角獎
女主角獎
陳湘琪
男配角獎
曹佑寧
女配角獎
林美秀
新演員獎

第卅六屆
戲劇節目
導演獎 蔡岳勳《流星花園》
男主角獎 邱心志《笨小孩》
女主角獎 唐美雲《北港香爐》
男配角獎
…豪傑《阿母醒來吧》
…秀雯《嫁妝一牛車》
單元/迷你劇集
導演獎 柯一正《逆女》
男主角獎 丁強《記住 忘了》
女主角獎
…月（蔡君茹）《逆女》
男配角獎 李昆《逆女》
女配角獎 陳季霞《遺失》

第卅八屆
戲劇節目
導演獎 曹瑞原《孽子》
男主角獎 梁修身《家》
女主角獎 柯淑勤《孽子》
男配角獎 雷洪《家》
女配角獎 張惠春《名揚四海》
單元/迷你劇集
導演獎 許肇任《用力呼吸》
男主角獎
王耿豪《軍官與面具》
女主角獎
陸弈靜《用力呼吸》
男配角獎
夏靖庭《公主徹夜未眠》
女配角獎 柯淑勤《團圓飯》

第四十屆
戲劇節目
導演獎
玉嘉祥《霹靂九皇座》
男主角獎 庹宗華《孤戀花》
女主角獎
王玥《再見，忠貞二村》
男配角獎 高捷《孤戀花》
女配角獎
高玉珊《把愛找回來》
單元/迷你劇集
導演獎
徐漢強《請登入・線實》
男主角獎 樊光耀《壞蛋》
女主角獎 方文琳《魔蠍》
男配角獎 王傳一《魔蠍》
女配角獎
趙美齡《再看我一眼》

第四十二屆
戲劇節目
導演獎 蔡岳勳《白色巨塔》
男主角獎 黃河《危險心靈》
女主角獎 高慧君《美麗晨曦》
男配角獎
張國柱《白色巨塔》
張嘉年(太保)《鐵樹花開》
女配角獎 黃湘婷《魯冰花》
單元/迷你劇集
導演獎 溫知儀《娘惹滋味》
男主角獎
張書豪
《還好，我們都還在這裡》
女主角獎 莫愛芳《娘惹滋味》
男配角獎
余承恩《十歲笛娜的願望》
女配角獎 沈韶妘《呼叫223》

第四十四屆
戲劇節目
導演獎 蔡岳勳《痞子英雄》
男主角獎 趙又廷《痞子英雄》
女主角獎
劉瑞琪《女仨的婚事》
男配角獎
陳博正《你是我的唯一》
女配角獎
黃嘉千《光陰的故事》
單元/迷你劇集
導演獎
王傳宗《我的阿嬤是太空人》
男主角獎
夏靖庭《三十秒過後》
女主角獎 陳孝萱《試管神仙》
男配角獎
張國棟《應屆退休生》
女配角獎
丁也恬《早秋的散步》

2001 — 201

…寫字》
…契約》
…架裡的母親》
…寫字》

第卅七屆
戲劇節目
導演獎
李岳峰《後山日先照》
男主角獎
沈孟生《貞女、烈女、豪放女》
女主角獎
田麗《BI YA SU NA別來無恙》
男配角獎
廖峻《台灣曼波-金水嬸的故事》
女配角獎
楊潔玫《貞女、烈女、豪放女》
單元/迷你劇集
導演獎
楊雅喆《違章天堂》
男主角獎
戴立忍《月光》
女主角獎
謝月霞《違章天堂》
男配角獎
高振鵬《人間友愛》
女配角獎
黃淑瑛《月光》

第卅九屆
戲劇節目
導演獎
王啟在《二隻魚，游啊游上岸》
男主角獎
張晨光《日正當中》
女主角獎
萬芳《冷鋒過境》
男配角獎
朱陸豪《寒夜續曲》
女配角獎
林嘉俐《四重奏》

第四十一屆
戲劇節目
導演獎
馮凱《綠光森林》
男主角獎
李天柱《流金歲月》
女主角獎
楊麗音《草山春暉》
男配角獎
徐亨《意難忘》
女配角獎
沈時華《愛殺17》
單元/迷你劇集
導演獎
樓一安《快樂的出航》
男主角獎
陳慕義《快樂的出航》
女主角獎
李烈《網路情書》
男配角獎
顧寶明《炮彈與菜刀》
女配角獎
黃采儀《肉身蛾》

第四十三屆
戲劇節目
導演獎
陳慧翎《黃金線》
男主角獎
雷洪《娘家》
女主角獎
林依晨《惡作劇2吻》
男配角獎
陳宇風《黃金線》
女配角獎
王玥《大將徐傍興》
單元/迷你劇集
導演獎
馬志翔《說好不准哭》
男主角獎
吳朋奉《木棉的印記》
女主角獎
李璇《蟹足》
男配角獎
唐川《神秘列車》
女配角獎
萬芳《不愛練習曲》

第四十五屆
戲劇節目
導演獎
陳慧翎《那年，
男主角獎
吳政迪《情義月
女主角獎
楊丞琳《海派甜
男配角獎
巫建和《牽紙鷂
女配角獎
高慧君《芳草碧
單元/迷你劇集
導演獎
瞿友寧《我的爸
男主角獎
唐川《討海人》
女主角獎
林美照《記得我
男配角獎
汪政緯《我的爸
女配角獎
劉曉憶《我的爸

夫,可非生手之能事,目前技藝也多流失。村裡只剩一人還懂得,有他帶頭,我們才知道如何切割。

我常驚歎,在早年缺乏機械的年代裡,農民們如何挑選、製作石材,再辛苦地搬抵施作現場。有空時,我更愛獨自一人站在山路靜靜地享受。手作鑿切的石塊,大抵形狀不一,排成階梯時,往往形成錯落的美感,貼切地融入自然環境。怎麼凝視端詳都舒服,絕非水泥石階可以取代。一條石磴古道忽影幽影地橫越森林,那樣的雅緻質樸,最能代表人類和自然和諧的互動。

石階部分除了堆砌的美學,最重要的還是行走安全。此山區多雨,石磴容易生苔,因而常要用刮刀去除蘚苔,鑿出各種長條石痕。踩踏者使用時,鞋底多此磨擦阻力,才不易滑倒。有時得適時添補一些泥砂、細石,或者再挖坑,藉以固定鬆動的石塊。這一樁細膩工作,老幼婦孺都適宜,手作步道絕非全然粗活,而是一門全家皆可參與的慢活工藝。

在緩坡環境,一些走久了的路段,容易踩得愈來愈寬,周遭環境都破壞了。針對這些肥胖的山路,我們也按地形找出過往的路徑,設法瘦身回來。砂岩石塊有限下,我們會盡量利用周邊樹林的枯木和風倒木。

過往,相思樹可當煤礦坑之樑柱,或當燒炭之木柴,不能隨便伐取。如今煤礦業消失,城市住家多用瓦斯,木頭沒人珍惜,往往橫躺於林中。但我們要取用,當作保甲路的木階,還是得徵求主人同意。旁邊的森林,過去都是農民的水田和茶園,目前雖然荒廢,還是他們的土地。

他們知道修路是為了公益,多半樂於答應。森林裡的枯木,也不盡是倒木。有時枯木仍直立,必須以電鋸切斷,乍看彷彿容易。然木頭粗大,直徑30公分時,切割就辛苦許多,倒下時充滿危險。

每次安置木階,都要先挖土,掘出一條適合容納的凹坑。每根欲放置的木頭,少說都有六七十斤,重者達八十。有些外表可能出現腐朽之跡,但只要樹心仍舊結實,仍是良材。放置前,先刨淨上頭的青苔和腐朽部分。木階的高度和寬長,都要考量走路者可以踩踏得舒服。安放後,再把石塊和泥土填回,進而不斷以粗木捶打,夯平周遭泥土。

挖坑、鋸木兼置妥木階，若十二三人一組，一個上午約能處理10根左右。除了修石鋪木，不管石磴或者泥土路，還要逐段做些引流的排水溝，不要讓雨水直接沖刷而下。尤其是豪雨之時，山路邊很容易形成深溝，造成巨大破壞。

我們會先觀察地形環境，決定哪些彎道足以作為挖掘之處。經常在木柵爬山的人想必也常目睹，當地老人家行山，都會順便修整路面，清理水溝。畢竟，這是他們經常來去的地方。

整體觀之，手作或維護一條山路，往往會帶出修路的美善信念。生態環保的意義不只更為全面，郊區美好生活的重要基礎也隱隱躍出。人們透過一條友善的路，對周遭農村會充滿好感，進而更願意互動。如果是一條寬闊的柏油產業道路在前，當地人標榜農作有機或無毒，你心中勢必會浮昇一個問號。但看到一條蜿蜒的泥土路，心裡想必踏實許多。

更重要的，這是椿美好的公益，村裡的農民和外來者共同學習，擴大家園的認同，實踐以前的換工精神。台北盆地周遭，如今都有類似的市民體驗活動。健行多年後，我終有此心得，嘗試以手作步道作為思考核心，渴望更進一步的學習。

1979　1980　1981　1982　1983　1984　1985　1986　1987　1988　1989　1990　19...

第十一屆
小說獎-正獎　吳念真〈白鶴展翅〉
小說獎-佳作　吳錦發〈堤〉　鍾延豪〈故事〉
新詩獎-正獎　靜修〈我在泰北〉
新詩獎-佳作　鄭炯明〈鼓〉

第十三屆
小說獎-正獎　東方白《浪淘沙》之《浪》
小說獎-佳作　廖清山〈遺產〉　吳錦發〈兄弟〉
新詩獎-正獎　非馬〈非馬詩四首〉
新詩獎-特別獎　北影一〈祇因有雙腳〉

第十五屆
小說獎-正獎　鍾鐵民〈大姨〉
小說獎-特別獎　李喬〈泰母山記〉
小說獎-佳作　吳錦發〈燕鳴的街道〉　莘歌〈畫像裡的祝福〉
新詩獎-正獎　宋澤萊〈福爾摩沙許諾〉
新詩獎-佳作　曾貴海〈高雄〉

第十七屆
小說獎-正獎　田雅各〈最後的獵人〉
小說獎-佳作　林雙不〈番鴨子群〉　曾心儀〈作品之二〉
新詩獎-正獎　利玉芳〈貓〉
新詩獎-佳作　黃樹根〈AIDS〉

第十九屆
小說獎-正獎　黃娟〈相輕〉
小說獎-佳作　張瑞麟〈無名氏〉　雪眸〈寒夜人未冷〉　文惠〈金德吾兒〉
新詩獎-正獎　王麗華〈給他一個回不去的故鄉〉〈他們對著我的窗口演講〉
新詩獎-佳作　林盛彬〈過境〉

第廿一屆
小說獎-正獎　陳燁〈天牆〉
小說獎-佳作　雪眸〈但夜更長了〉　周梅春〈那一段空白〉
新詩獎-正獎　德有〈寧鳴而死的蟬〉
新詩獎-佳作　郭成義〈清明構圖〉　張信吉〈哀悼的方法〉

第十屆
小說獎-正獎　宋澤萊〈打牛湳村〉　陳映真〈夜行貨車〉
小說獎-佳作　花村〈秋天的故事〉
新詩獎-正獎　何瑞雄〈魚〉
新詩獎-佳作　鄭炯明〈帽子〉

第十二屆
小說獎-正獎　陳若曦〈路口〉
小說獎-佳作　施明正〈渴死者〉
新詩獎-正獎　許達然〈疊羅漢〉

第十四屆
小說獎-正獎　施明正〈喝尿者〉
小說獎-佳作　王幼華〈歡樂人生路〉　林沈默〈牛〉
新詩獎-正獎　鄭炯明〈傾聽〉
新詩獎-佳作　宋澤萊〈土〉

第十六屆
小說獎-正獎　吳錦發〈叛國〉
小說獎-佳作　林雙不〈大學女生莊南安〉　鄭俊清〈黑色地域的呼喊〉
新詩獎-正獎　陳鴻森〈比目魚〉　曾貴海〈眼鏡〉
新詩獎-佳作　吳俊賢〈下棋〉

第十八屆
小說獎-正獎　林雙不〈小喇叭手〉
小說獎-佳作　洪中周〈進年兄的故事〉　張瑞麟〈佳落水枯了〉
新詩獎-正獎　林豐明〈蜥蜴斷尾〉〈零件組曲〉
新詩獎-佳作　王麗華〈這是自由的國度〉

第廿屆
小說獎-正獎　許振江〈金蠅島〉
小說獎-佳作　陳燁〈天窗〉　苦苓〈連長劉國軍〉
新詩獎-正獎　龔顯榮〈天窗〉
新詩獎-佳作　陳晨〈魚罐頭〉〈戰爭之夜〉　吉也〈我的近代史〉

第廿二屆
小說獎-正獎　履彊〈情節〉
小說獎-佳作　雪眸〈十字架...〉　王家祥〈眩...〉
新詩獎-正獎　陳謙〈如果有人間...〉及其他6首
新詩獎-佳作　張芳慈〈花市〉及其...　海瑩〈去看海...〉

第十六屆
導演獎　胡金銓《山中傳奇》
男主角獎　柯俊雄《黃埔軍魂》
女主角獎　林鳳嬌《小城故事》
男配角獎　韓甦《歡顏》
女配角獎　沈時華《一個女工的故事》

第廿屆
導演獎　陳坤厚《小畢的故事》
男主角獎　孫越《搭錯車》
女主角獎　陸小芬《看海的日子》
男配角獎　谷峰《待罪的女孩》
女配角獎　英英《看海的日子》

第廿四屆
導演獎　王童《稻草人》
男主角獎　周潤發《流氓大亨》
女主角獎　梅艷芳《胭脂扣》
男配角獎　午馬《倩女幽魂》
女配角獎　林珊如《期待你長大》

第廿八屆
導演獎　王家衛
男主角獎　郎雄
女主角獎　張曼玉
男配角獎　關海...
女配角獎　王萊...
潘迪...

《筧橋英烈傳》
...林《人在天涯》
...霞《秋霞》
《千刀萬里追》
...夢《人在天涯》

第十八屆
導演獎　徐克《夜來香》
男主角獎　譚詠麟《假如我是真的》
女主角獎　張艾嘉《我的爺爺》
男配角獎　王玨《皇天后土》
女配角獎　王萊《小葫蘆》

第廿二屆
導演獎　張毅《我這樣過了一生》
男主角獎　周潤發《等待黎明》
女主角獎　楊惠姍《我這樣過了一生》
男配角獎　陳博正《超級市民》
女配角獎　唐如韞《童年往事》

第廿六屆
導演獎　侯孝賢《悲情城市》
男主角獎　陳松勇《悲情城市》
女主角獎　張曼玉《三個女人的故事》
男配角獎　張世《香蕉天堂》
女配角獎　李淑楨《魯冰花》

1977　1978　1979　1980　1981　1982　1983　1984　1985　1986　1987　1988　1989　1990　1...

...草》

第十七屆
導演獎　王菊金《六朝怪談》
男主角獎　王冠雄《茉莉花》
女主角獎　徐楓《源》
男配角獎　向雲鵬《鄉野人》
女配角獎　邵佩玲《茉莉花》

第廿一屆
導演獎　麥當雄《省港旗兵》
男主角獎　李修賢《公僕》
女主角獎　楊惠姍《小逃犯》
男配角獎　常楓《頤園飄香》
女配角獎　陳秋燕《油麻菜籽》

第廿五屆
導演獎　羅啟銳《七小福》
男主角獎　萬梓良《大頭仔》
女主角獎　鄭裕玲《月亮星星太陽》
男配角獎　周星馳《霹靂先鋒》
女配角獎　王萊《海峽兩岸》

第廿...屆
導演...
男主... 成龍
女主...
男配...
女配...

...五屆
...獎　李行《汪洋中的一條船》
...角獎　秦漢《汪洋中的一條船》
...妞《蒂蒂日記》
...谷名倫《日落北京城》
...歸亞蕾《蒂蒂日記》

第十九屆
導演獎　章國明《邊緣人》
男主角獎　艾迪《邊緣人》
女主角獎　汪萍《武松》
男配角獎　谷峰《武松》
女配角獎　葉德嫻《汽水加牛奶》

第廿三屆
導演獎　吳宇森《英雄本色》
男主角獎　狄龍《英雄本色》
女主角獎　張艾嘉《最愛》
男配角獎　秦沛《天天星期七》
女配角獎　繆騫人《最愛》

第廿七屆
導演獎　嚴浩《滾滾紅塵》
男主角獎　梁家輝《愛在他鄉...》
女主角獎　林青霞《滾滾紅塵》
男配角獎　張學友《笑傲江湖》
女配角獎　張曼玉《滾滾紅塵》

第一屆
小說獎-佳作
七等生
〈回鄉的人〉
鍾鐵民
〈點菜的日子〉
鍾肇政
〈骷髏與沒有
數字板的鐘〉
張彥勳〈妻的腳〉
廖清秀
〈金錢的故事〉

第三屆
小說獎-正獎
李喬
〈那棵鹿仔樹〉

第四屆
小說獎-正獎
鄭清文〈門〉

第一屆
小說獎-正獎
黃靈芝〈蟹〉
沈萌華〈鬼井〉
小說獎-佳作
黃文相〈廢屋〉

第三屆
小說獎-正獎
楊青矗〈升〉
小說獎-佳作
江上
〈黑色大蝴蝶〉
張秀民〈舞淚〉
漢詩獎
曾財庭

第五屆
小說獎-正獎
張秀民〈某年夏日〉
小說獎-佳作
方死生〈影子〉
周梅春〈鹿場之夜〉
潘榮禮〈投機狗〉
新詩獎-佳作
曾淑貞〈樹〉
衡榕〈透過時空〉
漢詩獎
鄭國貞

第七屆
小說獎-佳作
鍾樺
〈另一個日子〉
司徒門〈扛〉
鄭石棟〈鳥園〉
新詩獎-正獎
蔡潤玉
〈電冰箱的故事〉
陳德恩
〈風雨裡的小草〉

第二屆
小說獎-佳作
鍾肇政〈中元的構圖〉
黃春明〈男人與小刀〉
七等生〈灰色鳥〉

第二屆
小說獎-正獎
黃文相〈笑容〉
小說獎-佳作
喬幸嘉〈日薄崦嵫〉
黃文相〈廢屋〉

第四屆
小說獎-正獎
江上〈有一個死〉
小說獎-佳作
張秀民〈交叉線〉
〈今夜下著雨〉
司徒門
〈跛腳天助和他的牛〉
新詩獎-正獎
岩上〈松鼠與風鼓〉
新詩獎-佳作
凱若〈歸途手記〉
漢詩獎
高友直

第六屆
小說獎-正獎
馮輝岳〈小鎮映象〉
小說獎-佳作
潘榮禮〈水流屍〉
周梅春〈下一代〉
新詩獎-正獎
李魁賢
〈孟加拉悲歌〉
新詩獎-佳作
謝武彰〈修船〉

第八屆
小說獎-正獎
陳千武〈獵女〉
李篤恭〈小黑〉
小說獎-佳作
廖翱〈我們來〉
新詩獎-佳作
趙迺定
〈我裝著適意
吸著紙菸〉
簡良安〈根〉

第四屆
導演獎 李翰祥《西施》
男主角獎 趙雷《西施》
女主角獎 歸亞蕾《煙雨濛濛》
男配角獎 吳家驤《金玉奴》
女配角獎 盧碧雲《煙雨濛濛》

第八屆
導演獎 張曾澤《路客與刀客》
男主角獎 葛香亭《高山青》
女主角獎 歸亞蕾《家在台北》
男配角獎 儀銘《歌聲魅影》
女配角獎 夏台鳳《歌聲魅影》

第十二屆
導演獎 劉藝《長情萬縷》
男主角獎 秦祥林《長情萬縷》
女主角獎 盧燕《傾國傾城》
男配角獎 儀銘《雲深不知處》
女配角獎 蕭芳芳《女朋友》

第二屆
導演獎 李翰祥《梁山伯與祝英台》
男主角獎 唐菁《黑夜到黎明》
女主角獎 樂蒂《梁山伯與祝英台》
男配角獎 馬驥《白雲故鄉》
女配角獎 杜娟《巫山春回》

第六屆
導演獎 白景瑞《寂寞的十七歲》
男主角獎 崔福生《路》
女主角獎 凌波《烽火萬里情》
男配角獎 井淼《烽火萬里情》
女配角獎 歐陽莎菲《烽火萬里情》

第十屆
導演獎 李行《秋決》
男主角獎 歐威《秋決》
女主角獎 翁倩玉《真假千金》
男配角獎 魏蘇《大地春雷》
女配角獎 傅碧輝《秋決》

第十四
導演獎
男主角
女主角
男配角
女配角

第一屆
導演獎 陶秦《千嬌百媚》
男主角獎 王引《手槍》
女主角獎 尤敏《星星月亮太陽》
男配角獎 矮仔財《宜室宜家》
女配角獎 唐寶雲《颱風》

第五屆
導演獎 李嘉《我女若蘭》
男主角獎 歐威《故鄉劫》
女主角獎 江青《幾度夕陽紅》
男配角獎 崔福生《貞節牌坊》
女配角獎 于倩《藍與黑》

第九屆
導演獎 丁善璽《落鷹峽》
男主角獎 王引《緹縈》
女主角獎 盧燕《董夫人》
男配角獎 王戎《庭院深深》
女配角獎 陳莎莉《落鷹峽》

第十三屆
導演獎 張佩成
男主角獎 常楓
女主角獎 徐楓
男配角獎 郎雄
女配角獎 張艾嘉

第三屆
導演獎 李行《養鴨人家》
男主角獎 葛香亭《養鴨人家》
女主角獎 李麗華《故都春夢》
男配角獎 井淼《故都春夢》
女配角獎 王萊《人之初》

第七屆
導演獎 白景瑞《新娘與我》
男主角獎 楊群《揚子江風雲》
女主角獎 李麗華《揚子江風雲》
男配角獎 孫越《揚子江風雲》
女配角獎 張冰玉《小鎮春回》

第十一屆
導演獎 程剛《十四女英豪》
男主角獎 楊群《忍》
女主角獎 上官靈鳳《馬路小英雄》
男配角獎 王宇《突破國際死亡線》
女配角獎 盧燕《十四女英豪》

千門萬戶

是 耶 非

蔡康永

　　《台北上河圖》最前頁所繪製的圖當中，可以明顯的看到太平輪，關於太平輪的一切，對於小時候的我來說，都很陌生。

　　我隱約知道，家裡有一些東西，原本是輪船上使用的。

　　輪船上用的東西比較堅固，造型也比較嚴肅，放在居家的屋子裡，有陳列品的氣氛，好像從某個電影的佈景裡借來的。

　　有一次我忍不住問起，爸爸才告訴我，他以前跟朋友合夥開過輪船公司。後來發生了太平輪船難，輪船公司結束。

　　一直到讀研究所時，我才在完全巧合的情況下，再次接觸到這個話題。當時很意外的收到了小說家白先勇先生手寫的來信。白先勇先生當時任教於加州大學聖塔芭芭拉分校，而我念的研究所在加州大學洛杉磯分校，兩家學校同是加州大學體系，我順理成章的應該稱白先勇先生為老師。

　　白老師的小說〈謫仙記〉，當時即將被拍成電影。白老師聽說我學的是電影，就慷慨的給我機會，叫我去參與電影劇本的改編。當我到白老師家報到時，白老師拿出一些舊報紙的影印稿。我這才第一次看到了當時對於太平輪船難的報導。在〈謫仙記〉的故事裡，女主角的父母就是死於太平輪船難，所以白老師搜到了一些相關的資料，作為編劇的參考。

　　白先勇老師所創作的經典作品當中，我看得最熟的是短篇小說集《臺北人》。這些年來，我雖然看了數不清的雜七雜八的雜書。但是少年時閱讀《臺北人》，永遠是我最奇妙的閱讀經驗之一。我在看其中兩篇時，彷彿看到自己認識的人跑進了書裡面去，演

出他們的人生故事。我既想要跟他們相認，又覺得那樣會打擾他們的夢境。

這兩篇小說是：〈永遠的尹雪艷〉與〈遊園驚夢〉。

〈永遠的尹雪艷〉裡面，那些邊應酬邊感嘆的人物，都是我小時候看慣了進出家門的叔叔伯伯。另外因為我10歲就開始有機會登台唱京劇，〈遊園驚夢〉裡面那個崑曲構成的平行宇宙，也悄悄的成了我珍藏的平行宇宙。

白先勇老師的《臺北人》，是十幾篇關於失去的故事。我一邊在迪士尼動畫裡見識進取與奮鬥的人生，一邊在《臺北人》的文學故事裡，預習人生到底有多少東西可以失去，依照我當時的年紀，照理說應該根本搞不懂《四郎探母》或者《鎖麟囊》這些滄海桑田的故事。但是整本《臺北人》作為啟蒙我心的文學名作，容許了我窩起身子取暖的脆弱，又鼓勵了我打開腦門幻想的勇氣。

我隔空想像著，所有那些千門萬戶的背後，我永遠沒有機會過到，或是我早就已經在想像中嘗過的生活。

對於人生，我始終有一種剛好路過的感覺，這也許是因為我太早就發現，人生遲早要被提煉成：一顰一笑，一聲嘆息。

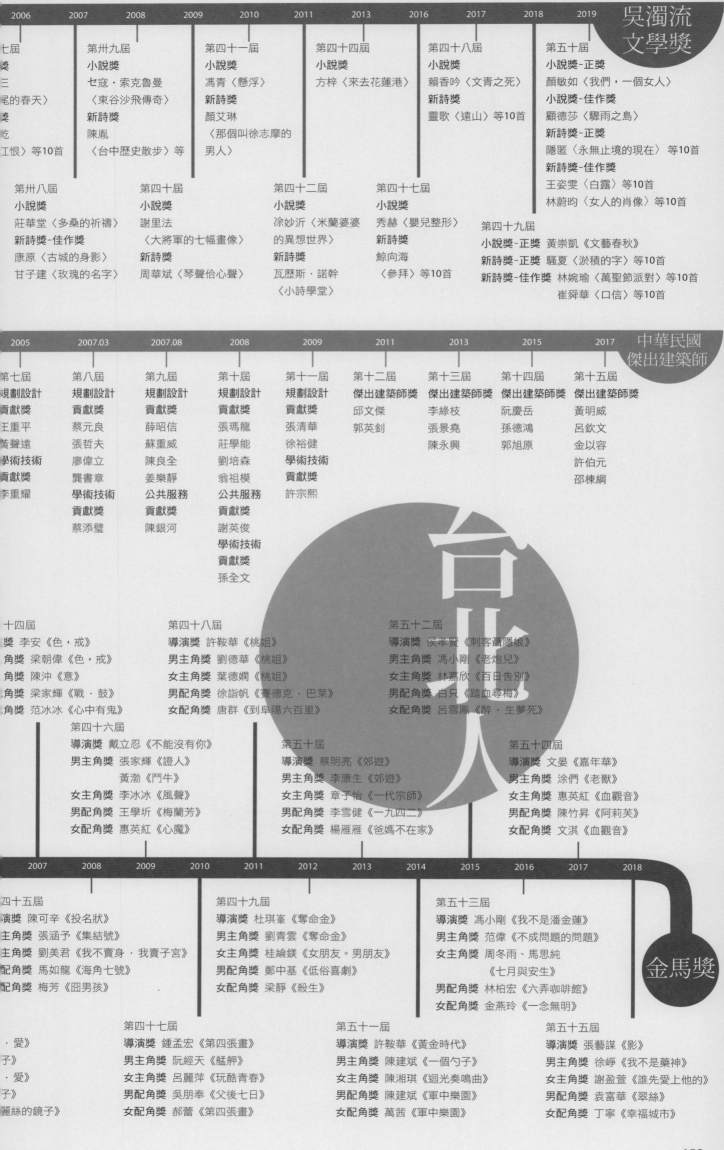

吳濁流文學獎

2006　2007　2008　2009　2010　2011　2013　2016　2017　2018　2019

2007 第卅九屆
小說獎　乜寇·索克魯曼〈東谷沙飛傳奇〉
新詩獎　陳胤〈台中歷史散步〉等

2010 第四十一屆
小說獎　馮青〈懸浮〉
新詩獎　顏艾琳〈那個叫徐志摩的男人〉

2013 第四十四屆
小說獎　方梓〈來去花蓮港〉

2016 第四十八屆
小說獎　賴香吟〈文青之死〉
新詩獎　靈歌〈遠山〉等10首

2019 第五十屆
小說獎-正獎　顏敏如〈我們，一個女人〉
小說獎-佳作獎　顧德莎〈驟雨之島〉
新詩獎-正獎　隱匿〈永無止境的現在〉等10首
新詩獎-佳作獎　王姿雯〈白露〉等10首
林蔚昀〈女人的肖像〉等10首

第卅八屆
小說獎　莊華堂〈多桑的祈禱〉
新詩獎-佳作獎　康原〈古城的身影〉
甘子建〈玫瑰的名字〉

第四十屆
小說獎　謝里法〈大將軍的七幅畫像〉
新詩獎　周華斌〈琴聲俗心聲〉

第四十二屆
小說獎　涂妙沂〈米蘭婆婆的異想世界〉
新詩獎　瓦歷斯·諾幹〈小詩學堂〉

第四十七屆
小說獎　秀赫〈嬰兒整形〉
新詩獎　鯨向海〈參拜〉等10首

第四十九屆
小說獎-正獎　黃崇凱《文藝春秋》
新詩獎-正獎　騷夏〈淤積的字〉等10首
新詩獎-佳作獎　林婉瑜〈萬聖節派對〉等10首
崔舜華〈口信〉等10首

中華民國傑出建築師

2005　2007.03　2007.08　2008　2009　2011　2013　2015　2017

第七屆
規劃設計貢獻獎　王重平　黃聲遠
學術技術貢獻獎　李重耀

第八屆
規劃設計貢獻獎　蔡元良　張哲夫　廖偉立　龔書章
學術技術貢獻獎　蔡添璧

第九屆
規劃設計貢獻獎　薛昭信　蘇重威　陳良全　姜樂靜
公共服務貢獻獎　陳銀河

第十屆
規劃設計貢獻獎　張瑪龍　莊學能　劉培森　翁祖模
公共服務貢獻獎　謝英俊
學術技術貢獻獎　孫全文

第十一屆
規劃設計貢獻獎　張清華　徐裕健
學術技術貢獻獎　許宗熙

第十二屆
傑出建築師獎　邱文傑　郭英釗

第十三屆
傑出建築師獎　李綠枝　張景堯　陳永興

第十四屆
傑出建築師獎　阮慶岳　孫德鴻　郭旭原

第十五屆
傑出建築師獎　黃明威　呂欽文　金以容　許伯元　邵棟綱

金馬獎

十四屆
獎　李安《色，戒》
角獎　梁朝偉《色，戒》
角獎　陳沖《意》
角獎　梁家輝《戰·鼓》
獎　范冰冰《心中有鬼》

第四十八屆
導演獎　許鞍華《桃姐》
男主角獎　劉德華《桃姐》
女主角獎　葉德嫻《桃姐》
男配角獎　徐詣帆《賽德克·巴萊》
女配角獎　唐群《到阜陽六百里》

第五十二屆
導演獎　侯孝賢《刺客聶隱娘》
男主角獎　馮小剛《老炮兒》
女主角獎　林嘉欣《百日告別》
男配角獎　白只《踏血尋梅》
女配角獎　呂雪鳳《醉·生夢死》

第四十六屆
導演獎　戴立忍《不能沒有你》
男主角獎　張家輝《證人》　黃渤《鬥牛》
女主角獎　李冰冰《風聲》
男配角獎　王學圻《梅蘭芳》
女配角獎　惠英紅《心魔》

第五十屆
導演獎　蔡明亮《郊遊》
男主角獎　李康生《郊遊》
女主角獎　章子怡《一代宗師》
男配角獎　李雪健《一九四二》
女配角獎　楊雁雁《爸媽不在家》

第五十四屆
導演獎　文晏《嘉年華》
男主角獎　涂們《老獸》
女主角獎　惠英紅《血觀音》
男配角獎　陳竹昇《阿莉芙》
女配角獎　文淇《血觀音》

2007　2008　2009　2010　2011　2012　2013　2014　2015　2016　2017　2018

四十五屆
演獎　陳可辛《投名狀》
主角獎　張涵予《集結號》
主角獎　劉美君《我不賣身·我賣子宮》
配角獎　馬如龍《海角七號》
配角獎　梅芳《囧男孩》

第四十九屆
導演獎　杜琪峯《奪命金》
男主角獎　劉青雲《奪命金》
女主角獎　桂綸鎂《女朋友·男朋友》
男配角獎　鄭中基《低俗喜劇》
女配角獎　梁靜《殺生》

第五十三屆
導演獎　馮小剛《我不是潘金蓮》
男主角獎　范偉《不成問題的問題》
女主角獎　周冬雨、馬思純《七月與安生》
男配角獎　林柏宏《六弄咖啡館》
女配角獎　金燕玲《一念無明》

第四十七屆
導演獎　鍾孟宏《第四張畫》
男主角獎　阮經天《艋舺》
女主角獎　呂麗萍《玩酷青春》
男配角獎　吳朋奉《父後七日》
女配角獎　郝蕾《第四張畫》

第五十一屆
導演獎　許鞍華《黃金時代》
男主角獎　陳建斌《一個勺子》
女主角獎　陳湘琪《迴光奏鳴曲》
男配角獎　陳建斌《軍中樂園》
女配角獎　萬茜《軍中樂園》

第五十五屆
導演獎　張藝謀《影》
男主角獎　徐崢《我不是藥神》
女主角獎　謝盈萱《誰先愛上他的》
男配角獎　袁富華《翠絲》
女配角獎　丁寧《幸福城市》

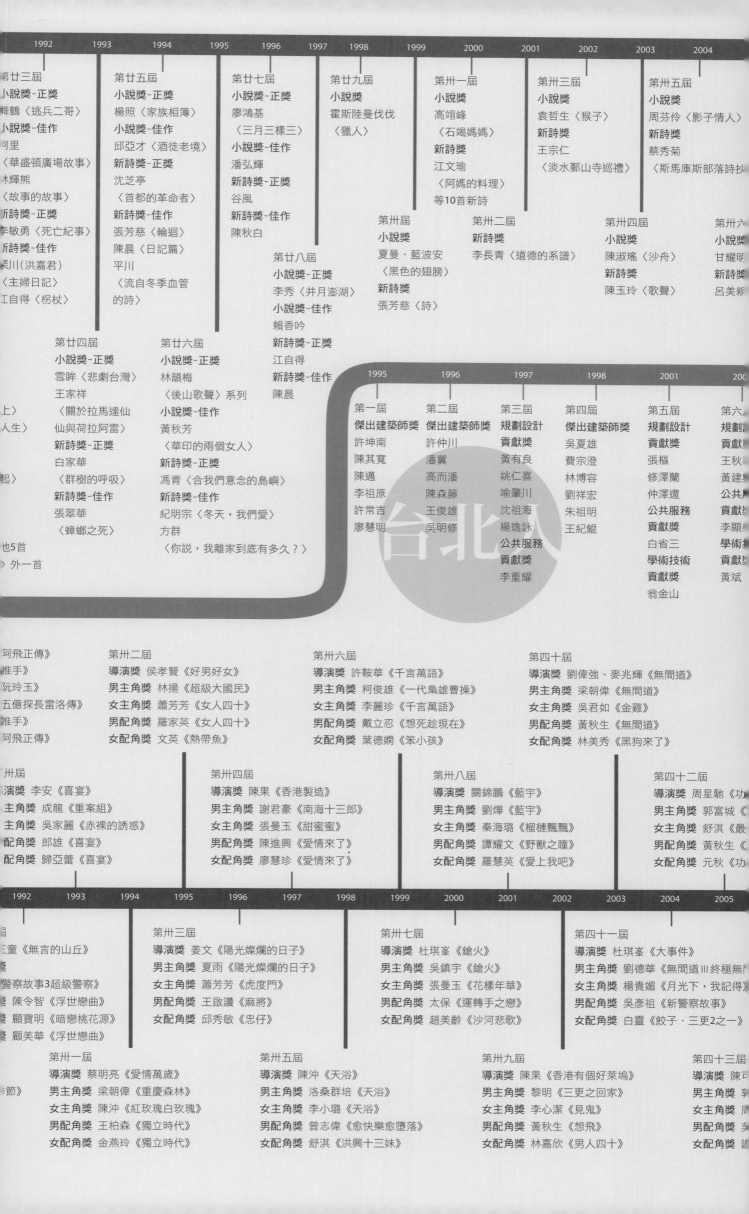

文學獎時間軸（1992–2004）

第廿三屆（1992）
小說獎-正獎
舞鶴〈逃兵二哥〉
小說獎-佳作
阿里〈華盛頓廣場故事〉
林輝熊〈故事的故事〉
新詩獎-正獎
李敏勇〈死亡紀事〉
新詩獎-佳作
采川(洪嘉君)〈主婦日記〉
工自得〈柺杖〉

第廿五屆（1993）
小說獎-正獎
楊照〈家族相簿〉
小說獎-佳作
邱亞才〈酒徒老境〉
新詩獎-正獎
沈芝亭〈首都的革命者〉
新詩獎-佳作
張芳慈〈輪迴〉
陳晨〈日記篇〉
平川〈流自冬季血管的詩〉

第廿七屆（1996）
小說獎-正獎
廖鴻基〈三月三樣三〉
小說獎-佳作
潘弘輝
新詩獎-正獎
谷風
新詩獎-佳作
陳秋白

第廿九屆（1998）
小說獎
霍斯陸曼伐伐〈獵人〉

第卅一屆（2000）
小說獎
高翊峰〈石竭媽媽〉
新詩獎
江文瑜〈阿媽的料理〉等10首新詩

第卅三屆（2002）
小說獎
袁哲生〈猴子〉
新詩獎
王宗仁〈淡水鄞山寺巡禮〉

第卅五屆（2004）
小說獎
周芬伶〈影子情人〉
新詩獎
蔡秀菊〈斯馬庫斯部落詩抄〉

第廿四屆（1993）
小說獎-正獎
雪眸〈悲劇台灣〉
王家祥
上〉
人生〉
〈關於拉馬達仙仙與荷拉阿雷〉
新詩獎-正獎
白家華〈群樹的呼吸〉
新詩獎-佳作
張翠華〈蟑螂之死〉
也5首
外一首

第廿六屆（1994）
小說獎-正獎
林韻梅〈後山歌聲〉系列
小說獎-佳作
黃秋芳〈華印的兩個女人〉
新詩獎-正獎
馮青〈合我們意念的島嶼〉
新詩獎-佳作
紀明宗〈冬天，我們愛〉
方群〈你說，我離家到底有多久？〉

第廿八屆（1997）
小說獎-正獎
李秀〈井月澎湖〉
小說獎-佳作
賴香吟
新詩獎-正獎
江自得
新詩獎-佳作
陳晨

第卅屆（1999）
小說獎
夏曼·藍波安〈黑色的翅膀〉
新詩獎
張芳慈〈詩〉

第卅二屆（2001）
新詩獎
李長青〈道德的系譜〉

第卅四屆（2003）
小說獎
陳淑瑤〈沙舟〉
新詩獎
陳玉玲〈歌聲〉

第卅六屆（2004）
小說獎
甘耀明
新詩獎
呂美親

傑出建築師獎（1995–200X）

第一屆（1995）
傑出建築師獎
許坤南
陳其寬
陳邁
李祖原
許常吉
廖慧明

第二屆（1996）
傑出建築師獎
許仲川
潘冀
高而潘
陳森藤
王俊雄
吳明修

第三屆（1997）
規劃設計貢獻獎
黃有良
姚仁喜
喻肇川
沈祖海
楊逸詠
公共服務貢獻獎
李重耀

第四屆（1998）
傑出建築師獎
吳夏雄
費宗澄
林博容
劉祥宏
朱祖明
王紀鯤

第五屆（2001）
規劃設計貢獻獎
張樞
修澤蘭
仲澤還
公共服務貢獻獎
白省三
學術技術貢獻獎
翁金山

第六屆
規劃
貢獻獎
王秋
黃建
公共
貢獻
李顯
學術
貢獻
黃斌

金馬獎時間軸

〈阿飛正傳〉
〈推手〉
〈玩玲玉〉
〈五億探長雷洛傳〉
〈推手〉
〈阿飛正傳〉

第卅二屆（1995）
導演獎 侯孝賢《好男好女》
男主角獎 林揚《超級大國民》
女主角獎 蕭芳芳《女人四十》
男配角獎 羅家英《女人四十》
女配角獎 文英《熱帶魚》

第卅六屆（1999）
導演獎 許鞍華《千言萬語》
男主角獎 柯俊雄《一代梟雄曹操》
女主角獎 李麗珍《千言萬語》
男配角獎 戴立忍《想死趁現在》
女配角獎 葉德嫻《笨小孩》

第四十屆（2003）
導演獎 劉偉強、麥兆輝《無間道》
男主角獎 梁朝偉《無間道》
女主角獎 吳君如《金雞》
男配角獎 黃秋生《無間道》
女配角獎 林美秀《黑狗來了》

第卅屆
演獎 李安《喜宴》
主角獎 成龍《重案組》
主角獎 吳家麗《赤裸的誘惑》
配角獎 郎雄《喜宴》
配角獎 歸亞蕾《喜宴》

第卅四屆（1997）
導演獎 陳果《香港製造》
男主角獎 謝君豪《南海十三郎》
女主角獎 張曼玉《甜蜜蜜》
男配角獎 陳進興《愛情來了》
女配角獎 廖慧珍《愛情來了》

第卅八屆（2001）
導演獎 關錦鵬《藍宇》
男主角獎 劉燁《藍宇》
女主角獎 秦海璐《榴槤飄飄》
男配角獎 譚耀文《野獸之瞳》
女配角獎 羅慧英《愛上我吧》

第四十二屆
導演獎 周星馳《功
男主角獎 郭富城《
女主角獎 舒淇《最
男配角獎 黃秋生《
女配角獎 元秋《功

第卅一屆
童《無言的山丘》
警察故事3超級警察》
陳令智《浮世戀曲》
顧寶明《暗戀桃花源》
顧美華《浮世戀曲》

第卅三屆（1994）
導演獎 姜文《陽光燦爛的日子》
男主角獎 夏雨《陽光燦爛的日子》
女主角獎 蕭芳芳《虎度門》
男配角獎 王啟讚《麻將》
女配角獎 邱秀敏《忠仔》

第卅七屆（1999）
導演獎 杜琪峯《鎗火》
男主角獎 吳鎮宇《鎗火》
女主角獎 張曼玉《花樣年華》
男配角獎 太保《運轉手之戀》
女配角獎 趙美齡《沙河悲歌》

第四十一屆（2003）
導演獎 杜琪峯《大事件》
男主角獎 劉德華《無間道Ⅲ終極無
女主角獎 楊貴媚《月光下，我記得》
男配角獎 吳彥祖《新警察故事》
女配角獎 白靈《餃子·三更2之一》

第卅一屆
導演獎 蔡明亮《愛情萬歲》
男主角獎 梁朝偉《重慶森林》
女主角獎 陳沖《紅玫瑰白玫瑰》
男配角獎 王柏森《獨立時代》
女配角獎 金燕玲《獨立時代》

第卅五屆
導演獎 陳沖《天浴》
男主角獎 洛桑群培《天浴》
女主角獎 李小璐《天浴》
男配角獎 曾志偉《愈快樂愈墮落》
女配角獎 舒淇《洪興十三妹》

第卅九屆
導演獎 陳果《香港有個好萊塢》
男主角獎 黎明《三更之回家》
女主角獎 李心潔《見鬼》
男配角獎 黃秋生《想飛》
女配角獎 林嘉欣《男人四十》

第四十三屆
導演獎 陳
男主角獎
女主角獎
男配角獎
女配角獎

誠品書店

　　誠品書店 Eslite Bookstore 由吳清友先生於 1989 年創辦於台北圓環，初期以販售藝術人文方面的書籍為主，1995 年搬至敦南金融大樓，之後轉型為綜合性書店，同時結合商場經營。我們事務所有幸承接敦南金融大樓的設計專案，以圓拱木質天花板補救現有低樓層高度的約束，以矩形區塊切劃出紀律性的空間；以中央步道書架建構出高低的層次感，纖細拱窗的壁龕式空間，則成為個人性的親密角落。再利用逐漸抬高的走廊為舞台，讓成列的書與逛書人以交錯的身影，無言的對話，持續上演動感的劇碼。

　　誠品書店自 1999 年起實行 24 小時營業型態，這善意慷慨的創舉，成為世界同業的美談佳話，驚艷了台北人。這些年來，誠品書店扮演著台北人的書房，心靈歸屬的客廳，總覺得自己有權在吵雜的生活氛圍中，有一個可以棲身安然的地方。誠品將書店提升到一個具有儀式感、劇場感與共同感的場域。對於隨時可以賴坐誠品的台北人而言，好似免費參加了一個藝文沙龍，取得專屬會員的金卡。

敦南誠品書店入口

1738

乾隆 3 年（1738 年），艋舺龍山寺於本年創建。

艋舺龍山寺以觀世音為供奉主神，與大龍峒保安宮、艋舺清水巖，後來並稱北市三大廟宇。該寺創建於本年，完成於乾隆 5 年 (1740 年)。

艋舺居民，多為福建泉州府晉江、南安、惠安三縣遺裔，初抵台灣，泉人為祈航海安寧及前途順利，遂向素所信仰的晉江安海鄉龍山寺分靈觀世音菩薩，以為供奉，故寺名也稱龍山寺。

龍山寺不只是泉州人的宗教信仰中心，也是泉州人團結的象徵。按台灣漢人移民由於生活習慣有所不同，加上生存競爭關係，常發生閩粵人互鬥或漳泉人互鬥之事，即所謂分類械鬥。其中與艋舺龍山寺有關者，為發生於咸豐 3 年至 9 年 (1853 年至 1859 年) 的漳泉拚與頂下郊拚。械鬥時，泉人多以龍山寺為大本營，同安人以大龍峒保安宮為大本營。雙方出陣前，必祈神指示戰略，禱求勝利。遭遇敗北的下郊人，退往大稻埕後，便和漳州人合力發展，今大稻埕的城隍爺廟，即下郊人所建，以供奉艋舺搶出的城隍爺。

同安人遷居大稻埕，不僅增加大稻埕人口，亦成為建治大稻埕地方的生力軍。同安人在林佑藻的領導之下，建立街店，或販什貨，或開商行。咸豐年間紛紛建立林益順、怡和、林復振、林復源及林復興等商店，並運用艋舺港口逐漸淤淺、卸貨不便的機會，在香港、廈門及閩南一帶，招商至大稻埕起卸貨物。此外，並成立以廈門為主要貿易對象的廈郊，使得大稻埕地區，由農業型態逐漸轉變為商業經濟型態。

同安人移居大稻埕時，曾由八甲庄帶出霞海城隍，其後在「貧者供役勞工，富者寄附淨財」的情形下，建成霞海城隍廟（今迪化街一段 61 號），而該廟亦成為同安人團結的象徵。

文字來源：《臺灣全記錄》

台北馬拉松
初全馬

鄧運鴻

　　每年 12 月，台北會舉辦城市馬拉松競賽，這一個活動起源自 1986 年至今，已成為一個國際有名的體育活動，每年都很熱鬧。對我而言，馬拉松三個字，則包含著無盡的愛的寓意，因為自己當初會在 55 歲才開始想認真跑步，是因為要陪伴與照顧我的寶貝女兒 Enya。

　　我是學建築的室內設計師，在高中以前熱愛運動，花很多時間參加各式體育活動；上大學與續入職場工作後，就成為一名以夜生活為主的設計人，運動從此就不列為生活的首要或必要的活動了。Enya 在幾年前，成為國中田徑校隊的選手，我們一家都為她驕傲開心。她非常好強，上課在學校訓練完後，晚上還要求自己加強練習。我這個做父親的，對於 Enya 的態度感到很安慰，但晚上黑漆漆的，我哪能放心她一個人在黑暗裡跑步呢？我決定做她的特勤保鑣吧。我與 Enya 協議，她繞著天母運動公園人行道練跑，我就開著車在她左邊的慢車道上緩緩地跟著，但幾次下來，我開車常堵到後面的車，被按過好幾次喇叭，或是碰到紅綠燈，保鑣得停下來，又繼續花時間去找跟丟的主子。於是協議換成我騎腳踏車陪她跑，一樣的問題，我還是在車道上，她在人行道上；這個保鑣爸爸就想自己也下海吧！於是我換上跑鞋陪她跑，只是 Enya 的速度太快，保鑣我跑得上氣不接下氣，最後我不得不提出我們到公園反方向的跑，這樣至少保鑣還可以執行眼睛看到的任務，於是我倆就繞著運動公園或磺溪兩岸反方向出發，每幾分鐘會碰一次面互相擊掌「high five」一回，我總是非常得意與安慰這一刻的默契。事後想想，這一刻並非是保鏢任務達成的安慰，反而 Enya 才是在領著這個菜鳥保鑣走向一個活力人生的教練。

為了不要比 Enya 慢太多，我開始了自主訓練，先是跑 3 公里，再跑 5 公里，速度由時速 8 公里，9 公里進步到 10 公里，感覺很有成就感，最後我決定跟隨 Enya，認真的跟自己賽跑。

工欲善其事，必先利其器！要認真跑當然要有完善的裝備才是，在甚麼都沒有發生的當下，我先發揮了敗家的本領，展開瘋狂採購：舉凡跑鞋、跑襪、護膝、腿套、跑褲、背心、腰包、帽子、風鏡、心跳帶、運動錶……無一都要買最專業的，好像這些都可以讓我長出有翅膀的飛毛腿，我還勸慰自己，要多買幾組才安心呢！有了完美的配備，就開始排訓練課表，每周固定跑個 2—3 趟，終於如願的在幾個月後可以在 60 分鐘內跑完 10 公里。

2018 年，我參加台北馬拉松的初半馬順利完成，之後陸續跑了幾場半馬後。我決定給自己一個挑戰去跑全馬。我的初半馬是台北馬拉松，當然我的初全馬，也一定要從台北馬拉松出發。

台北馬拉松的歷史雖創始於 1986 年，卻在 1990 年因為台北捷運的施工停辦 10 年。2001 年恢復舉辦，到了 2013 年競賽組突破 4 萬人，健康組破 6 萬人，為路跑輝煌年代揭開序幕，是台北馬拉松嘉年華式的高峰。2015 年起，台北市政府、中華民國路跑協會及協力贊助商共同提升賽事品質，試圖朝國際知名城市馬拉松的目標邁進；並以「古城巡禮」為概念基礎，打造具有人文歷史的路線。2019 年，台北馬拉松成為國際田徑總會「銅標籤認證」的市區馬拉松，賽道路徑從台北市政府出發，經過 101 大樓，國父紀念館，仁愛路林蔭大道，景福門（東門），中正紀念堂，麗正門（南門），重熙門（小南門），西門紅樓，承恩門（北門廣場），台北車站，總統府，中山北路，光點台北，台北市立美術館，圓山大飯店，忠烈祠等地標後就進入基隆河截彎取直兩側的美堤、彩虹、右岸、左岸、觀山、迎風等河濱公園；最後再從環東高架下基隆路回到台北市政府。

為了準備全馬，我開始了比較有紀律的訓練。Enya 與家人送了 Garmin 跑錶給我當生日禮物，來記錄跑步時的重要相關資訊如速度、心率、步頻、時間、距離等等，並經過 App 程式運算分析身體訓練狀態。對於我這種到中年後才開始長跑的入門者，這個禮

物實在太珍貴了，它就像一個私人教練，幫我製作訓練課程，規劃訓練強度，記錄訓練成果。更有趣的是，透過手錶內建的 GPS 可以記錄跑過的城市地區與路徑。

過去一年，這隻手錶，記錄了我的足跡，除了固定的天母運動公園和磺溪兩岸外，我跑過基隆河、淡水河畔的河濱公園，大安森林公園，台大校園，政大河堤，社子島，大稻埕等地。有一次參加一個繞大安森林公園 2 小時的長跑訓練，跑著跑著就想到 30、40 年前時這裡還是國際學社，眷村，小吃攤，還有一個叫坤昌行豆腐乳麻油店；對面是小美冰淇淋和狗店（那時候沒有「寵物店」這麼文明的字眼），這些都是我跑呀跑，跑出來的景緻，當年的人事物也會一一的浮現在心頭。這些地方是我從家裡後門都可以走到的距離，有著成長的光陰故事，有著濃厚的藝文人情。

出國出差我也會帶著跑錶跑，到上海出差固定會在老上海法租界區晨跑，到香港則跑半山、維多利亞港。這個錶還記錄著我跟 Enya 跑的紐約長島海濱，波士頓查爾斯河岸，哈佛廣場，康乃爾文理廣場，華盛頓國家廣場等地，它記錄了我們父女珍貴的共處時光，也記錄了我陪她看未來學校的期許與叮嚀。

在 Enya 與家人的鼓勵之下，我準備了半年，在跑了將近 800 公里後，我的台北馬拉松初全馬終於要在 12 月 15 日登場了。前一晚我把所有的東西就定位，早早上床，準備於清晨四點半起床。不料上床睡了不到三個鐘頭，二點多就醒了，這比起二個月前跑另外一場半馬前一晚的失眠還要慘烈。我輾轉反側到了三點還睡不著，我開始心急了。朋友們說睡不好最好不要貿然嘗試 42 公里的全馬，尤其是沒有經驗的中年人，不要和自己的心臟過不去……怎麼辦……，是起床冒生命危險去跑還是明年再見？大概內心掙扎得太累，我又朦朧的睡著了，再有意識時，正是聽到手機的鬧鈴。我開心的起床著裝用餐，信心滿滿的出門，到台北市政府廣場準備開始我的初全馬。

大家都說全馬和半馬是完全不同的：全馬絕對不等於二個半馬，全馬前 30 公里是熱身，是跑到 35 公里「撞牆」後才開始……撞牆是指身體肝醣耗盡，舉步維艱，配速失控的現象，所以我即使參加過四次半馬比賽，對於初全馬還是非常戒慎恐懼，囑咐自己要小心。到了起跑點，看到身邊的選手們，果然馬上就感受到不同的戰鬥壓力，他們大都是中等精瘦型身材，穿短跑褲背心，四肢明顯的肌肉，身上只帶跑錶及補給膠，連手

機都不帶。半馬跑者則環肥燕瘦的都有，除了跑錶、補給品，還會帶手機、腰包、耳機、毛巾、風衣、頭套等等贅物。我就是這樣臃腫的在那群輕盈的跑者身邊，明瞭這些長翅膀的飛毛腿道具，可能此刻發揮不了甚麼作用。

　　開跑後我依照跑前訓練訂下的配速穩穩前進，台北馬拉松 42 公里路徑，前 20 公里是在市中心，20 到 37 公里是在基隆河兩岸繞來繞去，最後 5 公里又回到市區。在市中心從信義計畫區出發，經過仁愛路往西跑到台北老城門內，繞一圈經過總統府後沿著中山北路跑進大直河濱公園。對於業餘跑者，尤其是跑馬兼觀光的外國人，這個市區路線很有意思，把台北大半的景點都跑遍了。我跑到承恩門（北門）時有點感動，看到古蹟終於不用塞在高架橋中間，四周是方正的廣場和綠地景觀，讓北門頓時莊嚴起來。在城裡的路段跑是輕鬆的，一方面剛開始體能充沛，一方面有都市景點，有車水馬龍，有加油吶喊；這段時間覺得跑馬拉松真是愉快。到了河濱公園的路段，好戲上場了。今年 12 月的台北馬拉松是暖冬大晴天，高溫 30 度，在河濱跑正是開始曬的時間。這時開始有人用走的，也有人抱著路燈柱拉筋，更有人賴在補水站不走。他們大多數都是前面跑太快，在烈日下失水的跑者。我因為是初馬先求完賽，沒有太積極的目標，而且非常害怕撞牆後棄賽；所以反而沒有跑爆，只是速度越來越慢，在 35 公里撞牆後也是邊跑邊走。從河濱跑回城裡，只剩下最後的 5 公里；據說所有的跑者，無論專業業餘，這段時期都是靠意志力撐的。最後 500 公尺是從基隆路地下道上來到信義路轉進市府路，這是大砲攝影師拍選手衝刺的路段，我輸人不輸陣，在這 500 公尺，超越了 20 多名跑者衝進終點，聽著照相機咖咖的作響聲，以飛毛腿之姿，完成了台北馬拉松初全馬。

　　在完成台北馬拉松後的一個周末，我們全家出城度假。我和 Enya 照例一起晨跑，這天天氣很好，海濱步道上跑者很多。Enya 因為路徑不熟，所以先放慢速度跟著我跑，我則帶著上周最後 500 公尺的意氣風發的架勢凌風而跑，我刻意的望向跟我擦肩而過跑者的眼睛，感覺他們都在看我，我有感自己憑著全馬後的加持，一定有著專業的英姿，博得了這些人羨慕的目光吧，我深深吸一口氣，得意非凡的繼續的跑，Enya 嫻熟的看前面沒有叉路，跟我丟一句：「我先一步嘍！」看著 Enya 從我後面衝了出去的英姿，我才恍然大悟：原來他們在看的並不是我！

土地公

的

臉書

姚任祥

那天是我54歲的生日，傍晚要搭飛機去東京，第二天出席一個排了很久才商定的會議。

一大早，仁喜把我拉到電腦前面，與在美國的孩子們一起上Skype，看他們唱〈祝你生日快樂〉。那幾天我沒睡好，螢幕上看到自己眼睛浮腫的勉強回應他們，心裡卻還憂慮著家裡的兩隻狗已經走丟九天了！孩子們問我要什麼生日禮物？我忍不住大哭著說：「什麼都不要！我只要狗狗趕快回家！」然後把螢幕裡的孩子們當成心理醫生，開始述說我的內疚：「我對不起牠們！我都沒有花時間在牠們身上，如果牠們真的有個三長兩短怎麼辦？如果牠們被人抱走了，欺負牠們怎麼辦？九天了，牠們一定很餓很冷！嗚嗚嗚……」我跟孩子們繼續說：「我太忙了，每天進進出出的，沒時間多關心牠們，陪牠們丟個球玩玩什麼的，我是一個爛主人，沒有盡責！現在失去了牠們，我好後悔啊，嗚嗚……」孩子們陪著我一把眼淚一把鼻涕的，那個生日祝賀就在哀戚的氣氛中收場。

我們家共有六隻狗，走丟的兩隻是Simba與Kuro。Simba是兩年前仁喜送給我的生日禮物，金色毛，三角眼，個性很挑剔，有著不為三斗米折腰的個性；Kuro比Simba小半歲，黑色毛，胸口有個白色蝴蝶結，跟那位紅遍天的足球員梅西一樣機靈，見縫就可鑽出個名堂來。這兩隻都是柴犬，也都是公狗，為了爭誰是我們家大王子Jazz名下的二王子寶座，常常打得頭破血流。我難得閒暇在家時，總是摸著Simba，口裡安撫著「Kuro寶貝乖！」讓牠倆之間有個安全距離。不過牠倆還是常用眼角互瞄，找機會挑釁對方。後來送去結紮，以為性情會好些，但也只是由一周互打四次變成一次罷了。

假日在家，遛狗是我的大事，六隻狗通常必須分兩批出去遛。但是生日之前那個周日太忙，索性一次帶出去。哪知Simba和Kuro趁亂掙脫，一隻往東跑，一隻戴著狗鍊往西跑。我一時慌了手腳，一陣混亂把另外四隻搞定；跑掉的兩隻則早已不見蹤影，該從何處找起？

平常牠們偶而也會出去撒野，但大多是一隻溜出去，晚上回到房子邊徘徊，我半哄半勸的請回家。有一次這兩隻一起溜出去，夜深了，我出去找牠們，竟在對面鄰居的花台上；原來牠們趁鄰居大門沒關，大搖大擺的進去要東西吃。那個深夜，牠倆回家後，好像自知做錯事的孩子，乖乖的躺下來，閉起眼睡了。我們才知道，這兩個冤家在家像仇人，出了門後竟會結伴而行，壯著膽子一起四處溜達、串門子，體力耗盡才回家。

但這次一隻往東一隻往西，怎麼分頭去找呢？Kuro還戴著狗鍊，容易被纏住，很危險的。問了附近的人，有些說東邊山頭有聽到狗打架的聲音，有些說西邊山頭曾經看到一隻……。唉，這麼大個山，到哪兒去找呀？這幾天天氣不穩定，氣象報告說會有大雷雨，我心想，牠們最怕打雷，一定會乖乖回家的。然而，等了一天又一天，仍然不見蹤影。

第四天上午，我越想越不妙，印了八張牠們的照片，到附近的公車站與里民活動中心張貼「懸賞找狗」的海報，也跟里長拜託，希望有人跟我聯繫。那天我也乾脆把其他的狗都關起來，大門開個縫，心想牠倆累了，可能會溜回家來吧。但是過了兩天，仍然無影無蹤。當晚開始起風，打雷下雨，我的心一直往下沉，想著牠倆一定嚇壞了，又餓又冷，我的整顆心開始發慌，做什麼事都不能專心。

周六那天，仁喜帶著其他四隻狗出去，邊遛邊找仍找不到。到了周日，仁喜與我開始唉聲嘆氣了！糟糕，已經七天了！仁喜開著車在山裡找，我在家附近的馬路上，見人就問：「你們有沒有看到一隻黃狗一隻黑狗？」有人說：「有耶，好像看過一隻黃狗，前幾天就在附近！」我問有沒有看到黑色的？他們都說沒有……。

——那天我們找到天暗了才滿心沉重的回家。

到了周一，上班前，我又在馬路上到處問人，並且攔下郵差先生請問他，他說：「有，有看到一隻黃色的，再往山裡面一些！」我心裡想：「糟糕，怎麼都沒有說看到黑色的？是不是狗鍊被樹纏住了？會不會卡到不能呼吸了呢？」我傷心得開始哭起來。

下午有個整脊的治療課程，我趴在按摩床上治療時又哭了，從默默落淚到嚎啕大哭，嚇壞了醫生與護士。結束診療出來後，我一路哭著回家，像個失神的瘋子。

我生日的前一天，仁喜與我下班後去參加一個結婚晚宴，心裡的大疙瘩仍轉來轉去，兩人都慌慌的坐不穩。晚宴後來不及回家換衣服，一身盛裝的在山裡喊著：「Simbaaaa！Kuroooo！」但沒有擴音器，聲音不夠大，沒什麼效果，我的心又沉到海底了。

生日那天，就要去日本了，仁喜得提早去東京張羅細節，與我唱完生日快樂歌就急著去搭早上的班機。我茫然地想，我下午一走，更沒有機會找狗了；但我不能丟下牠們不管呀！於是靈機一動衝到里長辦公室借擴音器，下定決心要盡全力找到狗狗。里長提醒我說：「去找土地公啊！」

對喲，我怎麼都沒想到向神明求救呢？這山上有很多土地公廟啊！於是，途經一個土地公廟，我就停下來合十祈禱：「土地公呀，土地公！您知道狗狗在哪裡吧？請保佑牠們，牠們一定又累又驚嚇，求求土地公開恩！」

我把車開到山上比較高的地方，拿出擴音器向山谷喊著：「Simba！Kuro！」又把車開到半山腰處：「Simba！Kuro！」……

如此上上下下找了幾回，我覺得要找完這整座山，可能要耗到下午，會趕不上班機，心想是否明天上午再趕去日本？打電話給旅行社，想延後班機，回答卻說這幾天機位都滿了！

正在那心緒混亂之際，來了一通電話：「你的狗在大樹下！」我驚喜的問：「哪棵大樹？哪棵大樹？」「就是大樹下呀！」「什麼樹？」「衛星站那邊的呀！」「那裡樹那麼多！」「那個餐廳呀！」「你是說有個餐廳叫『大樹下』嗎？」「是呀！」我問清楚位置，立刻開車去離家五公里的「大樹下」餐廳。

到了餐廳停車場，門口有些人，像是住在這附近，「請問你們有沒有看到狗狗？」一位中年先生說：「有呀，咦，怎麼今天沒看到？」我跑往斜坡上的餐廳去問，老闆與老闆娘也說：「有呀，這幾天都在這，我們客人都好喜歡，逗牠玩，還照相呢！我都給牠吃剩菜呀！奇怪啊，今天沒看到！就窩在那個屋簷下呀！不過我們周二休息，沒開門。咦！前天還在旁邊一直繞一直繞，妳看我還留了剩菜，今天要給狗吃……」

我哭著問：「是一隻兩隻？」答案是「兩隻！一黃一黑！」確定是兩隻！Kuro沒有被纏到！我激動得心揪了起來，想像兩個小仇家相遇時的畫面，一定相互擁抱，且一路上相互照應，我猜一定是Simba照顧Kuro，哥哥照顧弟弟，心中有一種莫名的安慰。老闆說：「牠們一定在附近啦！」我說：「謝謝你們，我找到了回來謝謝你們。」

回到車子邊，我拿出擴音器，大聲的對著山谷喊：「Simbaaaaa！Kurooooo！Simbaaaaa……！Kurooooo！」

我非常激動，大聲的叫喊，大概這兩個名字後面都拖了個aaaa或oooo，擴音叫聲顯得特別長，聲音傳入山谷，又淺淺的傳回來！如此一再的喊叫，很像歌仔戲苦旦拖著一個哭音尾聲，附近的人都跑出來看我，讓我更有臨場感；傳回的聲音突然振動了自己的心弦，所有的委屈一起湧上心頭，想起那首〈如果雲知道〉的歌詞：「如果可以飛簷走壁找到你，愛的委屈不必澄清，只要你將我抱緊……」我的眼淚一波一波的流出來。

我上車再往前開了幾百公尺：「Simbaaaaa！Kurooooo！嗚嗚嗚嗚！Simbaaaaa！Kurooooo！嗚嗚嗚嗚嗚嗚！」就這樣，停車擴音哭喊了幾次，到了一座較大的土地公廟前，我再度拿出擴音器喊，喊完就衝進廟裡，看到人家拜跪的矮凳，拉出來往上一跪，不能抑止的繼續大哭。我跟土地公說：「謝謝土地公！牠們都活著！牠們一定很慌，請保佑牠們平安，保佑我快快找到牠們！」旁邊一位老先生，指了指香爐，要我燒香拜拜。他好心的幫我點了七支香，要我三支供天，四支供諸神。我一邊哭，一邊照做，祈求土地公賜福保庇狗狗平安。

離開那個土地公廟後，我繼續往不同方向的山谷喊叫，路上又經過兩個不同的土地公廟，我也都停下來，繼續哭訴狗兒走失的故事，請土地公務必保佑。

那時的我已慌得神魂散亂，不知車開到哪裡了，但我還是見了人就問。好巧啊，問到一個先生竟說：「我就是剛才打電話給你的人呀！奇怪！昨天還看到耶！」我問過他的姓名電話，請他幫忙再找，繼續開著車，心想現在連我都迷路了，狗狗又怎麼找得到回家的路呢？何況這幾天下大雨，可能把牠們留下的印記沖刷掉了。

我慌張無神的在山裡繼續繞，繞啊繞的，又繞回「大樹下」的巷口，遠遠看到有人向我招手，開近一看是餐廳的老闆娘與老闆。

我停下車，老闆娘說：「唉唷！山裡收訊不好，妳電話都不通！」我哭叫著問：「找到了嗎？」她說：「在內湖，妳快來打個電話！」我掩面大哭大叫，「嗚嗚！嗚嗚！找到了！找到了！」大概我哭叫得太大聲，她說：「妳不要叫，不要叫，我們餐廳有客人，妳這樣人家以為發生了什麼事！」老闆則在一旁咕噥地說：「他還不還妳都不知道呢！」

老闆娘撥通了電話，我激動的拿起話筒，沒等對方講話就說：「謝謝！謝謝你！嗚嗚！謝謝你！我要謝謝你，你在哪裡？嗚嗚嗚嗚！」對方愣了一下說：「對呀！我還來不及打給妳，妳就打來了！妳放心，兩隻狗，一黃一黑，我照顧得很好，餵牠們最好的飼料，讓牠們安全溫暖……」

大概我這歌仔戲苦旦唱得好，吵到了或是感動了「大樹下」餐廳的老闆，翻閱那一周的訂位記錄，一一打電話給來店裡吃過飯的客人，問他們有沒有看到一黃一黑兩隻狗？周日晚上的客人王兄說，他吃飯時拍了兩隻狗狗的照片，周一放在愛狗社群臉書，註明這兩隻可愛的狗狗可能走失或被棄養；陳兄看到這訊息，興起做生意的念頭，周二一早就上山把狗狗抓走，立刻轉貼在另外一個愛狗人臉書，說明要放送（即半賣半送）。王兄又正巧看到這則放送訊息，立即打電話告知陳兄：「這兩隻狗是有主人的，請不要轉賣。」餐廳主人從王兄處得知訊息，也打給陳兄說明，陳兄則說，狗是他撿到的，是他的！……

我打通陳兄電話時，他還來不及說話，已經被電話這一頭的我誇張的哭聲嚇到了，且我的第一句話就說要謝謝他，陳兄只好改口說他還來不及打給我，我就打去了……。我約他在內湖國小門口見面，給了他點錢，帶回了Simba與Kuro。

話說惹了大麻煩的Simba與Kuro，見到我時並不像靈犬萊西認祖歸宗的奔向我，甚至連尾巴都沒搖一下，只是一臉疲憊與困惑的看著我。

——我知道，牠們一定也嚇呆了。

後來王先生也來電關心，也驚訝的說：「怎麼會這麼巧！」我想謝謝他，他客氣的說不要。

滿懷欣喜的載Simba與Kuro回家後，我火速趕往機場。到了出境處的自動辨識系統前，螢幕出現一張奇形怪狀的臉，機器一再說「請重新辨識」、「請重新辨識」。啊，

機器認不得我了；我看著機器裡的臉孔，連我自己也認不得啊！

在那尋找Simba與Kuro的九天裡，我經歷了自責，慚愧，傷心，失落，希望與幻滅，點燃與再熄，驚喜與感恩……。哭了又哭的眼睛，腫得像熊貓，臉部的肌肉則僵硬得不知如何協調組合，難怪機器一再要我「請重新辨識」！

終於上了飛機，吃了晚餐，空姐送來甜點蛋糕，我拿起蛋糕，疲累的跟自己說了一聲：「生日快樂！」

日本回來後，我一一致謝所有參與協助的人。特別要謝謝的則是里長提醒我去找土地公。

土地公是福德正神，屬於民間信仰中的地方保護神，是具有福德的善神，也是與人民較親近的神祇。在尋找狗狗的過程中，我感覺土地公冥冥中確實幫了忙，暗中指點迷津，讓一切巧合藉著臉書出現。土地公們似乎也有臉書，威力強且疆界大，一鄰一里的從陽明山連結到內湖，幫失神到近乎瘋狂的我找到心愛的兩隻狗狗。

台北雖然早已進入現代化都會，到處仍可看到大大小小的土地公廟。逢年過節或造橋修路，鄰里眾人總虔誠的供奉水果香燭，祈求並感謝土地公的保庇。自從那次狗狗走失事件後，每當我經過任何一處土地公，必都合十微笑，感謝並請土地公保佑這塊土地上的一切生命。

人口數字

1925 戶口調查結果，本島總人口 399 萬 3408 人。

1935 8.28 總督府發表台灣地方有權選舉者計 25 萬 2382 人。
12.31 總督府發表台灣現住人口達 531 萬 5642 人。

1950 5.15 本省戶口至今年三月為止，計 133 萬 2905 戶，有
745 萬 4886 人。

2015 年的一家人

1956 9.16 行政院決定今日為普查基準日，進行台閩地區戶口普查計畫。零時全國聯播電台播出 12 響鐘鳴後，15 萬多名普查員同時進行訪查。台灣全島到處燈光齊明，交通一律中止，各家門戶通宵開放，以接受普查人員的訪問查詢。11 月 2 日省政府普查處發表初步統計，今年台灣常住人口有 931 萬餘人，男比女多 17 萬餘人。

1978 7.27 內政部公布，台灣地區人口總數為 1694 萬 9539 人。

1985 1.18 內政部指出，截至去年 10 月底止，台閩地區人口已逾 1900 萬。

2018 內政部資料人口數 2358 萬 8932 人。

文字來源：《臺灣全記錄》、《維基百科》

食衣行住

老台北的

舌頭記憶

林君立

爺爺抗戰勝利後就來台灣，早年住過中山北路「紅寶石酒店」的巷子（即今「明福台菜」那條）。我是晚輩，沒趕上那個年代的風華。但我出生的和平西路宿舍，日本時代是醬油廠，發酵用的大木桶，當時還堆在我家後面的廢屋裡。由此可見，我們一家愛吃，是有因緣的。

民國38年，國民政府撤退來台，從大江南北跟著來的國軍和百姓匯聚在台北盆地，他們的口音不同，口味也不一樣，各自發展地方特色，遂使台北成為台灣飲食文化最多樣的美食天堂。

先從早餐說起吧。

小時候，我們家早餐習慣吃稀飯。那時有賣醬菜的小販，清晨拉車搖鈴穿街走巷，買幾樣醬菜就是一餐；尤其紅糟腐乳，撒點糖滴上麻油，總能稀哩呼嚕的喝下好幾碗。有時也買幾根油條沾醬油，或者再加一塊剛做好的板豆腐拌著吃，熱呼呼別有一番滋味。

仁愛路三段幸安小學旁的巷子裡，有家山東人開的豆漿店，離外公家很近，我們如去外公家，想吃燒餅油條鹹豆漿，就去那家店一解口腹之欲。

但我最期待的早餐是禮拜六，爸媽帶我去衡陽路的「三六九」吃麵和小籠包。那個年代還沒「鼎泰豐」，也沒周休二日和捷運，一趟早餐吃下來，上課總會遲到，爸媽卻無所謂，還為此向學校請假呢。——周六的早餐，因而成為我童年生活最有味道的回憶。

至於中餐和晚餐，我們家盡量不外食。請的歐巴桑會協助買菜洗切打雜，媽媽則依

照祖母的江浙口味料理：燻魚、烤麩、油爆蝦、八寶辣醬、雞骨醬、黃瓜釀肉、獅子頭，大湯黃魚、燒划水……，都是我家常吃的私房菜。

隨著在台灣的日子漸長，我家的料理也開始融入台式風味；例如沙拉涼筍、海瓜子炒九層塔等等，也是餐桌上常見的菜色。偶而我們也去江浙菜老店，吃烏賊魚燒肉、滷香瓜蒸魚、肉絲筍絲炒枸杞頭、爛糊肉絲（註1）、肚肺湯（註2）……。遺憾的是，老廚師凋零，這些功夫菜幾十年沒吃了，再過幾年，恐怕知道的人更少。

當時也有不少家常小館。與衡陽路垂直的桃源街牛肉麵，早年是最便宜又好吃的麵館。熟客進門，用四川話對跑堂的喊一句「湯寬，麵少，輕紅」，特別有味道。跑堂的負責點菜也兼收帳，常常手裡握著一大疊鈔票；不過這畫面已不多見了。

比麵館稍高一級的客飯館子，能點菜吃飯還免費供應白飯，「大胃王」可盡量吃飽。仁愛路三段的忠南飯館與羅斯福路三段台大附近的重順川湘料理，是歷史最久口碑也好的客飯館子。當時常吃的粉蒸排骨或粉蒸肥腸，在小籠屜裡蒸，鋪底的地瓜因為吸飽了鮮美的肉汁，吃起來入口即化、香氣十足，很受歡迎。還有一道必點的乾煸四季豆，廚師花時間乾炒煸香，很入味；現在為了搶時間，常將四季豆快火炸枯，口味不可同日而語。

那時的客飯館子有送菜到府的服務，我們去新生南路的外公家，他常叫客飯館送菜，讓全家大小打牙祭；那跑堂的拎著木頭匣子，裡面疊著外送到府的菜，蓋子一開香氣四溢。——如今，那樣式簡單的木匣子，也成為喜好收藏老東西的人四處尋覓的珍品了。

　　至於大飯館，碰到婚宴喜慶或重要節日才有機會跟著父母去開眼界。當時中華路第一百貨公司樓上的「五福樓」，是我家最常去的館子，點的一定是家裡少做或不會做的菜，例如醬爆青蟹、網油裏蒸鰣魚、蝦子大烏參、冰糖甲魚、椒鹽櫻桃（田雞腿）等等。仁愛路三段名人巷內的「敘香園」也是著名的江浙館，花樣更多，紅燒果子狸，龍虎鬥……，都是當時的名菜。

　　我家也愛吃西菜，如小統一牛排、Zum Fass的德國菜。現在大陸工程公司的大樓，當時是大陸游泳池，旁邊有間西餐廳，我雖然從不游泳，卻常去那家西餐廳用餐。位於民權東路與中山北路交叉口的美琪大飯店，因為美麗的「蜂巢式」外牆而備受矚目，我在那裡第一次吃到新鮮的春天白蘆筍，印象很深刻。——美琪大飯店在1989年轉售上海商業銀行，已從台北人的記憶裡消失。

　　1972年，蔣經國任行政院長，力倡簡樸，推動「梅花餐」，宴客至多五菜一湯；如果餐飲花銷過了一定額度，就要額外徵稅。初時雷厲風行，頗具成效。時間一久，就出現了上有政策下有對策的現象，開始有人把同桌吃餐，變成搭桌吃飯，避免超過徵稅額度。

　　我外公是南方人，年輕時在北平讀大學，也愛吃北方菜。當時台北的北方館，包括真北平、一條龍、致美樓，都是我們經常光顧的餐廳；烤鴨、蒸餃、烙餅、鍋貼，都保持傳統的老味道。母親的乾爹乾媽是東北籍國大代表，他們喜歡的會賓樓和悅賓樓對我反而沒有吸引力，除了炸小丸子，沒什麼記憶深刻的菜。

　　朱記餡餅粥，也是北方口味，1973年從仁愛路三段起家，生意鼎盛，我曾在朱記見過宋府家宴，那時宋達將軍坐主位，宋楚瑜還是英俊帥氣的小生呢。除了獨立店面，近年朱記也走進百貨公司開分店，頗有一追鼎泰豐的氣勢。高記是南方口味，主打上海點心生煎蟹殼黃，那時還沒那麼紅火，蟹殼黃可以特別訂製，平時兩元一個，額外加重油酥則要價四元。

　　廣東人愛吃，無所不吃。在台北說到廣東菜，就不能不提位在林森北路近長安東路的楓林小館，他家的炸子雞又香又酥脆，是小孩們的最愛。再往中山北路走去，大同公司附近有家安樂園餐廳，除了拿手的廣東蒸魚，還有我最愛的堂灼豬肝湯：跑堂的將滾

燙的湯頭熟練地淋在生紅的豬肝片上，瞬間燙得嫩熟，豬肝鮮脆，好不爽口。可惜，跑堂的上了年紀退休，這特殊的豬肝湯也隨著退席了。

客家菜也是廣東菜的一環，我印象比較深刻的是中山北路一段鐵路邊的天橋飯店（那時尚未鐵路地下化），我第一次在那裡吃到釀豆腐，從此立下我對釀豆腐滋味的高標準。至於台菜，台南擔仔麵是我從小吃到大的老店。這店在萬華夜市裡的華西街，生意極好，有一次因為店裡客滿，我們被安排到後巷許老闆家裡吃。他家不像店裡裝潢得那麼華麗豪氣，但地上也延續店裡的風格，鋪了深綠大理石。最有趣的一次，小時候跟大人去店裡吃海鮮，桌旁靠牆放著整簍荔枝，我忍不住嘴饞，一邊吃海鮮，一邊從竹簍的孔洞挖荔枝吃，許老闆不與小孩計較，由著我放縱好玩。

除了上館子，家裡有時也叫福州菜或西餐外燴。那時西式外燴流行一道蝦吐司，麵包酥鬆，蝦泥鮮嫩，金黃色吐司上點綴一小片青綠的香菜。切好炸透的吐司微卷，小孩恰能手拿，是小孩過渡到成年人飲食的教育菜。幾年前，我曾在上海一家米其林星級的客家館吃到此菜，味道遠不如小時的外燴。

在沒有泡麵也沒有小七的年代，晚上肚子餓了，只能以開水泡飯，要不就得等推著攤車來賣麵的小販。新生南路與仁愛路交會的巷內，有個賣餛飩麵的小攤，老闆敲著竹板招徠客人。他總是戴著一頂漁夫帽，身上套著不知是灰得發黑還是黑色洗淡了的灰圍裙，大家都叫他矮子。我家最常吃矮子的麻醬麵：碗裡先擱上一小坨豬油，淋上醬油和麻醬，用下麵的水調勻，接著把煮好的麵條瀝乾再撈到碗裡，用長竹筷迅速拌和，最後撒上蔥花和榨菜末；一碗香噴噴的麻醬麵呼嚕下肚，吃了滿足好入睡。

隨著時代的變遷，台北已經成為一個國際都會，不僅是中華飲食文化薈萃之地，各國的異國料理也在台北街頭隨處可見。但是，對我來說，在那個民風淳樸的年代，每一個味覺的記憶，都與生活裡的一景一物相連，鮮明的刻畫在我的腦海裡。

註1 黃芽菜筍絲炒肉絲，燒得特別爛，也可以做春卷的餡。

註2 上海傳統名菜，使用豬舌、豬肺、豬肚、豬大腸、豬腳等材料，以高湯、料酒、蔥薑、香糟滷小火慢燉，吃前撒上蒜葉，淋上一杓糟滷即可。

民主食堂

阿才的店

楊昇儒

「阿才的店」是大杯喝酒、大口吃菜的台式熱炒名店，早年被譽為「民主聖地」，聲名遠播海內外20餘年；連日本NHK電視台都慕名派記者來台採訪，連續五天在店內跟拍錄影。

台式熱炒店，興起於解嚴之後、經濟繁榮的80年代。當時的上班族，白日忙於工作，下班後需要平價且可酒足飯飽的應酬場所；拜快速瓦斯爐發明之賜，標榜現炒現上的平價熱炒店，發展為最具台灣特色的夜間食堂。

熱炒是台灣多元飲食文化的縮影，菜色多樣宛如八國聯軍：台菜是大宗，有現撈海鮮，還兼融川菜、客家菜、日本料理等菜系。為了配合啤酒滋味，料理方式以爆炒、油炸、汆燙、清蒸、爐烤為主。

熱炒店對時代潮流嗅覺敏銳，近年增添許多異國風味，菜單琳瑯滿目，標榜能滿足每一個人的胃。

呼朋引伴吃熱炒，啤酒乾杯搏感情。在台灣，啤酒就是要一群人爽快暢飲，熱炒店無拘無束的氣氛正是最佳場所。也因為熱炒店是啤酒業者兵家必爭之地，酒促小姐的美麗身影也成了熱炒文化一景。

在鼎盛時期，台北稍有人潮的街頭，都可看到熱炒店的喧鬧身影。近年因為政府嚴格取締酒駕，營運受到一些衝擊。

「阿才的店」，歷史已近30年，最近也已傳至第三代經營。1990年11月18日開張時，坐落在金山南路、仁愛路口巷弄內的一排老舊樓房中，若沒留意它那微亮的燈箱招

牌，很容易就錯過；往往是裡面傳出的拼酒聲浪，才會吸引過路人的目光。

「阿才的店」第一代老闆，是80年代黨外雜誌《前進》周刊的攝影記者余岳叔。《前進》周刊當時很火紅，創辦者林正杰號稱「街頭小霸王」。余岳叔揹著攝影機，不時跑街頭四處採訪，結識了一群媒體同業和各路人馬，自嘲只會攝影不會寫文章，是個「了然銹才（台語）」。和他一樣好酒的圈內朋友於是送他一個綽號叫「阿才」。

為了讓酒黨朋友有個暢快喝酒痛快聊天的聚會場所，阿才集資創辦了「阿才的店」，請來同為酒黨的攝影家侯聰慧設計。走進店內，你會看到50年代的灰白磨石子地，搭配復古風的檜木桌與板凳；二樓則特設一個和式平台矮桌，可容納大群的客人。

「阿才的店」，經常播放各路台語老歌，牆上掛滿50年代美女照片、電影海報，以及特殊的反共標語：「隔牆有耳，小心匪諜就在身邊」；「公共場所，不談論國家大事」……。但最切中要點的名句則是：

「集中意志全力喝酒、團結一心保衛酒黨。」

余岳叔籌備開店時，找來剛退伍的表弟阿華（劉建華）協助掌廚。阿華本來是川菜師傅，不太會做台菜；兄弟倆不斷鑽研，台式風味的名菜一道道出爐。

循著阿才老闆的「酒脈」而來的顧客，多是黨外、社運、藝文、新聞界名人，也有不少曾經參與「野百合學運」的學生。阿才每天上班必逐桌敬酒、陪喝，自稱「一年醉三百天」。

如此過了三年，錢沒賺到，身體卻賠進去了。阿才不堪其累，終於決定把店頂給阿華。——那時的阿華，台菜手藝已經不在話下了。

1993年阿華接手後，店名仍叫「阿才的店」；他身兼老闆、大廚、總招待，炒完菜得空也和阿才一樣，帶著啤酒「走攤」，與來客暢論時事，無所不聊。人情味與酒濃，「阿才的店」生意越發興隆。在菜色上，阿華也不斷求新求變，吸引更多民主酒友上門。

阿華研發的招牌菜，有三道最為出名。其一是「油條蚵仔」：新鮮蚵仔加點甜椒、

青蔥、九層塔、金針菇，快炒勾芡後，淋在切段的酥脆老油條上。這是熟客必點的下酒菜；若不敢吃蚵仔或過敏，還可點油條蝦仁。其二是「牛三寶」：牛筋、牛肚、牛腩與番茄燉燴而成，嚼勁適中，酸甜鹹口味兼具，讓人回味無窮。其三是「炸肥腸」：肥腸洗淨過白醋，滷過後風乾一天，腸內塞入青蔥，入鍋油炸，香氣四溢；起鍋切段後蘸點胡椒鹽入口，外皮酥脆肥腸軟嫩，也是許多熟客口齒留香，每去必點的名菜。

　　阿華主持「阿才的店」20餘年，早年訓練小舅子大鵰協助掌廚，後來兒子滷肉也出師了。但因長年喝酒，過於勞累，身體出了狀況，不像以前常在店裡露面，引起一些老客人關切。負責外場的華嫂才透露，阿華扁桃腺癌開刀，在做化療，需要多休息……；而且店址面臨都更，也許必須停業。

　　2018年2月28日，「阿才的店」正式停止營業，讓熟客惆悵不已。許多人期待這間有著特殊歷史記憶與象徵的「民主食堂」，能夠再現生機，繼續為饕客、酒客服務。

　　幸而不負眾望，2018年5月26日，「阿才的店 1993」老店新開，新址就在老店對面的仁愛路二段26號，店長則由阿華的長女Eva接手。

　　全新的店面盡量保留老店風味，許多桌椅與擺設維持舊貌，但內部更為寬敞明亮舒適，多了一些現代文青風格。老店二樓的和式矮桌區，也在新店面的地下室重生，讓老顧客非常窩心。

　　Eva自稱從小在「阿才的店」長大，對這家店的感情很深，接手之後也跟上時代潮流，在臉書成立「阿才的店（1993）粉絲專頁」，宣稱：「專業收留感覺口渴，感覺餓的人。」希望能讓顧客在網上述說心得，「口舌交流」。

　　「阿才的店」曾被賦予特殊的民主符號，有許多傳奇故事。Eva成立粉絲頁的初心則回歸餐廳的基本訴求：你渴了，餓了，歡迎你來喝幾杯，飽食一頓，交流感情。

衣

切 不 一 樣

呂芳智

　　台北繁花盛開，什麼事物都在改變，早前我們在乎的是紀律、規範、流程、次序與價值觀等，現今一切不一樣了。1990年代有一句廣告界最不負責任的台詞「只要我喜歡，有什麼不可以」，這個自以為是卻誤導很多什麼根底也沒有的年輕人，離經叛道，背離處世既有的脈絡，深深影響台灣各行各業的規矩。我相信，舉凡創意、事業、為人等等，不是你喜歡就可以的，行業有行業的規則，做人有禮教道德的約制；如果你有過人的創意與工作能力，以尊重的態度做自己，這個「只要我喜歡」，才是社會樂見的。

　　台灣這幾十年的流行事業，就把貼上自我名字的服飾，認為是品牌服裝；而什麼最夯，文創最哈的，就狂拿來當成品牌籤貼，在「只要我喜歡，有什麼不可以」的口號下，讓這品牌設立的起跑線越來越低，沒有門檻，演變得粗糙簡單，便宜行事，雖然一個一個品牌如雨後春筍般地浮現，但也有如曇花一現般的，總無法持久長存。反觀日本的各個產業，就是依循紀律與傳統為首，再衍生出多少驚豔全世界共同「喜歡」的藝術。

　　時尚在台北這個繁華時髦的城市，繁複地令人眼花撩亂，近年來國際精品林立，專門店一家一家開，還有選品店代理國外一些設計師品牌，一個個冒出來，時尚品牌H&M、ZARA、UNIQLO、GU卯勁開店，雖然Forever 21已經退場，但可細數台北時尚精品依然火熱得很，消費者可以隨意選擇；反觀我的青春年代，想在台北穿得時髦，走在流行尖端，要找裁縫師，說好聽些是「高訂」，高級訂做的意思，那時候的成衣市場並未開展。

　　回想當時想要搶頭香，想穿得時髦有型，則要有出國採買的門路或找委託行，這景象如同現在跑單幫，去韓國東大門批貨模式類似。當時我們愛批的貨，悉數是從日本來

的，日本流行什麼，我們也跟著流行什麼，「哈日」的狂熱，舉凡在生活的方方面面。那時雖然台灣的紡織製造技術在國際上是赫赫有名的，也成為不少品牌代工聖地；但唯獨在設計方面，還落後先進國家一大截，相對的則代表我們應當擁有大進步空間才是，但是成衣市場的演變卻非如此。當時所謂的品牌如雨後春筍般地冒出來，可惜其中有一半以上並非專科設計師出身，對設計也一竅不通，只是曾經待過百貨的櫃姐或採購業務，憑藉著顧客喜好的敏銳度，就拿著從日本採購回來的樣本，來請工廠阿姨加工生產，抄襲意味濃厚，沒有樹立起自我的風格與成就。

設計師品牌要出頭，總有很多辛酸的故事，也都是披荊斬棘，才能生存下來的。其實當初我創立自己的品牌，起頭也備受煎熬，我不相信有任何一個設計師品牌可能是輕鬆的。但我想自己是幸運的，在不同的時空抓住了機會，開始了自我品牌。一路走來，我深信競爭雖是多變的，但機會是永遠握在自己手裡的。

我會投入服裝設計，是一個因緣巧合。本來是計畫去巴黎念導演圓夢，為了積存留學費用，而投入製作服裝賺錢。當時選擇手染是我的絕活，我還是一個窮學生，手染是服飾業的入門，只是需要純棉材質，所以很取巧的，去買三槍牌純棉白T恤回來染色。這一做居然做出了小成果，收入可觀，也為自己的設計師品牌踏出一小步。

順利靠手染T恤儲蓄，我跑去巴黎圓夢，但沒多久就覺得自己不適應當地的生活，因此繞了一圈，又回到台北，我相信自己內心深處，還是愛戀著時尚界的。於是我正式的用自己的名字創立了品牌，生產一系列的服裝。當時我把店面開在南昌街，生意興隆，開花結果般的開展了這一個事業。當時其他百貨設櫃品牌勢力，大多區分成少女、淑女服飾類別，鮮少是像我一樣用設計師品牌單挑，當時的顧客，是屬於小眾市場範圍，所以也是一條另類的道路。當時，有些人還沉迷在日本流行消費文化，對一些歐美西方時尚，尚還存有一段距離時，我所走的這條獨立設計師路，辛苦之外，卻也創造了一片天。那一個年代，我的衣服被拷貝得滿街都是，拷貝的賣得多過於我的正版貨，我設計的一套洋裝，居然賣出了近千套，讓我存了第一桶金，也買下了人生的第一個房子。

當服裝設計師最開心的時候，就是作秀發表會時，可以零距離感受台下觀眾，對你的設計所有的各種指教。我曾參加過百貨舉辦的聯合秀，也有半政府官方單位的邀約，集結許多品牌和設計師參與，藉此提升台灣時尚設計力。兩相對照，現在和過去發表型

態，現在的設計師應該是幸運許多吧。在90年代的我們，是很期待紡織業和設計師之間合作渠道可以暢通，期待紡織廠商可以提供設計師發揮創意的布料，而設計師能夠替紡織布料找到新出路，但惋惜的是早期紡織的研發能力還在累積能量中，創作者也還在逐步壯大自己的實力，一切都需要時間長期培養磨合。經年累月後，現在台灣的紡織不只代工出名，研發能力更是提升不少，各路人馬對時尚設計躍躍欲試，讓這朵時尚之花開得茂盛。

因為繁花盛開，時尚秀也五花八門，現代的看秀場地多如中正紀念堂、凱達格蘭大道、桃園機場、台北市政府廣場，都能拿來當舞台。回顧早期奮鬥的設計師們，要在台北辦秀，卻沒有適用的場地。想起1997年選在台北新舞台辦的時尚秀，一波數折，申請時被主辦方駁回，他們的理由是因為時尚秀不屬於「藝術」範疇，事後經過我多方爭取，曉以大義，表明服裝是時尚更是藝術的一環，新舞台才開放我們辦秀，那是新舞台第一次借給了「設計師」辦時尚秀。

時尚確實是藝術，我也不願意為了「秀」而秀，但令人難忘的是，幾場與美術館的跨界合作，讓我們的藝術跳脫了時尚奢侈品的聯想。在1998年的「高雄國際雕塑節」，我們在高雄市立美術館與日本品牌ISSEY MIYAKE，以及時尚教父洪偉明帶領的凱渥模特經紀團隊，一起擦出時尚藝術的火花，這一場命名為「柔軟的雕塑」的時尚秀，正呼應了雕塑藝術節主題，服裝是雕塑的變形，一個可以貼合身體律動的軟性雕塑，非常成功的讓時尚與藝術融為一體，轟動一時。另外在關渡美術館舉辦的「錦‧衣‧遊‧春」藝術服裝系列，展出10套取材10位來自亞洲不同領域的藝術家作品，另外有12套獨立創作作品，此展覽以時尚秀暖場揭開序幕。在美術館的邀約，與設計師群的結合，讓衣服不只是時尚產物，更具有藝術的永恆價值。

外界提到衣（時尚），我和事業夥伴洪偉明兩人的名字常會綁在一起，我設計衣服，偉明負責造型統籌與秀場規劃，任何產物，都需要對外發表，而一場好秀，更需要秀好衣，所以我倆的默契與結合，的確是密不可分的。

現在的世道不若過往，服裝界的成名可以是瞬間，人人都有機會，就像任何行業一樣，自己的底蘊需要再三琢磨，努力研發創新，才能在這一條路上走得長久。

衣

然 故 我

洪偉明

　　台北街頭從沒捨棄熱鬧，你看到年輕人敢追求自我，穿著自己喜愛的潮服，會甘願漏夜排隊買喜愛的品牌。新世代很勇敢也很大膽，不亞於那些年我們曾經的青春歲月。現在流行時尚是你要什麼很容易，沒有太多約束，隨時都能做自己，回過頭看我們想做自己，是要風險，可能要冠上「叛逆」標籤，付出一定代價。迷你裙、喇叭褲，國外有多流行啊，穿起來多時髦，可惜我們正青春狂妄時，有宵禁，連服裝頭髮都有禁忌；穿上街若被警察逮到了，是會把喇叭褲管剪破；頭髮留太長，可是會被帶到警局訓斥管束。想當初我（高中時期）被警察攔查過，自認明明頭髮已經夠短了，但還是被剃了一道，讓你逼不得已把頭髮重新理得更短，由我爸從警察局領回家時，我得到一個紮實巴掌，我著實記到現在。

　　早期禁止奇裝異服，規範得很是嚴苛，一件桃紅色西裝，看起來如此耀眼，穿上它隨時會被警察嗶嗶，年輕的時候就是那麼瘋狂，即便到現在也一樣，風格依舊故我。我們不曾為了忌憚禁東禁西，忘了一顆愛美的心。不時尚毋寧死，不夠美絕不屈服，是這種心情吧。

　　小時候最盼望親戚從當時的美軍福利社帶東西回來，想喝正宗可口可樂，坊間還沒法買到，只有美軍福利社有，外頭只有國產的榮冠可樂，我很期待親戚的「補給」時間。從那時候開始，也慢慢認識國外的服裝，還有流行時尚雜誌，那是我的資訊補充站。

　　我對外總說因為愛跳舞，想在跳舞時穿著跟別人不一樣的衣服，所以我都自己來設計，這是其一的理由。對現在的年輕人而言，想要買件精品，或找設計師品牌，可到選品店或上網手指消費，但在我那年代，上世紀50到70年代，沒有所謂的成衣，衣服全是訂做款，沒有品牌可言。所謂的舶來品除了美軍福利社，另外得靠委託行跑單幫，買日

貨回來，想不一樣，真得自己來，看著國外雜誌，自己摸索設計，挑布找裁縫，有些老師傅對我們要穿的樣式還感到疑惑。民國60、70年時，要在台北找到像我們這般悶騷的，還真寥寥可數。

循著記憶裡的那條線，找到那時我們的流行，記得當時衡陽路上最有名的布店，一間叫鴻翔，另一間叫翔泰，要做衣服，我們會往這兒來裁布料；小花園手工鞋、如貝的訂製旗袍都是當時最夯的時尚踩點，尤其是如貝的手工刺繡亮片，不只我自己做衣需要，幫歌手打造舞台裝時，我都請如貝刺繡，歐陽菲菲上紅白歌唱大賽的亮片裝就是在如貝做的。要說台北最熱鬧的街道，西門町跟衡陽路聚集許多流行名店，消費購物就要往這兒走。

對照現在年輕人在台北逛的百貨可多元著呢，信義區各式百貨林立，新光、微風，誠品也從書店轉向複合型商場，快時尚品牌進駐，東區則是選品店與特色小舖林立，往哪走都可以找到自己所好。就連西門町區，縱然有段時間沒落，經過重生，繁華依舊。其實老台北叫得出名號的百貨公司也不多，從早期的大千、洋洋到芝麻百貨（後期改名為中興，因經營問題2008年結束營業），就屬這幾處熱鬧，我年輕時對時尚的熱愛，把興趣轉成工作，和日後轉戰時尚秀活動與模特經紀，有部分就從百貨的聯合秀開始。

當年的芝麻百貨可以說是流行聖地，台灣首個「本土」時尚秀概念，就是誕生於芝麻百貨的「流行的預言」。對照現在時尚秀滿天下，前有紡拓會與經濟部主導的TIS台北魅力展，後有文化部指導的台北時裝周，另外還有Fashion Taipei把花博當基地，培植著台灣新創設計師品牌。

在80年代的台北，沒有多少有規模的大秀，只有棉花工會和羊毛局為了行銷自己的紡織布料，才有所謂的時尚秀，這也算是台灣fashion秀最早的起源，也堪稱較大型的秀，地點就選在圓山大飯店，不若現在有花博館、凱達格蘭大道和台北市政府廣場等可拿來當辦秀場地。有一點更不太一樣的是，紡拓會辦的秀不是全找台灣設計師合作，是由自己的設計團隊裁衣，真要說那時候台灣的設計師品牌還沒有真正成熟。

在「流行的預言」，有幸擔任統籌規劃，集結百貨各樓層專櫃廠商統一走秀，負責協調每家廠商服裝，一家出30套，共有10家參與，包含詮釋展演的模特兒在內。這時間點，我還沒正式成立凱渥，台灣也還沒有所謂的模特經紀公司，所有使用的模特，有泰

半是朋友輾轉介紹,甚至借調香港模特來台北走秀。一口氣走下來,總共300套衣服,加上每個廠商有各自的訴求,一場秀足足有三小時那麼長,長到讓觀眾席有些人體力不支狂打瞌睡,這算是趣聞。

有趣的不只這樁,大多人認為我是靠模特經紀起家,早期幫藝人做造型奠定名氣,絕對沒有人想到我也是服裝設計師。1978年我和幾位好友,包含現在的好夥伴呂芳智總共五位,我們五人各自設計、造型搭配出流行服飾,接受當時流行雜誌《流行通信》特別企劃專訪,我們用自己的名字做出了現在設計師品牌會做的事。而當年電視唯一介紹時尚的節目《新姿窈影》,電視台情商我去做節目統籌造型,礙於不能秀廠商名字,才轉而用秀人名方式,誰能料到人名也是個品牌開端,同名品牌的發酵,慢慢地在台北、在台灣被重視。

從一個時尚不毛之地到蓬勃發展,從委託行跑單幫的到直接代理,從Joyce到永三小雅,國際品牌陸續在地扎根,我們對衣的要求、穿的品味日漸重視。什麼樣的場合就該有怎樣的衣范兒,真正的重要社交晚宴,衣著沒在隨便,可惜那時候大家對正式服裝還是個問號,什麼是evening gown可能都摸不著頭緒。替TFDA設計師協會籌備募款時,我便想到這點,將時尚和晚宴結合,好友蘇瑞華特地幫我取個響亮名詞「時尚饗宴」,用晚宴用餐形式來籌募款項,邀請名人共襄盛舉,所有出席的人必須盛裝走星光紅毯,比照國外時尚最經典的Met Gala模式,所以每個人在造型上萬萬不可馬虎,要正裝亮相。這活動算是成功打響了TFDA,同時也引起大家對時尚、對衣著品味有更好奇的心態。

時尚其實是很多面貌的,不單只有模特走台步,不侷限設計師創作,時尚也是生活的一部分,也是藝術,我們該算是台北時尚圈早期耕耘的一群人吧。敢穿、敢現、敢忠於自我本色。這份熱情我們更想把它渲染擴大,讓更多人知道。1998 年高雄市立美術館那場時尚與藝術邂逅的經典大秀 「柔軟的雕塑」,至今仍然難忘,即便發生地不在台北,仍想拿它出來說說,畢竟在90年代跨入21世紀時,是在地最具規模的大秀。黃永洪的舞台設計,羅曼菲開場獻舞,我負責造型統籌,模特一人一造型,臉上畫著刺青,和呂芳智設計的服裝共同演出,我們想說的是時尚沒有什麼不可能,我們用衣、用品味開創了一波先鋒。世代交替的現在,視野不若過去狹隘,心胸更開闊了,想必新世代也正用他們的思維創造一片天出來。

台北
好行

王德頻

春天的傍晚，開完會，跳上公司樓下的YouBike，沿著鬱鬱蔥蔥的敦化南路和仁愛路，騎到華山Legacy和老友們一起聽羅大佑的演唱會。仁愛路兩旁杜鵑正艷，涼風徐徐，茂盛的路樹中雀鳥爭鳴，公車專用道上電子站牌顯示著下一班公車的到站時間，簡潔的太陽能站亭透著一絲科幻感，伴隨著放學下班的人群……。

這段不長不短的騎乘，在結束了一天的工作後，更覺愜意與珍貴。

小圓桌邊人手一杯紅酒，台上堅持原味的不插電樂團振奮地奏出1984年膾炙人口的〈超級市民〉，當主唱沙啞的隨興唱出「淹水淹得我們踮腳尖，塞車塞得我們灰頭又土臉……」，35年前沒戴安全帽的機車騎士，奮勇穿梭在台北公車陣中的景象，又鮮活地在眼前躁動起來……。

交通規劃與經濟成長一向相輔相成。1974到1984年間，隨著十大經濟建設的推動，國民所得年增率以平均約17.5%的數字成長；最高甚至超過33%。1984年，台灣的人均生產毛額首次站上3000美元，私人運具也隨之快速增加。

在那個沒有網路與捷運的年代，城市因著經濟起飛而快速增加的移動需求，從日漸壅塞的道路上發出呼喊。在那樣的時空背景下，台北地區的大眾捷運系統及台北市鐵路地下化就此展開規劃，終於帶給台北一個全新的地貌。

那個地面上仍有火車行駛的台北市，站在平交道邊聽著噹噹的警示聲伴隨著緩緩降

下的柵欄，數著這次的火車有幾節車廂，總有一種期待的樂趣。前一陣子在一部印度電影看到追火車的景象，不禁想起初中時也有類似的經驗。那時，火車行經北投王家廟附近，或許因轉彎而減緩速度，沒在車站趕上車的學生，可以在一段助跑之後跳上車；那追車的畫面驚險又驚喜，回想起來，不禁莞爾。

2008年9月，最後一班在台北市地面行駛的太魯閣號，帶著我們的記憶駛向歷史。現在的台北，少了數車廂的樂趣和追火車的驚險，卻也增加了人口密集空間所需要的效率與安全。

—— 鐵路地下化後的地面，變成橫跨七個行政區的「市民大道」；它已成為台北都會區重要的東西向交通動脈。

開車雖然自由方便，我跟父親最愛搭乘的交通工具還是台北捷運。父親總愛喜滋滋的亮出他的敬老悠遊卡，跟我分享他的感動：「這麼乾淨舒適便捷的車程，從淡水到台北101竟然只要22塊！」

而且，中山站還有誠品地下書街的書香，伴隨著下班時分剛出爐的麵包香呢！

台北捷運，營運已逾20年，日運量超過200萬人次，有著難能可貴的效率與清潔。手扶梯上的通勤族，還會自動整齊的站在一邊，貼心地給趕時間的人們留出通道。我在紐約搭乘經常停駛維修、紙屑異味四溢的地鐵，總會特別想念在台北搭乘捷運的舒適美好。

台北捷運是台灣第一個捷運系統，我們在毫無經驗的狀態下，和這個曾是古台北湖的巨獸角力，與英、美、德、日各國顧問攜手，整合複雜的專業工程界面，克服地段選擇及地質惡劣等挑戰，累積了重要的經驗，成為未來城市高速軌道運輸持續發展的養分。它不但徹底解決了長久以來台北交通堵塞的問題，也大大縮短了台北市與衛星城市之間的通勤時間，並且促進了經濟的成長。

台北的公車，也隨著捷運而改善，如今大大不同了。從前等公車趕上課，常常在等了度「秒」如年的半小時後，一次來了兩部擁擠得連門都難以打開的公車，司機無奈的跟我們這群心急如焚的學生搖搖手……。看著公車揚長而去，大家只好收緊書包背帶，趕緊朝學校方向狂奔。

到了兒子女兒這一代，搭公車上學悠閒多了。手機App會提醒再過五分鐘到站，該

出門了；貼心的App還順便告訴他們，來不及的話，下一班車就在七站之外，可以從容的出門。老人家現在也大多人手一機，想到哪裡吃飯飲茶看風景，也都可以查路線查時間，輕輕鬆鬆坐上免費公車。

路口監控系統、全球定位系統、智慧汽車訊息交換系統、各種提供交通現況的應用程式，這些急速的發展，讓網路世界的訊息交通與實體世界的運輸交通相輔相成，大大減少了等待公共運具的時間，也降低了塞車的窘況。這些都為整個城市省下大量的時間，成為城市發展的重要資源；城市運轉的速度也隨之越來越快了。

台北還有兩個通往全台灣主要軌道的共構車站：台北車站與南港車站；它們同時擁有高鐵、台鐵、捷運，讓台北人藉著軌道運輸，能夠通往全台灣各個主要城市與鄉鎮。我小時候跟媽媽坐火車到斗六阿公家，香味撲鼻的台鐵排骨便當，是旅程中最令人期待的享受；聽著咕嚕咕嚕的軌道聲，看著窗外的田園景觀，讓人有說不出的悠閒與平和。

如今，台鐵依然四通八達，高速鐵路卻是另一個台灣奇蹟，神奇地把台灣變成一日生活圈；最快能在105分鐘之內，把人從台灣的最北端載到最南端。台灣高鐵總長349.5公里長，沿線有51個地震偵測站，並且是台灣第一個以BOT方式進行的公私合作先驅。它在動工興建之後，克服了1999年的921強震與各種政治角力，在政府部門與民間企業一群勇於任事者的高瞻遠矚下，為後代子孫留下了一條再造台灣經濟榮景的動脈。

美國加州高鐵，最近鬧得沸沸揚揚，傳出打算停止興建；它的興建期間與興建費用，每公里平均預估都遠超過台灣高鐵。我每次乘坐準點率高達99%以上的台灣高鐵，總在心裡大大的感謝那些讓夢想成真的英雄。

城市旅行，我喜歡使用當地的公共運具，以便更親近當地的人與生活。在倫敦，一張Oyster card能搭公車、捷運、交通船、火車；從市區經泰晤士河到格林威治欣賞絕美落日。而在我的家鄉台北，印著常玉畫作的悠遊卡，低地板公車上禮讓長者的孩子、區間車上努力用功的學生、捷運上逗著童言童語可愛阿孫的爺爺、高鐵上打著電腦拼經濟的工作者，河濱公園騎著微笑單車伴隨夕照欣賞水鳥的人們；這些美好的景象，在我旅行各地時，也經常在腦海裡浮動。

我們曾一起走過，一起讓台北變得更美麗便捷；真的，台北，好行！

城市的協議

姚仁喜

　　我出生於台北。我對「城市」的第一印象，當然就是台北。雖然記憶已經相當模糊，但我依稀記得這一輩子住的第一個房子。那是在新生南路巷子內的一座日式小平房。我在那棟房子裡大概度過了三年的歲月。

　　有關這個房子，有二個場景還留在我的腦海裡：一是大哥仁祿常在院子中跟隔壁的同齡小孩「阿毛」隔著圍牆丟球。你丟過來，我丟過去。我們母親照顧我們無微不至，甚至有點過度保護，加上當時社會上族群尚未完全融合，因此雖然有個鄰居玩伴，可是我們互相從未見過面，就只隔著牆丟球，互相聽得見而已。

　　這牆，一直在我的空間經驗上佔了重要的地位。當時的台北，有很多這種尺度的圍牆。高約一米五左右。平常走在街巷中，你不會看進去各個私人的院子。但是如果有必要，譬如按了鈴沒回應，或鄰居有事相互照應，稍微墊個腳，就可以看見裡頭的狀況，超越那個無形的「私密」範圍。

　　這種尺度的圍牆，我認為是一種相當文明的表徵。它是一個城市，或一個鄰里中，基於一種共識、信任，所產生的——引用路易·康（Louis Kahn）之語——協議（agreement）。（註：街道是一個協議的房間，社區之室，其牆面屬於各個捐獻者，提供給城市作為公共的使用。——路易·康，「街道」）

　　記憶中，台北有很多這種尺度的街巷，包括我幼時常去的，在九條通的外婆家。近年來，偶有機會在東京大街小巷閒逛，比如在表參道、青山通後方的巷弄裡，不論新或舊，還是可以看到不少這種尺度的圍牆建築。至於台北，這種光景已經所剩無幾了。

　　新生南路的第二個記憶場景，是有一天爸媽都出門了，大概是超過了預期回家的時刻。大哥仁祿坐在入口玄關，巴巴地望著院子大門，就啜泣起來了。根據父母事後的描述，當他們抵家開門時，看到我們兄弟倆並肩坐在玄關，我拍著仁祿的頭，一直說：

「不要哭、不要怕……。」

現在很少有這種具有高低差的玄關了。那麼簡單的一個空間、一個落差，造就了一個巧妙的過渡空間。那是年幼的我們，在父母不在時，能夠去到的安全範圍內的最邊陲。那是我們最外面的「裡面」，一個安全的觀察所在，一個期盼、等待、內外之間的場所。現在的住宅，在寸土寸金的功能主義掛帥下，這種空間不復多見。

這種空間極其重要，它是私密範疇與公共範疇的介面，是主動表達溝通意願的象徵。以現在的樓房住宅來說，陽台的屬性最接近。但是，如果我們仔細觀察，現今的台北，很少有人在陽台上喝個茶、聊個天的，充其量只是拿來種種植物，大多數還把陽台都圍入室內。住宅成為一個絕對封閉的堡壘，沒有中介的場域，沒有跟外界溝通的期盼，社區性在空間語言上因而瘖啞。

我記憶中的第二個居所，是靠近圓環，位於南京西路一棟街屋（TOWN HOUSE）的二樓。這是成長中印象最多的一個地方，也是父親在家庭相簿中留下最多回憶之處。我們住在那個街屋的二樓，長形的平面中，朝南京西路的最前方是一個有個廢棄火爐的大空間。它有三扇大窗，窗上有格柵鐵欄杆，我常兩手抓著它、兩腳從中伸出，就這麼坐在窗台上，看著街道上人來人往的城市百態。在50年代，圓環一帶非常熱鬧，由於當時汽車少，所以街上各式各樣的活動都有，絕無冷場。我在那個窗戶「座位」上常常可以坐上很久，節慶時觀看迎神隊伍、七爺八爺，颱風過後看著人們在及膝的「汪洋」中遊蕩，夜晚看著小販在街邊擺出各種商品，偶爾也獲得父母同意，到我們正下方的街邊去撈金魚，浪費掉幾毛錢。

這個街屋南北縱深約莫20米長，東側是巷子，有個可以橫拉關閉的直梯通往地面層的大門，我們四個小孩都曾滾下過這個梯子，無一倖免，還好那是一座木製的樓梯，對我們智力的損傷不大。前面的大房間是客廳，是工作間，也是我們小孩睡覺的地方。我從小多病，常常無法上學，母親為了要我追得上學校的課程，這個空間每周兩三個晚上也就變成了老師來跟同學補習的臨時教室。街屋中間有一間陰暗的儲藏室，其中有個很陡峭的梯子通往閣樓，我從來不曾上去過，卻在幼小的心靈中，填充了各種陰暗的想像。廚房在最北側，有個老式的穴竈，還有個不小的半戶外露台。每個月，家人會在一張小檯上擺上食物供品，供奉「床母」。每當端午近了，曾祖母總會坐在那兒好幾天，一逕地包著粽子，包好的粽子一串串掛在空中，節慶的氣氛也就愈來愈濃厚。這個露台就是我們小孩的「院子」了，打水仗、玩沙……就在此處。街屋中間是一個長廊，旁邊依序是二個臥室及餐廳，由於我們家是邊間，所以長廊採光良好。這約莫20米長的街屋，前方面對大街、側面面臨小巷、後面有個露台，對小小年紀的我，那是一整個大世界了。

現在台北新的住宅，似乎很少再見到這種平層（FLAT）或街屋了。反觀，很多城市，例如倫敦、舊金山、波士頓等地，街屋卻是構成城市街廓的重要型態。街屋的密度高、尺度低，所以可以構成城市中親切的街道尺度。街屋的前方跟街道對話，後面可以有私密的小庭院，中間還可以穿插中庭。目前，迪化街還遺留了一些這種住宅，但已經極為稀有。

我上了初中時，全家搬到了父親的台灣銀行宿舍。那是一批所謂的「美軍宿舍」，是當年越戰時，美軍顧問團所建的一批美式平房，位於中山北路三段，也就是現在台北市立美術館旁的花博場地。雖然是所謂的「洋房」，但現在想起來，所有的設備都還是非常基本，例如，我每天下課後都到屋後的熱水爐去劈柴燒柴，但是，搬入這樣一個像電影上一般的家，客廳就是客廳、臥室就是臥室，全家人都興奮不已。爸媽還讓我們自己選擇牆壁油漆的顏色，我也第一次知道了所謂的「窗簾」的用途，全家人還為了小小的客廳如何擺設家具七嘴八舌。也許這趟搬家種下了我們三兄弟來日都選擇念建築的種子。

這個二三十戶的小社區有個整體的圍牆，每戶都有院子，但是戶與戶之間沒有圍牆。由於居住者同質性高，所以公共空間都和諧共享。在我們家客廳就可以看到對面陳家的客廳，大家也不以為意，沒有匆匆拉上窗簾的需要。多年以後，我在加州柏克萊大學念書時，寄住在一個二層洋房的一個房間裡。也許是大學城的關係，那裡的各個房子之間也沒有圍牆，走在街道上，可以跟在門廊或院子裡曬太陽的陌生人打招呼。

逐漸地，隨著人口增加與經濟成長，台北市的住宅形式卻逐漸減少，我們看不到有新建的住宅像迪化街或圓環一帶的街屋，青田街、麗水街一帶原有低矮的尺度，也被一棟棟高聳的豪宅取代，甚至像民生社區這種非常親切尺度的住宅社區也不多見了。

原因之一，是我們平面式、純粹量化、一致化的都市計畫概念。台北的住宅區只有四種，基本上只是建築密度以及容積率的數字規範，沒有對個別區域歷史、人文特色做出有企圖的延續與保存。然而，都市是立體、有歷史的有機體，要讓都市健康的發展，又要延續人文脈絡，就不能用簡化單一的規範來打發。每每走在東京南青山一帶的巷弄裡，我就不禁感嘆，他們的都市計畫對這些區域的巷弄建築的規範，即使時時有建築物拆舊更新，但街道尺度、區域特色都得以保留，而且常有令人驚喜之作出現。從這些巷弄走出來大街，又可以見到摩登的高樓矗立，這是他們對於高密度都市對容積率需求的平衡手段。反觀台北，巷弄之間，新的樓房可以聳立沖天，而大街上，法令對高樓的種種限制，導致興建出不高不矮、齊頭式的樓房。難怪許多外人批

評台北的天際線乏善可陳。

原因之二，是我們在房地產起飛的80年代，允許了「預售」的制度，住宅變成一種期貨的交易，因此天花亂墜的廣告詞語取代了真實的建築，住宅的面積、價值超越了生活的需求。加上一些落後又不知為何無法改變的法令，例如最荒唐的「售坪」不等於「實坪」，造成住宅建築種類的商業化及單一化，型態的單調化。再加上主管單位為了便於「管理」，乾脆訂定更多的「一致化」的規定，例如：格柵的形式、花台的形狀、樓層的高度……不一而足。台北的住宅建築不需要建築師，只要輸入各種規定就能用電腦程式設計出來的一天，可能快要來臨。

在這個全球化的時代，許多地方特色逐漸地正在被抹滅之中，城市樣貌也是如此，快速的房地產興起常常是城市特色的最大殺手，人們對生活想像的匱乏，也是讓城市逐漸失去特色的原因。常有人問我，旅行那麼多，最喜歡的城市是哪些？呈現在我腦海裡的，都是反映當地人文歷史特色的場景，例如巴黎的瑪黑區、巴塞隆納的哥德區、京都的二寧坂等。

也許，就是因為許多台北老的記憶一一地失去，一些老舊的、甚至破舊的區域，像是華山酒廠、陽明山美軍宿舍、仁愛路空軍總部等，由於民眾不願意再失去過往的記憶，主事者又沒有能力賦予新生命，在這種矛盾之下，只好將這些地方湊合著留下來用。然而，試看：在華山破敗又漏水的設施，能匹配台北年輕人日益精彩的飲食、音樂、藝文展覽多久？陽明山美軍宿舍區建築物，號稱「保留」，但由於當年興建非常簡約，加上年久失修，現在出租給餐飲業者各自修建營業，當年「美軍宿舍」的建築與空間的風味已經蕩然無存。那是一塊樹木蔥鬱的地方，又靠近大學城，我常想，如果用藝文、餐飲的主題，好好利用建築與戶外空間，不是可以打造成具有台北特色、類似東京代官山蔦屋書店的環境嗎？記憶的保存方式很多，但是一些完全變了樣的假古董絕對不是回憶的選項。仁愛路空軍總部舊址，就把舊的房舍隨意整理一下，改稱為「創新基地」。這個名稱，不禁讓我想起作家阿城的名言：「凡是宣稱的，必是匱乏的。」

21世紀的台北，已經具有獨特的市民個性、成熟的文化以及豐沛的能量，但是台北的居住空間與公共空間的呈現，以及相關的法令規範，距離作為一個重要的亞洲城市，還太貧乏、還有好長的一段距離需要追趕。城市是一個必須生長的有機體，不是一個不可改變的古董。我們不可能懷舊地保留所有的一切，但我們也要思維如何經營城市的成長，而不至於造成完全的斷裂。畢竟，城市的建築、街道、廣場等空間，就是居民的生活意願、情趣與理想的表達。

在城市的協議對話中，台北人，我們要的是什麼？我們要抗拒的是什麼？

參考書目

第 16-17 頁
圖轉繪自《臺灣歷史畫帖》/ 國立臺灣博物館出版
文字來源：《艾爾摩莎：大航海時代的臺灣與西班牙》/ 蕭宗煌、呂理政統籌策劃 / 國立臺灣博物館出版

第 18-19 頁
文字來源：吳聰敏，2003，〈台灣經濟發展史〉，台大經濟系
　　　　　《看見老台灣》/ 張建隆 著 / 玉山社出版事業股份有限公司出版
　　　　　《近世臺灣鹿皮貿易考：青年曹永和的學術啟航》/ 曹永和 著 / 遠流出版事業股份有限公司出版

第 20 頁
比照圖繪自《圖說清代台北城》第 18 頁 / 徐逸鴻 繪著 / 貓頭鷹出版社出版
文字來源：《臺番圖說 (番社采風圖)》中央研究院歷史語言研究所傅斯年圖書館收藏
　　　　　《維基百科》

第 21 頁
圖轉繪自《法國珍藏早期臺灣影像：攝影與歷史的對話》/ 王雅倫 著 / Berthaud、約翰·湯姆遜 (John Thomson) 攝影 / 雄獅圖書股份有限公司出版

第 22 頁
圖轉繪自《壹玖壹壹：從鴉片戰爭到軍閥混戰的百年影像史》/ 劉香成 著 / 約翰·湯姆遜 (John Thomson) 攝影 / 五南圖書出版股份有限公司出版
文字來源：《壹玖壹壹：從鴉片戰爭到軍閥混戰的百年影像史》/ 劉香成 著 / 五南圖書出版股份有限公司出版
　　　　　《臺灣全記錄》/ 錦繡出版事業股份有限公司出版

第 23 頁
圖轉繪自《打拼：台灣人民的歷史》/ 財團法人公共電視事業文化基金會著 / 玉山社出版事業股份有限公司出版
文字來源：《打拼：台灣人民的歷史》/ 財團法人公共電視事業文化基金會著 / 玉山社出版事業股份有限公司出版

第 24 頁
上圖比照圖繪自《圖說清代台北城》第 46 頁 / 徐逸鴻 繪著 / 貓頭鷹出版社出版
下圖轉繪自《20 世紀中國人的山河歲月》/ 徐宗懋 著 / 宣相權 攝影 / 天下文化出版股份有公司出版
文字來源：《壹玖壹壹：從鴉片戰爭到軍閥混戰的百年影像史》/ 劉香成 著 / 五南圖書出版股份有限公司出版

第 25 頁
圖轉繪自《壹玖壹壹：從鴉片戰爭到軍閥混戰的百年影像史》/ 劉香成 著 / 南懷謙神父 (Father Leone Nani) 攝影 / 五南圖書出版股份有限公司出版

第 26 頁
圖轉繪自《圖說清代台北城》/ 徐逸鴻 繪著 / 貓頭鷹出版社出版
文字來源：《臺灣全記錄》/ 錦繡出版事業股份有限公司出版

第 27 頁
上圖轉繪自《看見老台灣》/ 張建隆 著 / 照片來源：《日本地理風俗大系》第 15 卷 / 玉山社出版事業股份有限公司出版
下圖轉繪自《壹玖壹壹：從鴉片戰爭到軍閥混戰的百年影像史》/ 劉香成 著 / 佚名，華蓋創意 (Getty Images) / 五南圖書出版股份有限公司出版
文字來源：《臺灣全記錄》/ 錦繡出版事業股份有限公司出版

第 28 頁
比照圖繪自《圖說清代台北城》第 22 頁 / 徐逸鴻 繪著 / 貓頭鷹出版社出版

第 28-31 頁
文字來源：黃清琪〈臺北在哪裡？──天龍國的身世，超完整解說〉。網址：https://reurl.cc/OOyov（青刊社地圖工作室）

第 31 頁
圖轉繪自《台灣放輕鬆 3：在野台灣人》/ 莊永明 著 / 洪緞 提供 / 遠流出版事業股份有限公司出版

第 32-33 頁
文字來源：黃育志〈北門滄桑，兩劉恩怨〉。網址：http://www.tonyhuang39.com/tony0162.html

第 34 頁
文字來源：黃育志〈北門滄桑，兩劉恩怨〉。網址：http://www.tonyhuang39.com/tony0162.html
　　　　　《臺灣全記錄》/ 錦繡出版事業股份有限公司出版

第 35 頁
圖轉繪自《台灣世紀回味 Vol.2 生活長巷》/ 莊永明 著 / 照片來源：《台北古城深度旅遊》/ 遠流出版事業股份有限公司出版

第 36 頁
圖轉繪自《壹玖壹壹：從鴉片戰爭到軍閥混戰的百年影像史》/ 劉香成 著 / 佚名 / 五南圖書出版股份有限公司出版

第 37 頁
圖轉繪自《看見老台灣》/ 張建隆 著 / 照片來源：《台北古今圖說集》，台北市文獻會出版 / 玉山社出版事業股份有限公司出版

第 38 頁
圖轉繪自《臺灣全記錄》/ 錦繡出版事業股份有限公司出版

第 39 頁

下圖轉繪自《壹玖壹壹：從鴉片戰爭到軍閥混戰的百年影像史》/ 劉香成 著 / 約翰·湯姆遜 (John Thomson) 攝影，藏於英國倫敦維爾康姆圖書館（Wellcome Library, London, UK)/ 五南圖書出版股份有限公司出版

第 40 頁

上圖轉繪自《臺灣名勝風俗寫真帖》/ 楊孟哲 提供 / 照片來源：《穿越時空看臺北：臺北建城 120 週年：古地圖 舊影像 文獻 文物展》/ 台北市政府文化局出版

下圖轉繪自《法國珍藏早期臺灣影像：攝影與歷史的對話》/ 王雅倫 著 / 坦諾先生收藏 / 雄獅圖書股份有限公司出版

文字來源：《法國珍藏早期臺灣影像：攝影與歷史的對話》/ 王雅倫 著 / 雄獅圖書股份有限公司出版

第 41 頁

圖轉繪自《攻台圖錄：台灣史上最大一場戰爭》/ 鄭天凱著；吳密察審訂 /《北白川宮能久親王御遺跡》，中央圖書館台灣分館提供 / 遠流出版事業股份有限公司出版

文字來源：《攻台圖錄：台灣史上最大一場戰爭》/ 鄭天凱著；吳密察審訂 / 遠流出版事業股份有限公司出版

宋彥陞〈被視為台北城門戶的承恩門，為什麼會兩度險遭政府拆毀？〉，《自由時報：自由評論網》。網址 https://talk.ltn.com.tw/article/breakingnews/2218925

第 42 頁

圖轉繪自《看見老台灣》/ 張建隆 著 / 照片來源：《日本地理大系臺灣篇》/ 玉山社出版事業股份有限公司

文字來源：黃清琪〈臺北在哪裡？──天龍國的身世，超完整解說〉。網址：https://reurl.cc/OOyov（青刊社地圖工作室）

第 43 頁

圖轉繪自《穿越時空看臺北：臺北建城 120 週年：古地圖 舊影像 文獻 文物展》/ 高傳棋 編著 / 南天書局 提供 / 台北市政府文化局出版

文字來源：《穿越時空看臺北：臺北建城 120 週年：古地圖 舊影像 文獻 文物展》/ 高傳棋 編著 / 南天書局 提供 / 台北市政府文化局出版

第 46 頁

圖轉繪自《圖説清代台北城》/ 徐逸鴻 繪著 / 貓頭鷹出版社出版

第 47 頁

圖轉繪自日本時代吉田初三郎於昭和 10 年（1935 年）所畫的〈台北市鳥瞰圖〉

第 63 頁

圖轉繪自《台灣世紀回味 Vol.3 文化流轉》/ 莊永明 著 / 張照堂 攝影 / 遠流出版事業股份有限公司出版

第 75 頁

圖轉繪自林青霞提供之照片

第 78 頁

兩圖皆轉繪《攻台圖錄：台灣史上最大一場戰爭》/ 鄭天凱著；吳密察審訂 /《台灣治績志》，中央圖書館台灣分館 提供 / 遠流出版事業股份有限公司出版

第 83 頁

上圖轉繪自《法國珍藏早期臺灣影像：攝影與歷史的對話》/ 王雅倫 著 / 約翰·湯姆遜 (John Thomson) 攝影 / 雄獅圖書股份有限公司出版

第 84 頁

圖轉繪自《看見老台灣》/ 張建隆 著 / 照片來源：《日本地理大系台灣篇》/ 玉山社出版事業股份有限公司出版

文字來源：《臺灣全記錄》/ 錦繡出版事業股份有限公司出版

第 85 頁

圖轉繪自《看見老台灣》/ 張建隆 著 / 照片來源：《台灣介紹最新寫真集》/ 玉山社出版事業股份有限公司出版

文字來源：《臺灣全記錄》/ 錦繡出版事業股份有限公司出版

第 86 頁

文字來源：《維基百科》

第 87 頁

圖轉繪自《古地圖看台北》/ 秋惠文庫策畫 高傳棋 著 / 玉山社出版事業股份有限公司出版

文字來源：《臺灣全記錄》/ 錦繡出版事業股份有限公司出版

第 88 頁

圖轉繪自典藏單位：國立暨南國際大學人類學研究所

第 89 頁

圖轉繪自《看見老台灣》/ 張建隆 著 / 照片來源：《日本地理大系台灣篇》/ 玉山社出版事業股份有限公司出版

文字來源：《看見老台灣》/ 張建隆 著 / 玉山社出版事業股份有限公司出版

第 94 頁

圖轉繪自照片，網址：https://www.sinkasiraya.com/ 日本時代台南住吉秀松（住吉組）家族老照片上色 / 天野朝夫先生提供

第 96 頁

圖轉繪自國家文化資料庫

第 97 頁

圖轉繪自台塑企業網址：https://www.fpg.com.tw/tw

第 102 頁

圖轉繪自《典藏艋舺歲月》/ 張蒼松 著 / 照片來源：台北市文獻會 / 時報文化出版企業股份有限公司出版

文字來源：《典藏艋舺歲月》/ 張蒼松 著 / 時報文化出版企業股份有限公司出版

第 103 頁

文字來源：《維基百科》

第 108 頁

文字來源：《臺灣全記錄》/ 錦繡出版事業股份有限公司出版

第 111 頁

圖轉繪自《看見老台灣》/ 張建隆 著 / 照片來源：《台灣懷舊》，創意力出版公司 / 玉山社出版事業股份有限公司出版

文字來源：《看見老台灣》/ 張建隆 著 / 玉山社出版事業股份有限公司出版

第 112 頁

圖轉繪自照片，網址：http://pr.ntnu.edu.tw/newspaper/index.php?mode=data&id=38601 /《阮 ê 青春夢：日治時期的摩登新女性》/ 鄭麗玲 著 / 玉山社出版事業股份有限公司出版

第 117 頁

圖轉繪自《台灣世紀回味 Vol.1 時代光影》/ 莊永明 著 / 國圖台灣分館 提供 / 遠流出版事業股份有限公司出版

第 118 頁

圖轉繪自《看見老台灣》/ 張建隆 著 / 照片來源：《台北古今圖說集》，台北市文獻會出版 / 玉山社出版事業股份有限公司出版

文字來源：《看見老台灣》/ 張建隆 著 / 玉山社出版事業股份有限公司出版

第 119 頁

上圖轉繪自《看見老台灣》/ 張建隆 著 / 照片來源：《台灣寫真帖》/ 玉山社出版事業股份有限公司出版

中圖轉繪自《日治時期的臺北》/ 國家圖書館出版

下圖轉繪自《看見老台灣》/ 張建隆 著 / 照片來源：《台北古今圖說集》，台北市文獻會出版 / 玉山社出版事業股份有限公司出版

第 120 頁

圖轉繪自《臺灣全記錄》/ 錦繡出版事業股份有限公司出版

文字來源：《維基百科》

第 121 頁

上圖轉繪自《看見老台灣》/ 張建隆 著 / 照片來源：《台北古今圖說集》- 台北市文獻會出版 / 玉山社出版事業股份有限公司出版

文字來源：《臺灣全記錄》/ 錦繡出版事業股份有限公司出版

下圖轉繪自《看見老台灣》/ 張建隆 著 / 照片來源：《台灣紹介最新寫真集》/ 玉山社出版事業股份有限公司出版

第 122-123 頁

圖轉繪自蔣渭水文化基金會

第 124 頁

上圖轉繪自 2016 年於台北城市影像實驗室展覽【從大安醫院到義美食品】

下圖轉繪自照片，來源：《維基百科》

文字來源：《維基百科》

第 125 頁

上圖轉繪自照片，來源：台北市文獻會

文字來源：韋公亮文教基金會

下圖轉繪自《看見老台灣》/ 張建隆 著 / 照片來源：《日本地理風俗大系》第 15 卷 / 玉山社出版事業股份有限公司出版

文字來源：《看見老台灣》/ 張建隆 著 / 玉山社出版事業股份有限公司出版

第 126 頁

圖轉繪自《典藏艋舺歲月》/ 張蒼松 著 / 照片來源：雷光興提供 / 時報文化出版企業股份有限公司出版

文字來源：《典藏艋舺歲月》/ 張蒼松 著 / 時報文化出版企業股份有限公司出版

第 127 頁

上圖轉繪自《臺灣人檔案之一：浮沉半世的影像與回憶》/ 應大偉 著 / 許朝卿 提供 / 創意力文化事業有限公司出版

下圖轉繪自照片，網址：http://blog.udn.com/a102753325/20725070

第 128 頁

上圖轉繪自《臺灣全記錄》/ 錦繡出版事業股份有限公司出版

文字來源：《臺灣全記錄》/ 錦繡出版事業股份有限公司出版

第 129 頁

圖轉繪自《西門紅樓百年故事書》/ 邱莉慧 著 / 高傳棋 提供 / 台北市政府文獻委員會出版

文字來源：《維基百科》

第 130 頁

圖轉繪自《台灣西方文明初體驗》/ 陳柔縉 著 / 照片來源：《日本地理大系第十一卷台灣篇》〈昭和五年〉/ 麥田出版社出版

文字來源：《台灣西方文明初體驗》/ 陳柔縉 著 / 麥田出版社出版

第 131 頁

圖轉繪自《20 世紀中國人的山河歲月》/ 徐宗懋 著 / 宣文傑 攝影 / 天下文化出版股份有限公司出版

第 132 頁

圖轉繪自《典藏艋舺歲月》/ 張蒼松 著 / 照片來源：陳晃次提供 / 時報文化出版企業股份有限公司出版

文字來源：《典藏艋舺歲月》/ 張蒼松 著 / 時報文化出版企業股份有限公司出版

第 147 頁

圖轉繪自《20 世紀中國人的山河歲月》/ 徐宗懋 著 / 秦炳炎 攝影 / 天下文化出版股份有限公司出版

第 149 頁

圖轉繪自《20 世紀中國人的山河歲月》/ 徐宗懋 著 / 蘇培基 攝影 / 天下文化出版股份有限公司出版

第 150 頁

上圖轉繪自《20 世紀中國人的山河歲月》/ 徐宗懋 著 / 天下文化出版股份有限公司出版

文字來源：《臺灣全記錄》/ 錦繡出版事業股份有限公司出版

第 154 頁

圖轉繪自《台灣史 100 件大事（下）》/ 李筱峰 著 / 照片來源 : Horace Bristo 於 1954 年出版的《Formosa –A Report in Pictures》/ 玉山社出版事業股份有限公司出版

第 155 頁

上圖轉繪自《20 世紀中國人的山河歲月》/ 徐宗懋 著 / 鄧秀璧 攝影 / 天下文化出版股份有限公司出版

下圖轉繪自《20 世紀中國人的山河歲月》/ 徐宗懋 著 / 秦凱 攝影 / 天下文化出版股份有限公司出版

第 157 頁

圖轉繪自《打拼：台灣人民的歷史》/ 財團法人公共電視文化事業基金會 著 / 新竹市政府文化局 提供 / 玉山社出版事業股份有限公司出版

文字來源：《打拼：台灣人民的歷史》/ 財團法人公共電視文化事業基金會 著 / 玉山社出版事業股份有限公司出版

第 159 頁

上圖轉繪自《懷念老台灣》/ 康原 撰文 / 許蒼澤 攝影 / 玉山社出版事業股份有限公司出版

文字來源：《懷念老台灣》/ 康原 撰文 / 玉山社出版事業股份有限公司出版

第 160 頁

圖轉繪自《台灣世紀回味 Vol.3 文化流轉》/ 莊永明 著 / 黃伯驥 攝影 / 遠流出版事業股份有限公司出版

文字來源：《台灣世紀回味 Vol.3 文化流轉》/ 莊永明 著 / 遠流出版事業股份有限公司出版

第 161 頁

圖轉繪自《台灣世紀回味 Vol.3 文化流轉》/ 莊永明 著 / 黃伯驥 攝影 / 遠流出版事業股份有限公司出版

文字來源：《台灣世紀回味 Vol.3 文化流轉》/ 莊永明 著 / 遠流出版事業股份有限公司出版

第 162 頁

下圖轉繪自《台灣世紀回味 Vol.3 文化流轉》/ 莊永明 著 / 霍劍平 提供 / 遠流出版事業股份有限公司出版

文字來源：《台灣世紀回味 Vol.3 文化流轉》/ 莊永明 著 / 遠流出版事業股份有限公司出版

第 167 頁

圖轉繪自《台灣世紀回味 Vol.2 生活長巷》/ 莊永明 著 / 楊基炘 攝影 / 遠流出版事業股份有限公司出版

文字來源：《台灣世紀回味 Vol.2 生活長巷》/ 莊永明 著 / 遠流出版事業股份有限公司出版

第 168 頁

圖轉繪自《台灣世紀回味 Vol.3 文化流轉》/ 莊永明 著 / 陶曉清 提供 / 遠流出版事業股份有限公司出版

文字來源：《台灣世紀回味 Vol.3 文化流轉》/ 莊永明 著 / 遠流出版事業股份有限公司出版

第 169 頁

上圖轉繪自《台灣世紀回味 Vol.3 文化流轉》/ 莊永明 著 / 陶曉清 提供 / 遠流出版事業股份有限公司出版

文字來源：《台灣世紀回味 Vol.3 文化流轉》/ 莊永明 著 / 遠流出版事業股份有限公司出版

下圖轉繪自《台灣世紀回味 Vol.3 文化流轉》/ 莊永明 著 / 莊永明 提供 / 遠流出版事業股份有限公司出版

文字來源：《台灣世紀回味 Vol.3 文化流轉》/ 莊永明 著 / 遠流出版事業股份有限公司出版

第 183 頁

圖轉繪自照片，網址：https://reurl.cc/ypr3D

第 184 頁

圖轉繪自照片，網址：https://www.rondreis.nl/blog/algemeen/de-coolste-boekenwinkels-ter-wereld/

第 185 頁

圖轉繪自姚仁喜 | 大元建築工場提供之照片，馬懷仁攝影

第 200 頁

圖轉繪自姚任祥提供之照片

第 228-233 頁

圖轉繪自照片，攝影師：jerome@anyday.com.tw

台北上河圖 下冊

國家圖書館出版品預行編目(CIP)資料

台北上河圖 / 姚任祥編著. -- 第二版. --臺北市
： 姚任祥, 2020.05
 冊 ； 公分
ISBN 978-957-43-6962-1(全套：平裝)

1.歷史 2.臺北市

733.9/101.2　　　　　　　　　109006609

著作權人　姚任祥
網　　址　www.alongthetaipeiriver.com
編　　著　姚任祥
圖　　繪　葉 子
執行編輯　方雅鈴
美術設計　段世瑜　方雅鈴　陳怡茜
支援團隊　姚仁喜 I 大元建築工場
文字校稿　劉玉貞
法律顧問　常在國際法律事務所 林秋琴律師

出版發行　姚任祥
地　　址　台北市敦化北路168號11樓
電　　話　(02) 2771-3775
傳　　真　(02) 2772-2877

印　　刷　沈氏藝術印刷股份有限公司
首版日期　2019年10月
版(刷)次　2020年5月第二版一刷
ISBN　978-957-43-6962-1

特別說明　本書作所得將全數捐給慈善機構

台北上河圖官網